醫嬌百媚

下

上官慕容 著

文創風 252

目錄

第二十七章　醫術高超……007
第二十八章　好戲連連……021
第二十九章　離開寇家……035
第三十章　喜形於色……049
第三十一章　蛇毒情毒……061
第三十二章　子默來了……075
第三十三章　選拔女醫……091
第三十四章　聲名鵲起……107
第三十五章　退婚風波……121
第三十六章　姊妹相爭……133
第三十七章　推波助瀾……145
第三十八章　兩情相悅……157
第三十九章　來到京城……173
第四十章　甜甜蜜蜜……187
第四十一章　太醫選拔……199
第四十二章　面見太后……211
第四十三章　雞飛狗跳……223
第四十四章　寇妍落水……235
第四十五章　再拜師父……251
第四十六章　子默進宮……265
第四十七章　禍福相倚……279
第四十八章　為父正名……293
第四十九章　喜結連理……307
番外一　兒女成群……323
番外二　虛過今春……329
番外三　誰與忘年……335

寇家人物關係表

寇太爺 vs. 薛太夫人

（寇太爺共生八子，四房&六房為嫡兄弟）

＜四房＞

寇XX vs. 呂老夫人

- 嫡長子：寇俊傑（禮部侍郎） vs. X氏
  - 嫡長子：寇明羽
  - 嫡長女：寇妍 vs. 鄭世修（寇彤前世夫君）
- 嫡二子(龍鳳胎)：寇俊豪 vs. 連氏
  - 嫡長子：寇XX
  - 嫡長女：寇瑩 vs. 楊啟軒
  - 嫡次女：寇娟
  - 乾女：嚴雙雙 vs. 安平侯庶長子
- 嫡長女(龍鳳胎)：寇牡丹 vs. 安平侯
  - 嫡次子：楊啟軒 vs. 寇瑩

＜六房＞

寇道海 vs. X氏

- 獨子：寇俊英（太醫） vs. 蘇芸
  - 獨女：寇彤 vs. 關毅
    - 嫡長子：關明
    - 嫡二子：關亮
    - 嫡長女：關熙
    - 嫡？？：關X

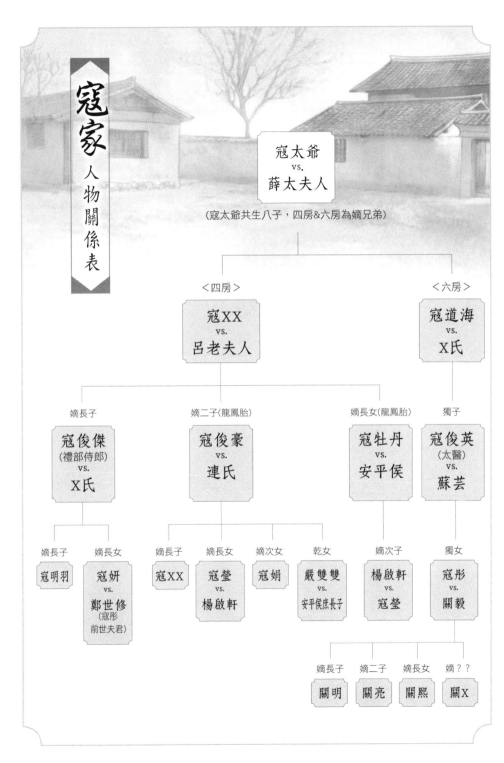

第二十七章 醫術高超

呂老夫人自上次病了之後，便將主持中饋的事情悉數交給了二太太連氏。本來她的身體恢復得非常好，眾人都以為沒事了，沒想到昨天卻突然暈了過去，這讓寇家眾人都嚇了一跳，還以為她病發了。

鄭太醫連夜趕到寇家為她醫治，好在呂老夫人不是發病，只是急火攻心，氣急昏厥。當時在呂老夫人身邊的就只有安平侯夫人一人，眾人雖然不會直接責怪安平侯夫人，但是私底下對她還是頗有微詞。

整個寇府因為呂老夫人的昏厥忙得人仰馬翻，直到下半夜才安靜下來。

今天，寇彤照樣起得很早，她用過早飯之後，就揹著藥箱出門了。

剛出門口，果然就看見永昌侯府的馬車在錦繡街巷口等著。

寇彤堪堪走到馬車旁邊，就看見車簾一掀，露出了關毅那張容顏姣好的臉。

他對著寇彤微微點頭，彬彬有禮地道：「小寇大夫，今天還要麻煩妳了。」

關毅皮膚白皙，唇若花瓣，寇彤不由得生出賞心悅目的感覺來。似他這樣燦若星辰的男子，寇彤兩輩子加在一起，也只見過他一個。

原先兩次見他皆是晚上，沒想到陽光下的關毅容貌姣好得足以令女子都自慚形穢啊！

「不麻煩，這本是醫者的本分。」寇彤的心情瞬間變得好了起來。由人服侍著上了馬車後，身上陡然涼了下來，原來這車裡放了冰盆！真是會享受，她心裡想著。

不過一個晚上，永昌侯老夫人的身體就有了很大的起色。原先她已經口不能言，時常昏迷，今天再看，她的精神已然比昨天好了許多，而且還喝了小半碗米湯。

這不過是才服用了兩帖藥而已！

兩帖藥便讓永昌侯老夫人從鬼門關前回轉了過來，因此再次見到寇彤，永昌侯表現得十分高興。

「小寇大夫年紀輕輕，醫術就如此了得，真是令人驚訝。」他誇讚著。「這下子老夫人是真的有救了，我把老夫人全權交給妳來醫治。」

「侯爺謬讚，小女子愧不敢當。」寇彤十分謙遜。

「怎麼不敢當？」永昌侯說道：「要我說，妳比那些個名醫、太醫什麼的強太多了。」

「侯爺說笑了。」寇彤說道。「是否能治好病，也是要講究醫緣的。」

寇彤這話一出，永昌侯夫人就笑咪咪地說道：「是呀、是呀，可不就是講究醫緣嗎？看來小寇大夫跟我們家很有緣分呢，合該老夫人的病在她手上終結了。」

永昌侯夫婦今天格外的熱情呢！看來永昌侯果然是個非常孝順的人。寇彤給永昌侯老夫人把了脈後，又將方子略微改動一下，便告辭回了寇府。

自然又是關毅送寇彤回去。

到了第三天，寇彤再來的時候，永昌侯老夫人已經能從床上坐起來了。她恢復得非常不錯，寇彤也很有成就感。

「……老夫人還有些陰虛。」寇彤建議道：「可以在煎藥的時候準備一些雞蛋，不要蛋白，只要蛋黃，然後在藥快煎好的時候將雞蛋黃打到藥中，吃藥的時候，連雞蛋黃一起吃下去。」

「就這麼簡單？」永昌侯夫人問道。

「是的。」寇彤點點頭。「雞蛋黃也是一味藥，大夫稱其為雞子黃，其滋陰潤燥，養血息風，最適合老夫人用了。」

「原來是這樣。」永昌侯夫人嘆服地說道：「我以前只知道人參、鹿茸、冬蟲夏草是大補的藥，若不是小寇大夫今天告訴我，其他人就是跟我說了雞蛋黃能補陰，恐怕我都是不信的。」

「作為大夫，自然要知道什麼藥材是什麼藥性，這樣才好配藥。老夫人身子虛，夫人說的那些大補之藥，就算給老夫人用了，恐怕也只會虛不受補。」

「小寇大夫真真是博學多識啊！」永昌侯夫人拉著寇彤的手說道：「眼看著母親的身體一天好似一天，我真不知道該如何感謝妳才好。小寇大夫若是有什麼要求儘管說，我們永昌侯府能辦到的絕對不會推辭。」

寇彤聽了眼睛一亮！若說所求，她現在還真的是有一件事情要請永昌侯府幫忙。

「多些夫人美意。」寇彤笑著說道。「我暫時沒有什麼需要的。」

「妳謝什麼？」永昌侯夫人嗔怪道：「要說謝，那也該是我們家跟妳道謝才是。現在沒有什麼需要的不打緊，日後妳遇到什麼困難事了，只管來找我，我保證幫妳辦得妥妥的。」

寇彤沒有推辭，大大方方地應承道：「謝夫人。」

她不想住在寇家，以她目前的情況來說，她與母親一日住在寇家，便一日為人左右，不可能有真正的自由。

從寇家搬出來，她有醫術、有錢財，維持日常生計沒有問題。

但是，她與母親兩個皆是女子，在南京無依無靠，不是長久之計。當初在小小的范水鎮，若不是她醫術高超，恐怕早就不能在范水鎮立足了，更何況是偌大的南京城？若是她們母女再與四房翻臉，那麼在南京就更加難以生存了。

為今之計，她們需要借勢。若是能藉著永昌侯府的勢力，從寇家搬出來，那麼她就不用擔心這些問題了。

而這一切，都要等，等她完全治好了永昌侯老夫人的病。

到了那時，她再請永昌侯夫人幫忙，想來，她應該不會推辭的。

關毅與寇彤一前一後出了院門後，永昌侯夫人倚在門邊吃吃地笑。「侯爺，你看，真是一對璧人啊，看來用不了多久，咱們家就要辦喜事了呢！」

「真沒想到，這小子居然這麼走運！」永昌侯吧咂著嘴說道：「想當年，我不過僅能趴在你們家牆頭上偷看，他倒好，直接有機會每天接送。常言道，近水樓臺先得月，我當年可是用了大半年的時間，咱們兒子想來是用不了那麼久的。果然青出於藍勝於藍啊，好小子，沒給他老子丟人。」

永昌侯夫人「噗哧」一聲笑出來。「你還有臉說？你偷看就偷看，居然學人家寫情詩，用土塊包了扔進來，把我爹爹的頭砸了個大包。若不是我大哥幫你說好話，恐怕你現在娶的就是旁人了。」

「大舅子對我確實不錯。」永昌侯笑嘻嘻地說道：「可大舅子還不是聽夫人的話才幫我美言的？看來還是為夫有魅力，夫人定然是捨不得我娶旁人的。」

「去你的，老不正經！」永昌侯夫人一甩帕子，扭頭走了。

永昌侯在後面樂顛顛地追上去。「夫人，等等為夫呀——」

關毅將一張五百兩的銀票交給寇彤。「這是診金。祖母的病多虧了妳，否則我們真不知道該怎麼辦了，多謝妳這幾天來的費心。」

五百兩！這麼多？有了這筆錢，再加上在范水鎮藏著的三千兩銀子，她跟母親的後半生就不用愁了。

只是，她若是收了這麼一大筆酬金，以後遇到了事情想求永昌侯府幫忙，恐怕就不好開口了。

從一開始來永昌侯府，她想的就是交好永昌侯府，最好是賣個人情給永昌侯府，而不是掙錢。

寇彤愣了一愣，便將銀票推回到關毅面前。「這個錢我不能要。老夫人的病還沒有痊癒，現在就收診費也太早了些。再說，診費也用不了這麼多錢。」

「既然妳覺得多了，那就二百兩吧！」關毅說著，將那張銀票收了起來，又拿了一張二百兩的銀票遞到寇彤面前。

這又不是做生意，哪能這樣討價還價啊？

「世子，我想你可能不是很明白，我一開始幫老夫人治病的時候，就沒想著要掙錢。」寇彤正色道。

關毅知道寇彤在范水鎮過的日子曾經很拮据，自她行醫之後才慢慢好了一些。而那筆藏在廟裡的銀子，一看就是藏了很久的，絕不是寇彤藏的，她不過是無意之中發現了那筆錢而已，所以那筆錢她也不敢明目張膽地花，只能偷偷地拿出一些來，要不然，她也不會在那天晚上隻身一人去取錢了。他可以肯定，那筆錢她一定是瞞著她母親的。

雖然不知道她這麼做的原因，但是關毅相信，她一定有她的苦衷。

那筆錢不能拿出來，而她們來到南京，需要花錢的地方又多，現在她又沒能出診行醫，這樣一來，幾乎就斷了錢的進項。他不想她過那種捉襟見肘的日子，便想通過這種方法周濟她。

「也不單單是診費……」關毅略一沈吟，便說道：「上次在范水鎮時，妳幫我付的住店費、飯錢，都一併算在裡面。」

「可就算如此，也用不了這麼多錢啊！」寇彤說道。

「咳！」關毅有些不自在地清了清嗓子。「不單單是住店費，那天晚上多謝妳幫我包紮傷口，這裡面還包含了我的酬謝……」

那天晚上自己不過是幫他包紮了傷口而已，用不了這麼多錢吧？看著關毅有些不自在的表情，寇彤突然就明白了。

他是想讓自己不要將那天晚上的事情說出去，所以才給自己這麼多錢來封她的口！

其實那天晚上自己已經說過，不會將那件事情說出去的，既然她那麼說了，便一定會守口如瓶，不會對別人提起的。沒想到他竟不相信她！寇彤心中有著小小的不舒服。

但是只一瞬，她就想明白了。這也是人之常情吧，任誰也不會相信一個只見了幾次面的人。更可況，那件事也不是什麼光彩的事情。

本來寇彤是不想拿這筆錢的，但是轉念一想，若是自己不拿，關毅一定會不放心的。為了讓他安心，寇彤便將銀票接了過來。

她鄭重地說道：「世子，你放心，受人所託，忠人之事，你的意思我明白。既然我答應了你，那晚的事情我就一定不會說出去的。」

那晚的事情？關毅一愣，這才明白她說的是什麼意思。

原來，她以為自己給她銀票是封口費？看著她眼中一副了然的樣子，關毅突然有些無力。

寇彤看見關毅原本明亮的眼神暗淡了下去，不禁後悔剛才說的話。

他不過十八、九歲左右，這個年紀的男子，正是講風度、要臉面的，自己這樣直白地說出了這樣的話，倒顯得他一直將那天晚上的事情記在心中一般，怪不得他會不自在。

寇彤不想繼續糾結在這件事情上，便又神色自然地跟他說起了別的事。

看著她一副光風霽月的樣子，關毅心頭不由得一軟。她真是善解人意，這樣體貼他人的情緒。

關毅直直地望著寇彤，才發現她長得真是好看，朱唇皓齒，雙瞳翦水，桃花般嬌媚的容顏，直讓人移不開眼睛。

他心頭一跳，不由得就想到那句「桃之夭夭，灼灼其華」，自然地，他便又想到下面的那句「之子于歸，宜其室家」。

想到此處，他不禁微赧。什麼時候自己也變得像那些個登徒子似的，見到女孩子就走不動路了，還想娶回家去？可是，若自己真的能將她娶回家來，好像也非常不錯……

念頭閃過，他不由得癡了，覺得連胸口都滾燙了起來。

「你在看什麼？」寇彤問道。「我臉上髒了嗎？」

他連忙低下頭，掩飾般清了清嗓子。「沒有，我剛才眼睛有些不適。」

「怎麼會不適？該不會是長眼丁吧？」作為大夫，寇彤不過是隨口一問。

然而，關毅卻更尷尬了。人家說，看了不該看的東西，就會長眼丁！

「沒事。」關毅心跳如擂鼓，面上卻絲毫不顯。

馬車一頓，停在了寇家大門口，關毅如釋重負地鬆了一口氣。若是還沒到，她繼續追問下去，自己恐怕就不知道該怎麼回答才好了。

寇彤先一步跳下馬車，看到寇家門口居然停了好幾輛各式的馬車，這才想起今天是寇妍宴請寇家一眾小輩的日子，這些馬車想必就是那些人的吧！

「世子，今天我堂姊寇妍宴請了一眾寇家的平輩，皆是與你我同齡之人，世子若是沒有事情，不如也到家中來坐坐？」

今天來的人，有許多都是寇家別房的人，若是這個時候自己能借關毅的勢，出現在眾人面前，就算以後四房想對自己做什麼，恐怕也不得不掂量掂量了。只是，不知道關毅會不會答應？

「不了，既然宴請的都是寇家的人，我還是不要打擾為好，改日再進去坐坐吧！」他的心緒已經全亂了，一旦跟她相處，他就不能心平氣和，這種感覺讓他慌亂而懼怕。他想跟她說話，想跟她並肩走路，但是又怕這種感覺。在沒有理清自己的思緒之前，他不敢放任自己繼續這樣與她相處。

「好。」寇彤心中有些失望，不過邀請關毅只是臨時起意的，再加上她早就猜到要請關毅恐怕沒有那麼容易，所以很快就將失望的情緒丟到一邊去了。

車夫調轉馬頭，「噠噠」地往回行駛。

「彤妹妹！」

有聲音從身後傳來，寇彤轉過身去，正好看到鄭世修面帶喜色地望著她。

關毅的馬車並未駛遠，他看到了鄭世修臉上的喜悅，也聽到了他愉悅的聲音，那一聲「彤妹妹」，滿含著少年的情懷。

後面的話，他聽不見了。他看不到寇彤的神色，沒有聽到她的回答，卻看到他們兩個人一起走進了寇家的院子。
彷彿有什麼東西重重地撞擊他的心，他有些失魂落魄地坐在馬車上，心緒不知道飄到什麼地方去了……

沒想到剛回來就遇到鄭世修，寇彤低眉斂目，不去看他。
「我來了半日了，都不曾看到妳，妳可算是回來了。」
「嗯。」寇彤點點頭，算是回答了他的話。
看到鄭世修，寇彤心中還有些不能平靜，但是她已經決定要忘掉過去，跟鄭世修劃清界線，所以，在不能心平氣和地面對鄭世修之前，她覺得自己最好還是少跟鄭世修接觸。
鄭世修早先聽說寇彤出診去了，心中既驚訝又失落，他今日是為了見寇彤而專程來的，沒想到寇彤卻不在。現在見寇彤回來了，他有些激動，便走上前來主動跟寇彤說話。雖然寇彤的回答簡短而平常，只有一個字，但是這已經足以讓鄭世修高興不已了。
「世修哥哥！」伴隨著女子嬌俏的聲音，寇妍走了過來。「你出來了怎麼都不跟我說一聲？害得我找了你好久呢！」
寇彤抬頭，正對上寇妍那警惕而告誡的眼神。
寇妍今天是刻意打扮過的，她穿著洋紅色的遍地撒花交領襦裙，外面罩了一件鵝黃色繞領繞袖的半臂衫子，越發襯得她身材纖細，削肩細腰不盈一握，好像隨風搖曳的百合花一樣弱不禁風，楚楚動人。

鄭世修的臉有些紅，顯然寇妍的熱情讓他有些不知所措。

「屋裡有些悶，我、我出來走走……」鄭世修笨拙地回答道。

鄭世修的不自在，被寇妍誤解為羞澀，因此非常得意。

「外面熱，我們還是到屋裡去玩葉子牌吧？人都到齊了，就差你一個了。」寇妍笑盈盈地說道。

「喔。」鄭世修點點頭，飛快地看了寇彤一眼，好像不知該如何取捨。

在寇妍的催促下，他還是動了動腳步，跟著寇妍往裡頭走。

寇妍轉過頭來，得意地望了寇彤一眼，似乎是在告訴寇彤：我才是勝利者！

寇妍的得意與鄭世修的面紅耳赤形成鮮明的對比，寇彤失笑地搖搖頭。再過幾天，她治好了永昌侯老夫人的病，便要從這裡搬出去了。沒有她的阻攔，鄭世修今生應該能早日如願以償地抱得美人歸了。

她深深地吐了一口氣，將胸中的濁氣驅散殆盡，接著跟在寇妍身後，往內院走去。

要回蟬院，她就必須從寇妍他們擺宴的花廳前面經過。

她看著走在前面的寇妍正興高采烈地跟鄭世修說著話，喜氣洋洋的，看樣子，鄭世修與寇妍的好事恐怕將近了。

「表妹！」

一聲憤怒的聲音，傳進了寇彤的耳朵。

楊啟軒鐵青著臉，對寇妍與鄭世修怒目而視。

寇彤這才想起來，她怎麼把楊啟軒給忘了？前一世，寇妍在四伯祖母與大姑姑的安排下，嫁的是表哥楊啟軒。

楊啟軒與大堂姊寇妍可是青梅竹馬、兩小無猜的感情，他們雖然沒有過明路，但是長輩之間都是心知肚明的。特別是大姑姑，她可是將寇妍當作未來的兒媳婦看待的。

看來，鄭世修想娶大堂姊恐怕沒有那麼容易呢！寇彤瞇了瞇眼睛，不想錯過這一場好戲。

「表妹。」楊啟軒深深吸了一口氣，強壓下心頭的火氣，半低了頭跟寇妍商量道：「表妹，我得了一套藍田玉的棋子，妳不是最喜歡收集棋子嗎？咱們現在就去看，妳要是喜歡的話，我就送給妳了。」

「真的？」寇妍非常高興。「那我們現在就去吧！」

楊啟軒聽了，臉上這才有了一點笑意。

誰知，寇妍卻轉過頭去，對鄭世修說道：「世修哥哥，你應該也喜歡下棋吧？咱們一起去吧！等拿了棋子，我們兩個來對弈，如何？」

楊啟軒臉上的笑容當場就凝住了，他臉上罩了一層薄冰，也沒了剛才的風度。「表妹，我那棋子珍貴異常，十分難得，我只想讓表妹一個人觀賞，至於其他閒雜人等，不便前去。」

「世子說的對。」鄭世修也聽出了話音，忙往後退了一步，與寇妍拉開距離。「我還是跟大家一起玩葉子牌吧！」

「哼！」楊啟軒輕哼道。「算你識相。」

「那怎麼行！」寇妍走到鄭世修身邊說道：「那棋子再珍貴也不過是個玩意兒，世修哥哥你不必在意。我說讓你跟我一起去，你就一起去。」

「妳！」楊啟軒的眼中幾乎能噴出火來了，他怒氣沖沖地盯著鄭世修。

鄭世修低了頭，不知所措地道：「我還是不去了吧，我對棋子不感興趣，也不喜歡下棋。」

「既然世修哥哥不喜歡下棋，那就算了。」寇妍絲毫不理會楊啟軒的怒火，笑吟吟地對鄭世修說道：「其實我也不喜歡下棋的。」

她這話一出，鄭世修便感覺到楊啟軒看他的眼神更加不善了。

第二十八章　好戲連連

楊啟軒的敵視、寇妍的緊追不捨，讓站在兩人中間的鄭世修如坐針氈一般。他不知所措地東張西望，彷彿這樣就能解決他目前的窘迫一樣。

看著鄭世修這難堪的樣子，寇彤心中是痛快的。鄭世修是杏林高手，整日沈迷於醫術，這些人情往來他十分生疏。不僅如此，他其實還是個內向、木訥的人。

上一世他們之間說話，除了醫術就再無其他，若不是如此，寇彤恐怕還不會接觸那些介紹藥草的書籍呢！就是為了討好他，寇彤才會學習辨藥。

看來，那句福禍相倚的話，說的真不錯。此刻，對於鄭世修，寇彤剩下的只有看笑話的心態。與寇彤輕鬆的心態大相徑庭的，便是被怒氣吞噬的楊啟軒。

她居然說自己不喜歡下棋?!

為了討她歡心，自己這麼多年來辛辛苦苦收集了那麼多棋子，結果今天為了這個小子，她居然說自己不喜歡下棋！

楊啟軒怒火中燒，他看著寇妍笑盈盈地望著鄭世修，絲毫不理會他，便覺得自己此時此刻就是一個天大的笑話。

「寇妍，妳當真不跟我走？」楊啟軒不再發火了，聲音冷得能結成冰。

「我不去了，你自己去吧！」寇妍看也沒有看他一眼。

「妳好——」楊啟軒想罵寇妍不知廉恥，但是他張了張嘴，卻一個字也吐不出來。

「軒表哥！」

此時，寇瑩扶著面色冷峻的安平侯夫人，從花陰處走了出來。

寇彤非常驚訝，不知道她們兩個人站在那裡多久了。不過從安平侯夫人的臉色看來，剛才寇妍與楊啟軒的爭執，她估計全部都聽見了。

「姑母……」寇妍有些底氣不足，忙從鄭世修身邊站到了楊啟軒身旁。

安平侯夫人卻沒有理會她，而是眼神十分凌厲地瞪了她一眼。

「母親，您怎麼來了？」楊啟軒的臉色有些慌亂，他掛起笑臉問道：「天氣這麼熱，怎麼出來也不打傘？」

看得出來，楊啟軒還是很維護寇妍的，只是不知道寇妍會不會珍惜他的這份真心？

「我若不來，恐怕還不知道我的兒子讓人作踐成什麼樣子呢！」安平侯夫人語氣咄咄，怒氣沖沖。「枉你是堂堂安平侯世子，怎麼就沒用到這步田地！既然人家都不搭理你了，你還杵在這裡做什麼？難道還不夠討人嫌嗎？」

「母親……」楊啟軒小心翼翼地陪著笑臉。「您說的這是什麼話？兒子不過是跟表妹還有……鄭公子探討一下圍棋，您怎麼就生了這麼大的氣？」

「你不用說了！」安平侯夫人寒著臉說道：「咱們安平侯府再不濟，還沒有下作到熱臉貼人家冷屁股的分上！」

安平侯夫人說話毫無遮攔，讓楊啟軒有些尷尬。

可是安平侯夫人不理會兒子的心情，她發洩完自己內心的怒氣後，轉身就走。

走了兩步，她回過頭來，看楊啟軒還站在原地，便厲聲喝道：「你杵在那裡做什麼？還不快跟我走！」

楊啟軒眼中閃過一絲不願，他看了看安平侯夫人，又看了看寇妍與鄭世修，最後還是上前一步，與寇瑩一左一右地挽了安平侯夫人的胳膊，沿著原路返回了。

「軒表哥、姑母……」寇妍張嘴喊了兩聲，卻沒有得到回答。

只有寇瑩轉過頭來，目中無悲無喜地看了她一眼。

寇妍的臉色有些難看。

而站在不遠處的寇彤看著這一幕，卻覺得這齣戲越發好看了。寇瑩真是個不容小覷的人呢！原本寇彤以為，那天楊啟軒與寇妍的爭吵是她的真正目的，沒想到，她的目的可不僅僅如此啊！大姑姑來得可真是時候，不早不晚，就那麼巧。若說不是寇瑩安排的，寇彤一萬個不相信。

她不由得朝寇妍望去。不知道大堂姊會怎麼做？是追上去跟著大姑姑他們一起呢？還是留下來陪鄭世修？

寇妍顯然是想留下了。

她勉強地對鄭世修笑著說道：「堪堪就是中午了，估計那邊該擺飯了，咱們一起去用膳吧？」

「不了，寇小姐。」鄭世修告辭道：「我出來也有半天了，家中父母恐怕也等急了。」

「那怎麼行！」為了鄭世修，寇妍得罪了楊啟軒，連安平侯夫人都得罪了，若是鄭世修也回去了，那她今天豈不是白費了？她焦急地說道：「怎麼說也要在這兒用過午飯再回去的。就算你回家，還不是一樣要吃飯？今天燒飯的廚子，可是從京城請來的，做的一手好菜，紅燒肉更是燒得讓人恨不得連舌頭都吞到肚子裡呢！你若是不嚐嚐，一定會後悔的！」

鄭世修聽了，面色突然有些難看。「我要回去了，改日有空再叨擾吧！」說著，竟忙不迭地就朝外走去。

寇妍不知道自己說錯了什麼話，怎麼會讓鄭世修聽了就想走？看鄭世修執意要走，她也不能強行挽留，只得嘆了口氣。

「世修哥哥，你先等我一等。我準備了給鄭太醫的謝禮，請你帶回去給鄭太醫。」說著，她穿過花廳，朝裡面走去。

寇彤這時才終於噗哧一聲笑了。鄭家是回回，回回是不吃豬肉、驢肉的！寇妍說那廚子燒的一手紅燒肉，鄭世修聽了自然要逃了。

看著鄭世修朝外走來，寇彤忙正了臉色，避讓到一邊。沒想到，他卻在寇彤面前停了下來。

「怎麼站在日頭底下？小心曬出熱症來。」

這沒頭沒腦的話，讓寇彤一愣。她眼圈有些紅，卻並不是為鄭世修，而是為自己。

她前世孜孜以求，不遺餘力地花心思討好鄭世修，得到的不過是他不鹹不淡的幾句話，他從來沒有像今天這樣關心她。

有一次切藥時，她切到手，他也不過是淡淡地說「不會切就不要切了」；而今天，她什麼都沒有做，他就跑過來沒頭沒腦地說了這樣一句關心的話。

這感覺真是怪異極了。

就像飢餓難耐的時候，看到一碗熱氣騰騰的湯麵，但是你卻吃不到，只能看著；當你在別的地方吃飽了的時候，那湯麵卻被捧到了你的面前。

可是，就算那湯麵再美味、再好吃，你也吃不下了。

寇彤看著鄭世修，突然就覺得不一樣了。她曾經捧著一腔熱誠，全心全意對他，而他不聞不問；今天，他卻回過頭來。

可是，她就像吃飽了的人一樣，再也不願意吃鄭世修這碗湯麵了。

看著寇彤紅了眼圈，鄭世修突然有些慌亂，他笨拙地安慰道：「妳別難過，我過幾天就要去京城參加太醫院的考核了，如果能通過考試，我就能留在太醫院做太醫。父親答應過我，只要我通過考試，就到寇家來……提親。」鄭世修的臉有些紅。

鄭世修的話聽在寇彤耳中，卻讓她心中警鈴大響！

前一世，在鄭太醫的安排下，鄭世修通過考試之後，便回來娶了寇彤。

成親沒有多久，鄭世修憑藉兩本醫書成為了太醫院中的佼佼者，然後一連醫治了許多疑難雜症，接著便平步青雲，成為了炙手可熱的人，最後又治好了太后。

這一世，她是不會嫁給鄭世修的。

她抬起頭來，看著鄭世修，想看清他剛才的關心究竟是真心還是為了那本《李氏脈經》。她緊緊地盯著鄭世修看了一會兒，也沒有從他臉上看出什麼端倪來。

見寇彤愣愣地盯著他看，鄭世修還以為寇彤不相信他說的話。

「妳只管放心，彤妹妹，妳信我。」鄭世修說道。「我一定會娶妳，我們之間的婚約是算數的。」

是嗎？寇彤心中冷笑。你要娶我？你說我們的婚約算數？可是我寇彤卻不稀罕！

「鄭公子，你在說什麼？」寇彤迷茫道：「你剛才是說，你我之間有婚約？」

「是啊！」鄭世修說道：「難道妳不知道？」這話一出口，鄭世修就覺得寇彤極有可能是不知道他們之間的婚事的，那他剛才說了那麼多話，她該不會生氣吧？鄭世修覺得臉上火辣辣的，說話也變得有些不利索。「妳我之間的確有……有婚約，是……是父輩定下來的，可能伯母還……還沒有跟妳說……」

「世修哥哥！」寇妍拿著一個精緻的雞翅木長條形盒子走了過來。「你們在聊什麼？怎麼站在日頭底下？」寇妍說著話，眼神像刀子一般望向寇彤。

「鄭公子是在問我，上次我給四伯祖母推拿的手法，他對這個有些興趣。」寇彤輕描淡寫地說道。

「對呀、對呀！」鄭世修忙不迭地點頭。

寇妍聽了才鬆了一口氣，笑著說道：「這是祖母讓我給鄭太醫的謝禮，世修哥哥幫我轉交一下吧。」

「嗯。」鄭世修沒有推辭，接了過來。

看鄭世修有些魂不守舍，寇妍心中悶得生疼，強笑道：「那手法也沒什麼，世修哥哥要是喜歡，我讓彤妹妹寫下來，回頭我交給你豈不好？」

鄭世修此刻直想走，哪裡聽得清楚寇妍在說什麼？只胡亂地點頭應承道：「好好。」

寇妍將鄭世修送上馬車後，轉回來對還沒有走遠的寇彤命令道：「彤娘，妳站住！」

「怎麼了？」聽到寇妍叫自己，寇彤回轉身來。

長長的走廊旁邊，栽種著不同的花，現在雖然不是花期，卻在下人的打理下枝繁葉茂，濃翠欲滴。斑駁的陰影中，寇彤那張臉越發明豔照人。她盈盈立於廊廡之下，就像一朵含苞待放的白玉蘭，生機盎然，絢爛奪目。

寇妍突然間愣住了。

彤娘這般容貌，難怪世修哥哥會對她念念不忘了！世上男子皆一樣，都愛慕好顏色的女子，世修哥哥恐怕也不例外。如果她真的與自己爭搶世修哥哥，自己恐怕也沒有絕對的把握贏吧？念頭閃過，寇妍心中湧起一股難以名狀的酸澀。

「彤娘，」寇妍笑得有些勉強。「妳是不是喜歡世修哥哥？」

寇妍的語氣裡面帶著幾分猶豫與小心翼翼，她眼中的慌亂與焦灼寇彤也看得分明。

這與曾經的自己何其相似！寇彤的心就像是被什麼給重重地打了一下。

那時，她也是這般患得患失，也是這般惶惶不安。那是因為，鄭世修的不鹹不淡與若即若離讓她不知所措。

大堂姊寇妍也會如此嗎？她可是寇家最優秀的姑娘，她的娘親是才女，她的父親是三品大員，這樣無助的心情她怎麼也會知道？是因為鄭世修的原因嗎？

許是有相同的經歷，許是寇妍的小心翼翼令寇彤驚訝，寇彤的心中突然就生出了幾分憐惜來。

「大堂姊，」寇彤認真地說道：「妳放心，我寇彤有生之年，喜歡誰都不可能喜歡鄭家公子，妳放心好了。」

「是嗎？」寇妍卻絲毫沒有放下心來，而是焦急地說道：「那……那妳發誓！妳發誓，若妳喜歡鄭世修，妳便遭天打雷劈，不得好死！」

好惡毒的誓言！寇彤心中的憐惜，一下子就消失得無影無蹤了。她怔怔地盯著寇妍，不由得想到「可憐之人必有可恨之處」這句話來。

寇彤的猶豫，卻變成了寇妍指控她的證據，她尖叫著罵道：「怎麼？不敢說了吧？我就知道妳心中有鬼！說什麼妳不喜歡他，不過是騙我罷了！妳當我是三歲孩童，能任由妳欺騙？妳可真是夠陰險的！」

「寇妍！妳有什麼資格說我？」寇彤譏諷地說道：「妳說我心中有鬼，妳自己又是個什麼東西？妳以為天底下的男子都必須圍著妳轉嗎？以為妳稍稍示意，那些男人就會像見到骨頭的狗一樣匍匐到妳的腳下任妳差遣嗎？妳以為妳勾勾手指，那些男人就會被妳迷得暈頭轉向嗎？」

寇彤的質問讓寇妍愣住了，她沒有想到寇彤會突然說出這些刻薄的話來。

「妳……」寇妍一下子被人戳穿了心事，自然滿臉通紅，但是她卻梗著脖子，紅著臉說道：「那……那都是那些人自己願意的，我、我又沒有讓他們那麼做！明明就是那些人的問題，妳怎麼能把錯都推到我的身上？」

「妳沒有錯？」寇彤冷笑一聲。「妳不過是仗著自己容貌不俗，所以到處招蜂引蝶罷了。」寇彤想到上一世的恥辱，口中越發不留情面。「一個楊啟軒死心塌地對妳難道還不夠？非要鄭世修也必須對妳刻骨情深？大堂姊，小心妳竹籃打水一場空，到時候兩頭空空，一個都撈不到！」

寇妍氣得滿臉通紅，卻不知道該說什麼話來反駁寇彤。她揚起手臂，一個巴掌就想對著寇彤甩過去。

寇彤卻不理會她，轉過身去，以手指天，說道：「我寇彤在此發誓，今生今世若喜歡鄭世修便不得好死，生生世世永無輪迴！」說完後轉過頭來，與正在發愣的寇妍四目相對。

「彤妹妹！」寇妍好似非常感動。「我沒有想到，為了我，妳真的能發這樣的毒誓。」

「妳錯了。」寇妍並不在意她的感動是真是假。「大堂姊，我這誓並不是為妳發的，確切地說，是為我自己發的。鄭世修那個男人，我一丁點興趣都沒有，更不想與他有任何的關係。妳把他當寶貝，但是在我寇彤眼中，他不過是根草罷了。我之所以發誓，也是為了提醒自己，千萬不要跟鄭世修有任何的瓜葛。還有，」寇彤頓了頓，才又說道：「我沒有任何義務要聽妳的話，或因為妳的喜怒哀樂而做任何事情。我是如此，我相信其他人也是如此。如果妳只顧自己，不顧別人，時間久了，這世上便再無喜歡妳之人。」
「妳！」寇妍有些忿然。「妳有什麼資格教訓我？不過是發了個誓罷了，就真當我欠了妳一樣嗎？」
「焉知妳上一世沒有虧欠我？」寇彤寸步不讓。
「妳說什麼？」
「沒什麼。」寇彤無所謂地笑笑。「妳就當我今天所說，皆是廢話好了。」

回到永昌侯府的關毅，想著鄭世修看寇彤的眼神，那樣的毫不掩飾，那樣的肆無忌憚，還有他叫她「彤妹妹」，那般親切……
而他，卻只能叫她小寇大夫。
關毅的心中越發不是滋味，整整一天都覺得煩悶不已。
「少爺，您這是怎麼了？」元寶看著反常的關毅，擔心不已。「今天的對弈還是就此告一段落吧，您的心思不在棋局之上。」
「嗯。」關毅沒有反駁他的話，微微點頭。
「少爺有什麼煩心事嗎？」元寶像往常一樣，關切地問道。「不如少爺說出來，我幫您參謀參謀。」
關毅眼睛一亮，他怎麼忘了，元寶可是他身邊的智囊，這樣的事情讓元寶幫忙再沒有錯了。

「那小寇大夫……」關毅話到嘴邊又打了個彎。「我想知道小寇大夫的所有事情，還有那小寇大夫與鄭家是什麼關係？」

「就這麼簡單？」元寶有些不明所以，少爺怎麼會關心這些微不足道的小事來了？

「對。」關毅神色一凝。「你不要掉以輕心，於我而言，這很重要。以後，你自會知曉。」

「是。」元寶躬身道：「少爺放心，我這就去辦。」

到了晚上，元寶便將寫著寇彤事情的紙張放到關毅面前的桌上。

「原來她叫彤娘啊！」關毅看著手中的紙，笑得有些傻。「寇彤、寇彤，這名字可真是好聽，跟她的人一樣。彤娘、彤娘……」唸著寇彤的名字，關毅有些得意，若是明天他叫她的名字，不知道她會不會嚇一跳呢？想著寇彤大吃一驚的樣子，他越發的樂呵。

站在旁邊的元寶看著關毅的樣子，越發覺得有些不對勁。少爺怎麼對著那幾張紙傻笑呢？這幾天，少爺越發不對勁了……

關毅笑著笑著，突然擰住了眉頭。

「元寶！」他抬起頭來，凝視著元寶。

元寶心中一凜，正色道：「少爺，有何吩咐？」

關毅非常認真地問道：「你說，我該叫她什麼好呢？」

元寶有些疑惑，他很少有像現在這樣子猜不到少爺心思的時候。「少爺，您說的是誰？」

「彤……就是小寇大夫啊！」關毅有些苦惱。「我若叫她寇彤，會不會顯得生疏？我若是叫她彤娘，會不會太親暱了？彤娘應該是只有她家裡面的人這樣叫。難道我要學鄭世修，叫她彤妹妹？」關毅拿著那張紙，急得團團轉。「不行！我不能跟鄭世修一樣叫她彤妹妹！那我該叫她什麼呢？」

看著關毅在室內走來走去，元寶如遭雷擊，臉色大變。少爺他這樣子，分明是對小寇大夫動了男女之情啊！是從什麼時候開始的？他怎麼一點都不知道。

好像少爺從范水鎮回來的時候，就經常打聽小寇大夫的事情了，這幾天更是雷打不動地接送小寇大夫……唉，他怎麼這麼魯鈍，連這麼明顯的事情都沒有看出來。

那紙上寫了什麼，他一清二楚，他不由得猶豫了起來，要不要提前跟少爺說一說那件事？

唉，來不及了，少爺他已經往下看了！

得知寇彤與鄭世修有婚約，關毅臉色大變。「怎麼會有婚約呢？你可是查清楚了？她不是一直都不在南京的嗎？怎麼突然就有了婚約？若是有婚約的話，那她豈不是跟鄭世修……」怪不得鄭世修叫她「彤妹妹」，怪不得她也不反駁。

彤妹妹、彤妹妹……他只能是自己的彤妹妹，她怎麼就變成了別人的彤妹妹？這……這可怎生是好？關毅只覺得心中又酸又澀。

他一直惦記著她，他還有些害怕這種情愫，還沒有想好要怎麼辦呢，她怎麼突然之間就與別人有婚約了？
那他怎麼辦？他可是一直惦記著她，一直念著她的呀！
關毅的心空蕩蕩的，像失去了一件珍愛的寶貝，一時間竟不知道該怎麼辦才好了。
「少爺！少爺，您先不要著急，這婚約是作不得數的！」
元寶看關毅焦慮地走來走去，忙不迭地說道：「這婚約是寇俊英在世的時候定下的，自寇俊英出了事後，鄭家便一直沒有露面，想來鄭家是不認這門親事的。」
「真的？」關毅緊張地問道。
「當然是真的。」元寶立即回答道。
「那就好。」關毅坐回到椅子上，喃喃地說道：「那可真是太好了……」
呼！元寶呼了一口氣。只要能冷靜下來就好。少爺那麼聰明，只要他想做，什麼事情做不到？怕就怕他頭腦一熱，失了理智。只要少爺能冷靜下來，自然會把紙上所寫的事情看完，之後定能想出對應的法子來。
見關毅認真地看起紙上的字，元寶這才擦了擦額頭上的汗，悄悄地退了出去。

第二十九章　離開寇家

永昌侯老夫人的身體已經痊癒了，寇彤也將搬離寇家四房的事情提上日程。在關毅的幫忙下，寇彤在離永昌侯府不遠的一個巷子裡租了一個單門獨戶的院落。

寇彤沒有告知蘇氏租房的事情，她將一切都安頓好之後，才跟蘇氏提了要搬出去的想法。

「雖然四房的人待咱們不是很好，但是不管怎麼說也不曾虧待我們，妳是寇家的姑娘，這樣搬出去，我總覺得有些不大妥當。」

寇彤聽得出來，母親不是很想搬出去。她能體會母親的心思，畢竟從表面上看來，四房待她們還是過得去的。

「母親，如果這裡住得好，我自然是一千一萬個願意住在這裡的。」寇彤勸道：「只是，這裡畢竟不是咱們家，住在四房怎麼說都是寄人籬下。若是四房真的真心待我們，便不會讓我們住在這個小小的院落了。他們占了咱們家的房子，這事卻提也沒有提一句。現在咱們吃穿用度雖然是四房給予的，但是每個月我都會將銀子折現給他們，住在這裡跟搬出去其實沒有什麼兩樣。若是搬出去住，我們還能自在一些，在這裡，我住得很是不舒服。母親，咱們還是搬出去吧。」寇彤直接告訴母親，她住在這裡不舒服。

蘇氏向來敏感，連忙問道：「怎麼了？是不是有誰給妳氣受了？」她可以受氣，可是她的女兒絕不能受一丁點的欺辱。

寇彤看了母親一眼，突然間就明白了一件事情——母親一直住在這裡，並不是因為這裡有多好，而是因為希望自己能有個庇護。

現在自己明確地告訴母親，她住在這裡不舒服，母親就十分的緊張。

一瞬間，她就明白該怎麼跟母親說了。

「沒……」寇彤的神色有些猶豫。「就是大姑姑，前幾日跟我說，安平侯府不是一般的人家，她家那個長子模樣文采皆是不俗，想跟我親上加親，還問我生辰八字是多少……」

蘇氏聞言，氣得直哆嗦，四房真是欺人太甚！一個出了門子的姑太太，都敢背著自己私自來哄騙彤娘了，她定然是知道自己不答應，便從彤娘這裡下手，真是好卑鄙！這世上，哪有直接跟人家姑娘嘴對嘴、面對面地說親事的？當真是一點禮義廉恥都不顧了。

「妳沒有告訴她吧？」蘇氏問道。

「沒有。」寇彤搖搖頭。「生辰八字哪能隨便告知別人。我記得母親跟我說過，我跟鄭家的公子有婚約，所以就沒敢答應。而且……我想著既然大姑姑家的長子這麼好，怎麼會到南京來說親？若真如她所言，恐怕這親事早就定下來了，怎麼能輪到我？所以我沒有答應。」

「彤娘，妳做的對。」蘇氏鄭重道：「這件事情，妳比母親看得清。這四房，還真的不能住了，咱們還是搬出去吧！」

「嗯。」寇彤又添了一把火說道：「我在四伯祖母生病的時候，見到了鄭家父子幾次……」

蘇氏一聽有些激動。「妳說的是真的？妳見到鄭家人了？」

「是的。鄭太醫如今就在南直隸太醫院當值，四伯祖母的病就是他醫治的，他來了幾次，我都在場。」

「那他有沒有跟妳說什麼？」蘇氏面上嚴肅地問道。

「沒有。」寇彤搖搖頭。「他不認得我，他以為我是四房的姑娘。」

「那妳四伯祖母沒有跟他說明？」蘇氏隱隱有些不相信。

「沒有。」寇彤說道。「原來我還不知道為什麼四伯祖母故意讓鄭太醫誤會我是四房的人，直到前幾天大姑姑來找我，我才明白過來。」

蘇氏也明白過來了。「妳是說，四房的人想讓妳嫁到安平侯府，所以故意不讓鄭家的人知道咱們母女兩個人的存在？」

「是的。」寇彤再接再厲道：「我覺得事有蹊蹺，就託永昌侯世子幫我打聽安平侯府的庶長子，結果這一打聽才知道，大姑姑家的庶長子是個不學無術的無賴，因為妄想承恩侯府的二小姐，所以被人打斷了腿，在京城根本無人願意與安平侯府結親。安平侯老夫人給大姑姑施壓，要她一定要幫那庶子找一門滿意的親事，大姑姑在京城找不到願意的人家，所以才來了南京……」

「欺人太甚！」蘇氏聽了，早已臉色鐵青。「不過是仗著咱們娘兒倆無所依仗罷了！四房，他們怎麼敢如此對待我們……」

「他們敢，他們有什麼不敢的？」寇彤苦笑道：「四伯祖母還想軟禁咱們呢，那幾天都不讓我出門了。若不是永昌侯家請我去給永昌侯老夫人看病，恐怕咱們兩個就要被四房給軟禁起來了。到了那時，才是叫天天不應，叫地地不靈呢！」

蘇氏聽了，不由得大駭。「彤娘，妳說的是真的？」

「自然是真的。」寇彤嘆了口氣。「母親，我為什麼要騙妳呢？」

蘇氏就算知道四房對她們母女沒有放在心上，但卻想著，四房好歹念著同族同根，還是給了她們片瓦遮頭，讓她們母女有個容身之所。到了此時，她才明白，所有的一切都不過是算計罷了。原先她還想著讓四房做寇彤的依仗呢，現在看著，這依仗險些害了彤娘。

她有些失魂落魄，道：「若是妳父親還在，咱們何至於此？那現在該怎麼辦？若是四房不同意咱們搬出去呢？」

「母親……」看著蘇氏難過的樣子，寇彤有些自責。這些事情，她原本可以不告訴蘇氏的，只是她若不說，母親恐怕還會對四房心存期望，不願意搬出去。

「母親，妳不用擔心。」寇彤握了蘇氏的手，安撫道：「我治好了永昌侯老夫人的病，永昌侯夫人說我若是有困難，可以找她幫忙。我已經託了永昌侯府幫咱們租了房子，就在離永昌侯府不遠的地方，四房不敢把咱們怎麼樣的。」

「唉，如果不是永昌侯，恐怕咱們真的要被四房困在這裡了，永昌侯真是我們母女的福星啊！」蘇氏有些唏噓。

「不，母親妳說的不全對。」寇彤正色道：「永昌侯雖然幫了咱們，但這不全是永昌侯的原因。最大的原因，是我！母親，妳想一想，若是我沒有醫術，永昌侯定然不會請我去給老夫人看病。若是我醫術不精，沒有治好老夫人，永昌侯府恐怕就不會這樣幫助咱們了。雖然咱們要感謝永昌侯，但是更應該感謝自己，就是因為我有一技傍身，所以才有所依仗。

「我知道，妳怕我失了本家的庇護，以後出嫁在夫家難為。但是我覺得最大的依仗不是旁人，而是自己。只要我有一技傍身，就算有朝一日我被休棄了，也可以依仗醫術安身立命，絕不至於讓自己活不下去的。只要能活下去，還有什麼可怕的呢？在范水鎮，那樣艱苦的日子都熬過來了，咱們還有什麼難關熬不過去呢？」

「只要能活下去，還有什麼可怕的呢……」蘇氏喃喃地重複了寇彤剛才的話。她的夫君已經不在了，她要護住女兒，好好地活下去！此刻，蘇氏又點燃了希望。夫君憑藉醫術揚名於大晉朝太醫院，彤娘就算不如夫君，但是安身立命還是不愁的，她實在沒有必要依附別人。現在看來，別人也靠不住。

蘇氏想通了之後，便說道：「那咱們還是儘快搬出去吧！」

與蘇氏溝通清楚之後，當天下午，寇彤便跟蘇氏來到連氏的院子，說明來意。

連氏大為驚訝。「弟妹妳何出此言哪？妳們是寇家人，這哪有自己家不住，搬到外面住的道理？若是旁人見了，還以為咱們四房容不得人呢！」

「二嫂，我知道妳的一片好意。」蘇氏說道。「這要是以前，妳就是趕我走我也不會走的，只是現在，寇家已經分家，各房已經分開過日子，我與彤娘雖然是寇家人，但是畢竟不是四房的人，斷沒有這樣一直寄居旁人屋簷下的道理。」

「弟妹，是不是有人在妳面前說了什麼？」連氏安慰道：「如今老太太病了，將家務事交給我打理，這些下人難免有些托大，恐怕讓弟妹跟彤娘受了一些氣。不過弟妹放心，我不知道便罷，既然我知道了，斷沒有睜隻眼閉隻眼的道理。哪個奴才給了妳氣受，妳只管告訴我，嫂子定讓人捆了來，給弟妹出氣。」

「不、不是。」蘇氏攔著她說道：「二嫂，妳的好意，我與彤娘心領，只不過並沒有下人讓我們受氣，是我們母女的確不想在這裡住下去了。過日子是長長久久的事情，不是一天兩天，斷沒有一直居住在旁人家裡的。」

「那……」連氏見勸不住，就說道：「既然弟妹實在不想住在家裡，我也不好強行挽留。只是……不是嫂子故意不答應，這事情實在不是我能作得了主的，弟妹還是親自跟老太太說說吧。妳知道，我在老太太面前一直不得勢，這些年來，她一直不大喜歡我。」

蘇氏理解她的為難。「二嫂，我知道妳的意思，老太太那裡，我會親自去說的。這會子來，就是想先跟二嫂說一聲，免得到時候老太太問起來，二嫂不知情。」

沒想到蘇氏會提前來跟自己說一聲，連氏心中感動，上前握了蘇氏的手，低聲說道：「弟妹，我們家大老爺從京城來信，說是要接老太太到京城住一段時間。老太太今天心情高興著呢，妳要是去說，十有八九能成。」

蘇氏點點頭道：「多謝二嫂提點，我曉得了。」

紫院。

「……妳這孩子真是心眼實。」呂老夫人嗔怪道：「雖然咱們分了家，但是四房、六房可是嫡親的兄弟，這四房妳儘管住，旁人誰敢說一個不字？」

寇彤聽了這話，便抬頭看了呂老夫人一眼。聽她的意思，是不想讓我們走了？

蘇氏的心中也是這麼想的。

呂老夫人卻話鋒一轉，說道：「但是，既然妳們母女提出來要搬出去，自然有妳們的道理，我若是硬攔著，豈不是做了惡人？妳們準備什麼時候搬走？我讓袁嬤嬤幫著收拾東西。等搬走之後，也要常回來坐坐才是，可不能因為搬走了，就與我們生疏了。這裡，可是妳們的本家。」

「那是當然，彤娘不管怎麼說都是寇家的姑娘。」沒想到事情會這麼順利，蘇氏的心情很高興。「四伯母疼愛姪媳婦，姪媳婦都記在心裡呢！等我們搬過去之後，一定會經常回來的。四伯母若是有時間，也可以到我們家去坐坐或者小住，也讓姪媳婦盡盡孝心。」只要能搬出去，其他的蘇氏都不在意，場面話也說得很漂亮。

「我老了，出去不利便，不過妍姊兒、瑩姊兒她們姊妹倒是喜歡出門，到時候讓她們串門子去。」呂老夫人笑得十分的和藹。「不知道在什麼地方住？是買的房子還是租的房子？」

房子確切在什麼地方，蘇氏還真不知道，她不由得朝寇彤看去。

寇彤說道：「房子是租的，在城南，東升樓大街旁邊的芳草巷，離錦繡街不算遠，若是坐馬車的話，大約一炷香的時間。」

東升樓大街嗎？永昌侯府也在那裡呀！呂老夫人心神微滯，她真是小看了寇彤，這麼短的時間竟就搭上了永昌侯府！

她與她父親一樣，都有一手精妙的醫術。當年，寇俊英揚名於京城杏林界的時候，她的兒子寇俊傑還默默無聞呢！可是，那又怎麼樣？六房如今還不是衰敗了？在寇家，能說得上話的，是她四房！

「城南富庶，東升樓大街那裡戲園子的戲唱得最好，人也多。彤娘不是會醫術嗎？去了那裡，說不定可以當個坐館的大夫呢！」呂老夫人笑著說道。「到時候四伯祖母若是病了，彤娘可不能收診費呀！」

「她那點醫術，難登大雅之堂，四伯母還是勿要笑話她了。」蘇氏低頭一笑。

「好了好了，今天也不早了，既然房子都租好了，不如早點搬過去吧！妳們回去收拾收拾，這兩天就搬過去吧！」

「是。」

蘇氏與寇彤謝過呂老夫人後，就跟著袁嬤嬤一起，回到蟬院來收拾東西。

說是收拾，其實也沒有什麼好收拾的。她們帶來的東西本來就少，到了這裡之後，用的都是寇家現成的東西，這樣一來，不過剩一些零星的衣物要整理而已。

寇彤倒了茶水給兩人。「母親，咱們明天就要走了，妳陪著袁嬤嬤說會兒話，這收拾的事情還是交給我來好了。」

「這可使不得。」袁嬤嬤站起來說道：「大小姐，哪能讓您收拾，我坐著喝茶，沒有這樣的道理！」

「嬤嬤，您坐下吧！」寇彤說道。「這些日子以來，多謝嬤嬤的照顧，我母親肯定有許多話要跟嬤嬤說，您就別推辭了，就當陪我母親說說話吧！」說著，她就收拾東西去了。

袁嬤嬤見了，非常感慨。「小姐真是長大了，知道心疼人了。太太，您總算是苦盡甘來了。」

「是啊！」蘇氏也非常感慨。「當年在襁褓裡面，才那麼一丁點大啊……」說著，用手比劃道。「一眨眼的工夫，十五年就過去了，彤娘都長成大姑娘了。」

「小姐醫術高明，治好了永昌侯老夫人的病，這我都聽說了，真真是跟老爺一模一樣，小小年紀就掌握了精妙的醫術，老爺地下有知，也該欣慰了……」

袁嬤嬤說著，流下了眼淚。「老奴的姊姊若是還活著，不知道該有多高興。當初，老爺出事的時候，她日日以淚洗面，眼睛都瞘了。我姊姊一生只養了一個姑娘，還夭折了，便將老爺視為親生孩兒，她臨死之前還念念不忘地叮囑我，說有朝一日見到您、見到小姐，一定要替她照顧著……」

「袁嬤嬤，您別難過。」蘇氏聽了，心中也酸澀不已，她強打起精神說道：「現在都過去了，彤娘長大了，以後的日子會一天比一天好的。」

「老奴年紀大了，看到太太，難免又想起往事，太太千萬莫見怪。」袁嬤嬤忙不迭地說道。

「袁嬤嬤，您太見外了。」蘇氏說道。「您姊姊奶大了老爺，老爺就算是她的半個兒子，按說我們六房應該一輩子供奉她，給她養老送終的。誰知道，卻因為老爺的事情，讓她憂心，還患重病而死。現在她雖然不在了，但是在我眼中，您與她是一樣的。您若是不想在四房待了，就跟著我們，我與彤娘定然會將您當作長輩，一定會好好侍奉您，給您養老送終的。」

袁嬤嬤聽了，老淚縱橫。「太太，您能有這個心，老奴心中十分感激。我這些年還有一些積蓄，我娘家還有個姪兒，就在府中外面的鋪子裡做掌櫃，老夫人說，等過了年我就能到他家中養老去了。」

「嗯。」蘇氏點點頭。「您若是有用得著的地方，一定要告訴我，千萬莫將我當外人。」

「太太，老奴會記得您說的話的。」

第二天，蘇氏跟寇彤辭別了寇家眾人，用一輛馬車載著為數不多的行李，離開了寇家。

安平侯夫人有些不甘心地問道：「母親，就這麼讓她們走了嗎？」

「不讓她們走，還能怎麼樣？」呂老夫人反問道：「妳不是看不上寇彤嗎？她們走了，不是正稱了妳的心嗎？」

自上次安平侯夫人氣昏了呂老夫人後，呂老夫人對待這個女兒就不再像往常那樣有耐心了，大概也意識到了女兒這個性格，是沒有辦法再改了。

「那她們走了，我……我怎麼跟婆婆交代呀！」安平侯夫人有些不知所措。

「妳不用著急，五房老么媳婦的娘家落敗了，一家人都死絕了，只留下一個孤女，前幾天剛從山西接到南京。我去看了，那姑娘也算不錯，出身也好，本來是有親事的，但是男方得疾病死了，現在婚事還沒有著落呢！那姑娘今年正好十八歲，她這個年紀，若是再不說親，恐怕就不好說了。我許了老么家，讓他嫡子跟我去京城，這次會讓妳哥哥在京城幫他安排進雲山書院，他們已經答應了這門親事。妳待會兒把那姑娘的生辰八字寫了，差個妥當的人送過去。這事情，就到此結束吧！」

安平侯夫人聽了，想了想卻說道：「母親，不是我不同意，而是這樣人家的姑娘，娘家人都死絕了，恐怕我婆婆聽了會不答應，要不，妳再幫我看看別家的姑娘吧？」

「別家的姑娘？」呂老夫人冷哼一聲。「像這種缺德的事情，我就做這一次！我老了，越發做不得這樣無良的事情。我拚了這張老臉才說的這門親事，妳答應就答應，不答應就算了，只這一次！這次若是不成，妳就自己想辦法吧！」

安平侯夫人聽了，猶豫不決。

呂老夫人見了，氣不打一處來。「妳還有什麼好考慮的？妳來南京也有將近兩個月了，姑爺是個耳根子軟的，若是那些妾室趁著這兩個月掀起什麼風浪，回到京城後，妳就等著哭吧！」

呂老夫人的話，戳到了安平侯夫人的痛腳。一想到自己不在京城，那些狐媚子會用盡手段哄騙安平侯，她便覺得心如刀絞。「那我這回就聽母親的。母親，妳可要保證這親事萬無一失呀！」

「行啦！」呂老夫人安慰道：「那人是個癟子，我已經跟五房說得一清二楚，他們既然答應了，便不會反悔。妳晚上就將八字送過去，交換了庚帖，他們就是想反悔也不成了。」

「是。」安平侯夫人一想到京城，便覺得心中貓抓一般。「那咱們何時回京城？」

「怎麼，這兩個月都熬過來了，現在反倒著急了？」呂老夫人說道。「天還有些熱，等過了中秋，咱們就啟程。」

「那豈不是還要等上將近一個月？」安平侯夫人怔怔地說道。

「妳急什麼？那些妾室不是都已經服藥了嗎？橫豎她們下不了崽兒，妳還怕她們翻出天去？」

就算呂老夫人如此說，但安平侯夫人一想到自己不在，後院那些女人會一個賽一個地裝扮去勾引安平侯，她這心裡頭就不是滋味。

呂老夫人安慰道：「妳看看我這身子，哪裡還能禁得起長途跋涉？妳以為我去京城真是為了見妳哥哥？除了見妳哥哥之外，還不是為了妳！有我幫妳出謀劃策，妳婆婆就是對這親事不滿意，恐怕也不能說什麼。妳放心好了，我已經安排了萬全之策，這事情保管能成。」

「母親，妳有什麼萬全之策？」

「我已經讓妳二嫂認了那姑娘做乾閨女，過幾天就舉行認親禮，到時候，妳婆婆就是想挑也挑不出妳的錯來。」

「母親，還是妳疼我。」安平侯夫人淚眼汪汪。前幾日她氣昏了母親，母親很是冷落了她一段時間，她還以為母親不管她了呢！

「好了、好了，我就妳一個姑娘，不疼妳，疼誰呢？」

呂老夫人沒有告訴她的是，長子從京城來信，說安平侯府如今在京城的名聲很不好，寇家已經有一個姑娘嫁到安平侯府了，沒有必要再嫁一個過去。

不光妍姊兒長得好，完全可以嫁到更好的人家，這樣更有利於他們寇家在京城站穩腳跟。不光妍姊兒，瑩姊兒也到了該說親的年紀，還有寇家在京城讀書的幾個哥兒，也都到了說親的年紀了。

結親，結的是兩姓之好。長子如今已經是三品大員，若能結得有利的姻親，借勢而上，說不定他們寇家還真的能出一個名垂史冊的宰輔之臣。

呂老夫人看看女兒，又想了想在京城做官的兒子，心裡的天平，到底還是歪向了兒子那邊。

第三十章　喜形於色

芳草巷靠近東升樓大街，離永昌侯府非常近，是個鬧中取靜的地方。寇彤她們住的院子小巧玲瓏，不過一進。正房一明兩暗共三間，正房對面是三間倒座房，左邊是兩間廂房，右邊是一間廚房，廚房前面是一口水井。

房子裡面的家具都是現成的，皆是七、八成新，寇彤本來打算搬過來再添置新家具的，這樣看來倒是什麼都不用添了。

她們搬來的當天下午，就有隔壁鄰居上門問候。寇彤這才知道，她們住的院子是永昌侯府的產業。

這下子，她心中更踏實了。

住的地方解決了，下一步她要想辦法再開一家醫館。以她現在這個年紀，就算是開了醫館，別人恐怕也不敢請她醫治。而且她年紀一天一天大了起來，再去出診恐怕母親也不願意了。

因此，她想要開個醫館，請一個老大夫來坐堂，而她不出診，如果老大夫遇到實在治不好的疑難雜症，她再出面救治。這樣一次、兩次恐怕不能取信於人，但是次數多了，一傳十、十傳百，她的名氣漸漸也會起來的。

而且許多有病的人都是婦人，婦人那些在尋常大夫面前羞於啟齒的問題，到了她這裡應該能放得開，她只要治好幾個婦人，時間久了，也會有人願意找她看病的。
她需要掙錢，需要用自己的手給自己掙下家資，讓自己足以在南京城安身立命。
上次永昌侯世子給了她二百兩的銀票，她還沒有動，可是這些錢要在東升樓大街租店面，恐怕不夠，所以她需要回范水鎮一趟。
那些錢她要拿回來，一日不拿回來，她便一日不放心。三千兩銀子哪，可不是小數目。她用了大半個晚上的時間來埋那些銀子呢，一定要取回來才行。
於是她簡單收拾一下，到街市上買了一些時興的糕點，便去了永昌侯府。

自永昌侯老夫人的病好了之後，關毅已經好幾天沒有見到寇彤了。他雖然沒有見到寇彤，但是卻一直關注著寇彤的動向，自然知道寇彤已從錦繡街搬到了東升樓大街的芳草巷。
芳草巷離永昌侯府不過隔了幾條巷子，這附近住的皆是永昌侯府的門人或下人，關毅這幾日在附近轉了幾圈，也沒有見到寇彤的身影。
一連幾日沒有見到寇彤，關毅心中正不自在，正想著要不要親自登門去找她時，就聽下人來報「小寇大夫來了」！
他一聽高興極了，忙站起來，腳步輕快地往外迎去，堪堪走到院子裡面，他又趕緊折回到房內，對著鏡子照了照，捋了捋頭髮，又整了整衣裳，才拿了一把摺扇，玉樹臨風般地走了出去。
走到廳堂的時候，他竟然微微有些緊張，不由得挺直了脊背。

寇彤抬起頭，正看見他面色如常，步履從容地走了進來。

他手中搖著摺扇，嘴角噙著微笑，目若明星，鬢若刀裁，瀟灑而俊逸，令人賞心悅目。

寇彤在心中微微讚嘆，在南京，鄭世修也算是美男子了，可關毅卻不同於鄭世修。

鄭世修五官溫潤，話語不多，給人謙謙君子，溫文爾雅之感；而關毅卻面如冠玉，目若明星，身材高大挺拔，讓人一見便知道此人是個瀟灑俊逸的好兒郎。鄭世修像是一塊溫潤的羊脂玉；而關毅則像是俊逸的松樹，身姿挺拔立於高山曠野，迎著明月，伴著清風。

「小寇大夫，久等了吧！」

「世子客氣了，我也是剛到。」寇彤忙站起來說道。

「屋子怎麼樣？收拾好了嗎？住得是否舒適？有什麼需要儘管開口。」關毅很是熱心。

「屋舍很好，裡面家什樣樣齊全，院子整潔乾淨，並不用怎麼收拾，直接就可以住人了。」寇彤由衷地感謝道：「多謝世子幫忙，否則憑我的能力，肯定租不到這麼物美價廉的屋舍。」

寇彤是真心感謝永昌侯府，但落在關毅眼中，便覺得她非常客氣疏遠。他望著寇彤的臉頰，不由得又想起鄭世修那句「彤妹妹」來。

如果是鄭世修幫忙，她還會這麼客氣嗎？

「妳……太客氣了。妳治好了我祖母的病，便是我們永昌侯府的大恩人，別說是租房子了，那房子便是送給妳當作酬金也是使得的。我們不過是幫妳租了房子，妳就這樣感謝，落在旁人眼中，還以為我們永昌侯府眼高於頂，不知感恩戴德呢！」

他的聲音繃得緊緊的，明顯沒有了剛才的愉悅與輕鬆。

寇彤雖然不知道是怎麼回事，但是大抵也猜到他不喜歡自己這樣說著感謝的話，便從善如流，微微一笑道：「其實也不光是為了租房子的事情，今天到府上來，是有一事想請夫人幫忙。」

「妳有什麼事情？」關毅一聽，身子不由得微微向前，一副洗耳恭聽的樣子。見寇彤略一猶豫，關毅忙說道：「祖母病的時候，母親曾經在菩薩面前許過願，說若是祖母身子好了，就要到寺廟裡住二七一十四天還願，她是前天剛出去的，估計還要十幾天才能回來，妳有什麼事情，跟我說也是一樣的。」

其實這件事情跟永昌侯夫人或者關毅說都是一樣的，只是寇彤覺得永昌侯夫人脾氣好，想跟她說說話罷了。既然她不在，寇彤就將自己的打算告訴了關毅。

「世子應該知道，我跟母親之前是住在范水鎮的。」

關毅點點頭。「嗯，我頭一次見妳就是在范水鎮。」

「後來我跟母親一起來到南京，當時走得匆忙，有一些東西落在范水鎮沒有帶過來，那些東西大概值三千兩銀子，雖然不多，但是對我跟母親來說，足以支撐我們好幾年的生計了。我想去把東西取回來，又找不著可靠的人幫忙，所以想跟府上借一輛馬車還有兩個壯實的家丁，跟我一起回范水鎮，幫我把東西取回來。」

關毅一聽，便猜到寇彤所說的東西，大約就是曾經藏在破廟裡的銀子了。他沒有想到寇彤隱瞞著眾人的秘密，會這樣直白地告訴他。難道在寇彤心中，他們永昌侯府或者他本人比旁人更可靠嗎？他不由得心花怒放。

「這是小事。」關毅發自心底覺得高興，他面上帶著輕鬆的笑容，說道：「剛好我後天要去范水鎮一趟，到時候，妳跟我一起去就是。」

寇彤今天來的時候，就沒有打算隱瞞。這三千兩銀子，在永昌侯府這樣的簪纓世家、天子近臣看來，真的算不得什麼。自己是來求人幫忙的，與其遮遮掩掩惹人笑話，不如大大方方地說出來。

只是，她沒有想到關毅也要去范水鎮。

他是真的要去范水鎮，還是有其他的原因？寇彤雖然想不明白為什麼，但是也大約知道應該多多少少跟自己有關係。他該不會是怕自己將那天晚上的事情說出去，所以想殺人滅口吧？或者用其他的方法，讓自己不能將那件事情說出去……

寇彤心底發虛，手心出汗，乾笑道：「哈，這真是……真是巧！沒想到世子也要去范水鎮啊！」

「是啊，的確很巧。」關毅衝寇彤一笑。「再過一段時間，便是我祖母的生辰，自她染病以來，就沒有過過壽。祖母最喜歡蘇繡，我聽說范水鎮有一個繡娘繡得一手好蘇繡，而且是兩面繡，如果我能從她手上買到，獻給祖母，祖母一定會非常高興。」他說話的時候，帶著微笑，那笑容如吹拂過山間曠野的風，磊落而疏朗。

寇彤見了不由得羞愧自責，她真是個心理陰暗的人。以永昌侯府的勢力，關毅若是想對自己做什麼，根本不用跑到偏遠的范水鎮去，在南京直接就能結果了自己。

若不是永昌侯府，恐怕自己與母親還困在寇家呢！人家救了自己，自己不但不感謝，反而這樣暗自揣測，她真是太不應該了！寇彤惱怒於自己剛才的胡亂猜測。

在寇彤看不見的時候，關毅也暗暗鬆了一口氣。還好他急智，把這個謊圓上了，要不然他還真不知道該如何跟她解釋呢！

真好！一想到他們兩個可以一起去范水鎮，他的心情就像放飛在天上的紙鳶，輕盈而愉悅。

從南京到范水鎮，整整一天的路程呢！他們當天去，晚上在那裡歇一晚上，回來再用上一天的時間，這樣便有整整兩個白天可以單獨相處了。除了祖母、母親與阿姊，他還從未跟其他女子單獨相處這麼久呢！

關毅咧著嘴，笑了整整一個下午，就連走路的時候，都眉開眼笑地哼著輕軟愉悅的曲兒。

第二天，關毅就到集市上採買了許多吃食。他不知道寇彤喜歡吃什麼，乾脆買了很多樣，到晚上才發現東西太多了，兩個人兩天吃不完不說，就連帶著都成問題。

寇彤也準備了一些乾糧，而她帶得最多的，是從藥鋪裡買來的藥，有許多是已經做好的藥丸，可以治療腹瀉、傷風、燒傷燙傷、中毒等一些基本的傷病。

自從到了南京後，她就一直惦記著范水鎮的鄉鄰。本來范水鎮就只有她一個大夫，現在她離開了范水鎮，那鎮子上的人若是生病了，便只能到隔壁鎮子上請大夫了。因此，她甚至隱隱有些後悔，早知道就不趕柯大夫走了。柯大夫雖然無德，好歹是個大夫，聊勝於無，總好過現在一個大夫都沒有。

不過柯大夫也不是什麼好人，他要是留在鎮子上，說不定不會救人，反倒會害人呢！寇彤也只能這樣安慰自己。

所以，這次回去，她買了很多現成的藥，就是為了給范水鎮上的鄉鄰們。

到了出發的這天早上，關毅早早地就來到芳草巷口。寇彤出門的時候，他已經在巷子口等著了。

他穿著玄色的短褐，頭上戴著范陽氈笠，手中拿著一條磨得水光油滑的馬鞭，若不是氈笠下露出雪白的脖子跟下巴，看著活脫脫就是個行走於市集的馬夫。

寇彤也是刻意裝扮過的，她穿著素色的窄袖交領上衣，下身是棉布做的馬面裙，頭髮也是簡單地攏到一起，雖然粉黛未施，卻絲毫不掩美貌。

兩人見了彼此，先是一愣，接著便一齊笑了出來。

沒想到他們之間這麼有默契，竟然都打扮成樸素的樣子。

寇彤穿成這樣，是因為她在范水鎮的時候就是這個裝扮，但是關毅這個樣子卻有幾分誇張了。

寇彤笑著問道：「你怎麼穿成這樣？」她心情很好，便沒有注意到自己沒有用敬詞。

「這樣很難看嗎？」關毅低頭看了看自己的衣裳。

「不難看、不難看。」寇彤忙說道。「就是看慣了你穿錦衣，今天乍然見到你穿成這樣，有些不大習慣。」寇彤看了看左右，問道：「怎麼就你一個人？家丁呢？」

關毅笑著說道：「我去為祖母找過壽的禮物，自然越少人知道越好，帶那些家丁做什麼？」

寇彤解釋道：「我取的東西雖然在你眼中不算什麼，但是在外人看來，還是值點錢的，萬一遇到了什麼土匪之類的，你一個人怎麼能應付得過來？」

「這妳就有所不知了。正因為咱們去取的東西值錢，就更不應該多人。就咱們兩個悄悄地去，不易惹人注目，若真是叫上幾個彪形大漢護衛，旁人見了，還以為咱們真的有什麼寶貝呢！」

寇彤想了想，覺得他說的有道理，可是就算如此，好歹也要找個趕馬的人吧？想到他今天的打扮……突然，她抬起頭來，睜大眼睛問道：「你該不會是要親自做馬夫吧？」

關毅卻不以為意地說道：「有什麼不可以？我又不是不會趕馬駕車。妳放心好了，我保證不會翻車，不會把妳帶到溝裡去的。」他說著，撩開車簾子，笑著對寇彤說道：「這馬車是我特意為妳準備的，裡面可舒服了，妳快進去吧，咱們這就出發。」

他親自給寇彤撩車簾子，讓寇彤上車，那語氣平常得緊，就像是說「今兒天氣真好」一樣。

寇彤站在旁邊，有些不知所措。永昌侯世子親自給她駕車，還說特意為她準備了馬車，現在還親自撩了簾子讓她上車……她越想越覺得詭異，腳就像定在了地上一樣，一步也挪不動。

她看了看馬車，又看了看關毅。

「妳愣著做什麼？」不知道怎麼回事，關毅的臉有些紅，他催促著說道：「咱們要快些走，要不天黑到不了范水鎮，就要露宿在外面了。」

寇彤可不想露宿在外面，因此手腳並用地上了馬車。

關毅說的沒錯，馬車裡面鋪著軟軟的毯子，一點都不覺得硌得慌。在靠近車壁的地方放著一個開窗六角形果盤，果盤裡面放著三、四種不同的點心，另外一邊則放著一個鼓鼓的水囊。

寇彤呼了一口氣，侯府就是不同凡響，這馬車外面看著普通得緊，沒想到裡面這麼舒適。

南京城，物阜民豐，物華天寶，城內青石磚鋪就的街道平整而寬闊，車輪輾壓過去雖然轆轆作響，裡面的人卻感覺不到顛簸。

車子很快就駛出了南京城，從城門口出去的時候，關毅特意叮囑道：「出了城，上了官道，就沒有城內的路那麼平整了，恐怕有些顛簸，妳要坐穩了。要是覺得不舒服，就立馬跟我說，千萬不要忍著。」

上次從范水鎮來南京的時候，一路上趕得急，加上心事重重，不知前途如何，寇彤根本沒有時間也沒有心情觀看兩邊的風景。聽關毅說已經出了南京城，她不由得掀開馬車的簾子，張望起外面的景色。

她邊看遠處，邊對關毅說道：「嗯，我知道了。」

關毅聞言，轉過頭來，正看到寇彤掀了簾子朝外看。

寇彤的臉就像放大了般呈現在他的眼前。

她不施粉黛，素顏玉膚，潔白無瑕的額頭，細膩白皙的肌膚，就像是迎風而立的白玉蘭，綽約多姿。

關毅只覺得哪怕是為她駕一輩子的車，他也甘之如飴。

他不禁放慢了速度，柔聲說：「妳要是想看景色，乾脆將簾子撩起來或者摘掉，不要這樣把頭伸出來，這路不平坦，仔細摔著。反正時間還多，咱們可以慢慢走，讓妳看個夠。」

他的聲音溫柔而低沈，好像他面對的是個不懂事的孩子，需要他這樣輕聲軟語地哄著。

寇彤聽在耳中，卻像炸了個響雷，直震得她的心怦怦直跳。她連忙鬆開手中的簾子，手忙腳亂地縮回到馬車內。

她老覺得關毅跟她說話的時候有些怪怪的，這怪怪的感覺不是惡意，但她一直沒有想通是怎麼回事，就在剛才那一瞬間，她突然明白了！

關毅跟她說話的語氣與神態，就像是啟軒表哥對大堂姊寇妍說話時一模一樣。也是那樣的小心翼翼，也是那樣的關切，那說話的聲音，就像情人之間的呢喃。

她的心怦怦怦直跳，幾乎要跳出胸膛之外了。

怎麼會這樣？她覺得尷尬極了，一想到兩個人還要在一起相處兩天，她的臉頰就有些發燙。

寇彤的反應，讓關毅大抵也猜到了自己的心思被寇彤知曉了。

一開始他有些不自在，可是越是往後，他的心情就越是愉悅。剛才放下簾子的時候，她分明沒有生氣，因此現在躲在裡面，大約只是害羞而已。

她可真是聰明！也許，她還跟自己心意相通呢！

他微笑著揚著馬鞭，只覺得渾身有使不完的力氣一樣。

一路無言，只聽見呼呼的風聲跟車子輾壓馬路的轆轆聲……

第三十一章 蛇毒情毒

到了午時，關毅將馬車停在一條清澈見底的小河邊，河邊長著幾棵高大的白楊樹，他們就決定在白楊樹下面休息。

白楊樹很粗，枝繁葉茂，樹葉被風吹得沙沙作響。雖然天氣熱，但是有清風吹來，加上樹冠亭亭如華蓋，在樹下面的寇彤倒生出幾分心曠神怡的感覺來。

關毅很是體貼地從馬上拿了兩個小小的馬紮（注），又從馬車裡面陸陸續續把乾糧、燒過的涼水往外拿。

忙了好一會兒，他才走過來對寇彤說道：「天氣熱，妳要不要洗洗臉？」

「不用、不用。」寇彤擺擺手說道。「還有半天才能到得了，這水囊裡的水還是留著喝吧！」

「我是說，用河裡的水洗臉。」關毅指了指旁邊的小河。

寇彤這才知道自己誤會了，她本來想拒絕，可是看著盈盈的河水清澈又明亮，就不由自主地說道：「好啊！」

兩個人一起來到河邊，寇彤用河水洗了洗手，又打濕了帕子洗了臉，最後將帕子在河水裡清洗了一遍。

注：馬紮，可摺疊的小型坐具，椅腿交叉作為支架，上面綳皮條、繩等，攜帶方便。

有銀亮細長的小魚來回穿梭，寇彤就拿了帕子做網兜去抓小魚，來回抓了幾次都沒有抓到，她不由得有些氣餒。

等她抬頭的時候，卻發現關毅正面帶微笑地盯著自己看！自己這個樣子，恐怕很幼稚吧？

寇彤臉一紅，說道：「我洗好了，咱們回去吧！」

「沒事，時間還早。妳要是喜歡這些小魚，咱們倒是可以抓一些帶回去。」

「不用、不用。」寇彤的臉更紅了，頭搖得像博浪鼓一樣。「咱們還是先趕路要緊。」

「嗯。」關毅也沒有勉強，邊往回走邊說道：「其實抓一些魚也費不了多少時間的，只是沒有地方放，恐怕剛抓到，魚就會死了。等回來的時候，咱們帶了裝魚的東西，再來抓吧！」

那語氣就像是在安撫一個沒有得到小玩意兒的孩子般。她不過是看小魚可愛，臨時起意想看看能不能抓到罷了，怎麼到了他的嘴裡就好像她很貪玩似的？

「我已經說了不用了！」寇彤嘟著嘴說道：「那些魚在水裡游來游去多自在呀，你為什麼非要抓牠們呢？」

關毅心中失笑：*那妳剛才蹲在水邊做什麼？真是嘴硬得緊。*

他好脾氣地說道：「嗯，是是是，我不該去抓牠們。」

看他嘴角彎彎的敷衍表情，寇彤更生氣了。「我剛才不過是羨慕魚兒自由，所以逗弄牠們玩罷了。」看著關毅臉上的笑容越放越大，寇彤只覺得自己真是對牛彈琴。她不禁挑起好看的眉毛說道：「怎麼，你不信？」

關毅斂了笑容，說道：「妳說的話，我自然是一百個相信的。莊子就曾經說過『鯈魚出遊從容，是魚之樂也』，妳有如此想法，也很正常啊！」

說著，他遞過來一塊糕點。「不說魚了，吃點東西吧！一個上午都沒有吃東西，妳該餓了吧？」

雖然他說了相信，但是寇彤心中還是有些不服氣。她忿忿地接過關毅手中的點心，一言不發地吃了起來。

「來，喝點水。」關毅從水囊裡倒了一杯涼水，遞過去給她。

寇彤也不答話，接過來就喝，結果卻因為喝得太急，嗆到了。

關毅忙走到她身邊，輕輕給她拍著後背。「怎麼樣？要不要緊？」

她咳紅了臉，不禁委屈得淚眼汪汪。自己真是丟人，這樣洋相百出的！都是因為關毅，若不是他惹自己生氣，自己怎麼會被嗆到？她心情不好，就遷怒了起來。自己真是太失儀了，喝水都能被嗆到，還這樣大聲的咳嗽，毫無形象可言，她羞得只想找個地縫鑽下去。

關毅見她不說話，還以為她被嗆得厲害了，焦急地說道：「怎麼樣了？有沒有好一點？哪裡不舒服？」他一邊給寇彤拍著後背，一邊說道：「都是我不好，不該用那麼大的茶碗給妳倒水，我應該帶小一點的茶杯出來的。妳感覺怎麼樣？能不能說話？」

看著他焦急的樣子，寇彤心中的氣也散了一些，小聲地回道：「已經好多了。」

她聲音小了許多，臉也紅紅的，關毅一愣，這才意識到自己的手還放在寇彤的後背上。

他連忙把手拿開，故作鎮定地說道：「那就好、那就好，那我就放心了。」

不知道她會不會覺得自己太過孟浪？關毅正襟危坐，吃著糕點，卻控制不住自己心猿意馬地胡思亂想起來。他不時地拿眼睛去瞧寇彤，這一看，關毅不禁看直了眼。

她的臉紅紅的，不知是不是生了自己的氣，或者是因為害羞？

幾經夜雨香猶在，染盡胭脂畫不成。

看著她面若塗脂，唇似花瓣，關毅心中不由得想到這兩句詩。

她這臉紅的樣子真是好看！就像是家中的西府海棠，也是這般幽姿淑態，嫵媚嫻靜，美豔得難以用言語來形容，難怪唐明皇會將酒醉沈睡的楊貴妃比作海棠花了。

他的目光毫不掩飾，帶著熱烈而奔放的情感，寇彤覺得臉上火辣辣的，越發紅了。

「彤娘……」關毅的聲音低沈而沙啞。

「哎呀！」寇彤突然感覺到小腿一陣刺痛，低下頭，正看到一條土灰色的水蛇咬著她的小腿！

寇彤不由得頭皮發麻，腦中一片空白，只覺得又驚又怕，整個人都不受控制地抖了起來。

關毅大驚失色，卻眼疾手快，「鏘」的一聲抽出腰間的松紋寶劍，由於太過緊張，他居然以劍作刀，對著水蛇砍了下去，手起劍落，將那條水蛇斬成兩段！

見水蛇痛苦地扭曲著身子，眼見活不成了，寇彤覺得大仇得報，稍感欣慰。

關毅一把將劍丟在一邊，撩起寇彤的裙角，將她的褲腳往上捲。

「你幹什麼？」寇彤又驚又怒。她想抬腿去踢關毅，卻發現腿已不受自己控制。這蛇有毒！

當關毅從她腿上吸出第一口毒血吐到地上的時候，她不禁覺得自己又一次錯怪了他。與此同時，她感到身子酥麻，不受控制。她驚慌失措不已，眼睜睜地看著自己的身子就像一塊沒了支撐的絲綢，軟軟地倒在地上，卻沒有一點辦法。這種失控的感覺令她害怕！

「妳怎麼樣？」關毅被嚇得魂不附體，顫抖著扶起寇彤。

明明被蛇咬的是自己，他怎麼比她還害怕？他真是個好人！寇彤覺得，空氣有些稀薄起來……

「車裡……車裡有藥……」寇彤斷斷續續地說出這幾個字後，便苦笑地想道：也許我跟這蛇一樣，也活不成了呢！

她看見關毅焦急的臉孔，看見他手腳慌亂地朝車子那邊跑去，意識漸漸陷入模糊……

耳邊有道男子溫柔而有耐心的聲音響起——

「彤娘？彤娘，醒一醒，醒一醒……」

是誰？是誰在喚她的名字？這樣的溫柔……

眼前白茫茫一片，寇彤看了看左右，一個人也沒有，她有些害怕，不知道這是哪裡，也覺得有些累，卻還是強迫自己一腳深一腳淺地朝前走。

面前有個模糊的聲音，她追啊追的，終於追上了。

是父親！

父親的面容雖然模糊不清，但是寇彤卻知道這個人定然是父親無疑！

「父親，你到哪裡去了？彤娘想你想得好苦。」寇彤撲上去抱著父親，卻發現抱了個空。

周圍還是白茫茫的，父親到哪裡去了？

她睜大了眼睛，努力想看清父親在什麼地方……

睜開眼仔細一看，白茫茫的霧色消失不見了，頭上是一頂棉線紡成的青色帳子，花紋縱橫交織。她這是在哪兒？

寇彤轉過頭來，看到關毅坐在床邊，焦急地盯著她看。

見她醒過來，關毅很高興。「謝天謝地，妳終於醒了！妳要是再不醒，我就要帶妳奔回南京了。」

寇彤想起來了，她被蛇咬了，暈了過去。

「這是哪兒？」寇彤從床上坐起來，問道。

「這是寶南鎮的一家醫館，妳暈過去之後，我就帶著妳到了這裡，大夫給妳清理了傷口，又給妳服了藥。」關毅這才鬆了一口氣。「看來那個大夫果然沒有騙我。妳覺得怎麼樣？頭暈不暈？身上還痛不痛？有沒有哪裡不舒服？」他的問題一個接著一個。

寇彤忙動了動手指，動了動腿，發現除了被蛇咬的那條腿有些隱隱作痛之外，其他地方都靈活自如。她放下心來，環顧起左右。

這是一家典型的醫館，房間裡面擺了三、四張床。這是在二樓，她正對著的是一扇窗戶，窗外日陽已經西斜。

「我睡了多久？」

「妳睡了整整兩個時辰呢！」關毅後怕地說道：「還好那條蛇只有輕微的毒，若是有劇毒，恐怕妳現在還不能醒呢。」

「怪不得，日陽都落山了。」

「妳不用擔心，咱們今天就在醫館住一晚上，等妳的傷勢穩定了咱們再出發。橫豎沒有什麼要緊的事情，一定要確保妳的身子好好的才行——」他正說著話，卻突然臉色一變，整個人向後倒去！

寇彤大驚失色。「關毅！關毅你怎麼了？」她怕得要死，覺得心臟痛得都縮到一起了，不禁尖聲淒厲地叫了起來。「大夫、大夫！快來人哪，快來人——」

她的聲音實在太過尖銳，立馬有人應聲而動，推開門跑了進來。

大夫跟藥童七手八腳地將關毅抬到另外一張床上。

「他怎麼樣？」寇彤不顧腿上的傷口，掙扎著下了床，焦急地問那老大夫。

「沒事、沒事。」老大夫哈哈一笑。「他怕是幫妳吸毒，所以有些輕微的中毒，服些藥就好了。」

寇彤聽了，忙伸出手，搭在關毅的手腕上，自己診斷起來。診過脈後，她才放了心，的確只是輕微的中毒。

沒事的。」

「丫頭，放心吧，妳被蛇咬，服了我的藥都好了，更何況他只是輕微的中毒，沒事的、

寇彤有些不好意思。「大夫您莫見怪。」

「不怪不怪，妳也是關心則亂嘛！」老大夫一副司空見慣的模樣，絲毫不在意寇彤剛才的所作所為，反倒笑咪咪地說道：「妳昏迷的時候，妳夫君抱著妳闖進了醫館，也跟妳一樣急得火燒火燎的，恨不得要妳立馬就醒過來呢！」

他一副「你們年輕小夫妻，好得蜜裡調油一般，我能理解」的表情，讓寇彤尷尬萬分。

「妳夫君大喊著妳中毒了，我還以為妳跟他嘔氣，所以服毒了呢，沒想到妳是被蛇咬了。現在看你們這樣相親相愛的，哪有一絲嘔氣的樣子啊？哈哈哈！」

這個老大夫……話還真是多！

寇彤汗顏，擦了擦額上的汗水。「多謝您了，大夫，這藥什麼時候能熬好？」

「妳不要著急，馬上就好。」老大夫讓寇彤安心，然後說道：「看妳剛才號脈的樣子，應該也是懂醫術的，這樣我就把他交給妳照顧了。藥馬上就好，妳好生守著他吧！」說完，就蹬蹬蹬地下樓去了。

接二連三地發生事件，寇彤驚嚇連連，此刻她坐在關毅的床邊，心情稍感平靜。

看著關毅的嘴唇有著淡淡的紫色，她的心就好像被人粗暴地揪住了一樣，又是酸澀又是糾結。

她昏倒前，他焦急的神色、誠惶誠恐的模樣，還都歷歷在目，就好像她是一件被他小心

呵護的珍寶一般，那樣擔心，那樣緊張。

這世上，除了父親母親，還從未有人那麼在意她，從未有人這樣將她放在心間。

她曾經以為，這世上的男子都像鄭世修那般，只會看重寇妍那樣嬌柔的女子。

像她這樣曾經困於鄭家的側院，死過一回的人，居然也能得到這樣美好的感情。

寇彤不禁淚盈於睫，心就像被什麼狠狠地撞了一下，有些痛，有些不知所措……

藥童端了煎得濃濃的藥汁進來，寇彤親自餵關毅服了藥，又細心地給他擦了擦嘴角，然後就坐在床邊，看著夕陽漸漸西垂。

關毅醒來的時候，正看到寇彤凝視著窗外發呆，夕陽的餘暉照在她的側臉上，給她平添了幾分落寞，那神色中帶著悵然與迷茫，就像無助的小獸，忘記了歸家的路。關毅看著，就覺得心如刀割。她是怎麼了？他不由得伸出手，想撫平她臉上的寂寥。

「你醒了？」感覺到後面的動靜，寇彤轉過身來。

關毅尷尬地縮回手，立馬坐起來，著急地問道：「妳怎麼下床了？腿上的傷不痛了嗎？這醫館裡的大夫是怎麼回事，也不安排個人看著。」

寇彤的臉有些紅，原本是有藥童要看著的，可那老大夫卻讓藥童不要打擾他們「小倆口」……這話寇彤可不好意思說出口。

看著關毅掙扎著要下床，寇彤瞪了他一眼，語氣卻嚴厲不起來。「我是大夫，自然知道什麼該做，什麼不該做。我腿上的傷怎麼樣，我比誰都清楚。倒是你，服了藥，才剛剛有些起色就這樣焦急，仔細氣血上湧，不利於藥物解毒。」

這話聽在關毅耳中，頗有幾分撒嬌的意味，她黑白分明的大眼睛水汪汪的，就這麼瞪過來，真是好看，他的骨頭都要酥了……

「你愣著做什麼？還不快躺下！」看他一動也不動，只直勾勾地盯著自己瞧，寇彤有些氣悶，不禁伸手推了他一下。

「彤娘……」關毅一把抓住寇彤的手，順勢放在自己的胸口。他的臉有些紅，眼睛亮晶晶的，呼吸也加重了幾分。

「轟」地一下，寇彤的臉全紅了。她兩輩子加在一起，也沒有被人這樣調戲過。這個……登徒子！她又急又羞，貝齒咬著下唇，掙扎著想把手抽出來。怎奈關毅的手卻像鉗子一般，緊緊地包裹著她的手，她根本抽不出來。

「你……你放手！」她都快要哭出來了。

關毅心中一驚，這才驚覺到自己的孟浪，立馬鬆開緊握的手。

寇彤沒有想到他會這樣冷不防地鬆開手，因為用力過猛，她整個人都摔倒在地上。

痛！

關毅大驚失色，沒想到寇彤會用上這麼大的力氣，他連忙從床上跳下來，蹲在寇彤旁邊，著急地問道：「怎麼樣？摔到哪兒了？要不要緊？能不能站起來？要不要我扶妳起來？」

真是……丟人！寇彤坐在地上，眼淚啪嗒啪嗒地掉了下來。

關毅心如刀絞。「怎麼了？摔痛了？」

都是因為你！寇彤心中委屈，轉過身子，用後腦杓對著關毅。

「怎麼了？」關毅急得汗都冒出來了，他蹲到寇彤面前，雙手放在她的肩膀上，想扶她起來。

寇彤卻一把推開他的手，不理他。

還有力氣推開自己，看來沒有太大的問題，關毅鬆了一口氣。

難道是自己剛才孟浪的行為讓她生氣了？她該不會就此認為自己對她圖謀不軌吧？天可憐見，自己對她可真的……他心中一突，自己對她好像真的有所企圖……

「彤娘！」關毅的聲音慌亂不已。「剛才是我不好，我不該、不該……總之，是我不好，妳不要生氣了，快起來吧！」看寇彤無動於衷，關毅又放軟了聲音。「妳要生氣，就打我幾下、罵我兩句，千萬別這樣坐在地上不說話。乖啊，地上涼，坐久了對身子可不好。妳是大夫，應該比我更明白吧？乖啊！」關毅摟著她的肩膀，將寇彤扶了起來。

寇彤本來又是害羞、又是氣憤，可是他放軟了聲音哄她的時候，寇彤又覺得自己有些無理取鬧了，只不過一時又拉不下臉來跟他說話。待她意識到關毅像哄孩子一樣哄她的時候，她才面紅耳赤地由著他將自己扶了起來。

怎麼一面對他，自己就變得像個孩子一樣，喜怒無常？寇彤低著頭，坐在床邊不說話。

關毅猜測，她肯定還在生氣，他急得團團轉，不知道該怎麼辦才好。

事到如今，自己再怎麼解釋也掩飾不了愛慕她的事實了。自己的確是愛慕她，這也沒有什麼好否認的。男子漢大丈夫，愛慕就是愛慕！他要親口跟她說才行，只有說了，她才會接受自己，才會跟自己說話。

……可是，若是她拒絕了呢？關毅心中駭然，忙搖了搖頭。不會的，她怎麼可能拒絕我呢？她一定也是喜歡我的！

「彤娘。」關毅坐下來，深深地吸了一口氣，感覺到胸膛裡面都是滿滿的勇氣。「彤娘，妳別生氣，我剛才……剛才不是故意的。」

他的話音一落，寇彤就猜到他要說什麼了。她的心怦怦直跳，覺得這樣直接聽他解釋實在是尷尬極了，於是她就轉過身子，又一次將背影留給他。

看著她後背優美的曲線，烏黑柔順的頭髮，關毅傻了眼。

怎麼又不理我了？他不由得暗暗罵自己。她一定是怪我不說真話，故意幫自己開脫。

他呼了一口氣，乾脆硬著頭皮，毫不思索地說了起來。「彤娘，其實妳生氣也是應該的，我剛才就是故意的。其實我喜歡妳，喜歡得厲害。妳……妳肯定不知道我有多喜歡妳。我喜歡到恨不得天天與妳一處，一時半刻見不到妳，我都覺得想得厲害，想得心都疼了。晚上睡覺的時候，我還夢見了妳。彤兒、彤兒，我背著妳就是這樣叫妳的。彤兒、彤兒……妳回頭看我一眼……」

這樣熱烈的情話，寇彤從未聽到過，她的心直跳，覺得臉上在發燙。該怎麼辦？該怎麼辦？他還在等自己的回答呢！她急得手心直冒汗。

要是回過頭去，那該多尷尬啊？可是……難道就一直這樣低著頭不說話嗎？

中萬分自責。

她正輾轉猶豫，難以決定之際，突然聽見「砰」的一聲！她連忙回過頭去，就見關毅臉色蒼白地倒在床上。她怎麼忘了，他剛剛中了毒啊！她心

「關毅，你怎麼樣？哪裡不舒服？」她焦急地問道。

「沒事，就是頭有點暈……」關毅虛弱地回答道。「妳不要管我，快去歇著吧，妳腳上還有傷呢，我扶妳去歇著。」說著，就掙扎著要起來。

都這個時候了，還惦記著要扶她去休息？寇彤不由得淚如雨下。

「你怎麼這麼傻？你難道不知道自己中毒了嗎？你這樣逞強給誰看？你是不要命了，準備死在這裡嗎？」

關毅眉頭緊鎖，絲毫不以為意。「若是妳不理我，別說是中毒，便是死了又如何？」

哪裡就到那步田地了？寇彤不知是氣是笑，忙說道：「呸呸呸！別說什麼死啊活的，小心犯了忌諱。我告訴你，這世上真是有鬼神的。」如若沒有，她怎麼會突然間活了過來，重來一回？定然是神仙憐憫她，所以才幫助她的。

關毅卻倏然睜開眼睛，眸子明亮如星子。「彤兒，妳沒有生我的氣，對不對？」

見寇彤抿著嘴不答話，他噌地坐了起來，雙眼亮晶晶的，高興地說道：「彤兒，妳沒有生氣。」他嘴角的微笑越揚越大。「彤兒，妳果然捨不得生我的氣。」

這傢伙，居然裝病騙我！寇彤柳眉倒豎，惡狠狠地瞪了他一眼。

可是落在關毅眼中，這一瞪絲毫沒有殺傷力。

「彤兒，妳這樣瞪我，我心中真是歡喜得緊。」

寇彤氣結，想瞪他，卻又立馬止住了。

關毅哈哈一笑，十分暢快。

他嬉皮笑臉地說道：「妳瞪人的樣子真好看，不過以後不能瞪旁人，只能瞪我一個。」

她眼如秋水，面若芙蓉。她的手真小，他一把就抓住了，而且還那麼細膩柔軟，握在手中真是舒服極了。想起剛才碰觸到的柔軟，他的呼吸急促了幾分，一把抓過她放在床邊的手，雖然心跳如擂鼓，卻面色如常，拿在手中把玩了起來。

「你！」寇彤橫了他一眼，她小臉紅撲撲的，覺得他的行為雖然放肆，卻不令人生厭，她的心頭甚至還能感覺到絲絲甜蜜……這真令人羞愧，自己這是怎麼了？

關毅小心地打量著寇彤的神色，見她沒有怪罪的意思，便越發大膽，握著她柔軟的雙手，輕輕地把玩揉捏著。「彤兒，我的心尖尖……」

因為兩個人先後中毒，所以在路上耽誤了一天，到范水鎮的時候，已經是第二天了。

寇彤將買來的藥丸悉數交給旺根嬸，請她幫忙保管，如果鎮子上有人頭疼腦熱，可以將這些藥送過去救急。這一晚，他們歇在了客棧。

等到翌日天色欲明的時候，他們到鎮子東頭破廟旁邊的一棵大樹下，將寇彤埋藏的銀子悉數取出來之後，便沒有停留，馬車直接駛出了范水鎮，往南京而去。

第三十二章　子默來了

「怎麼去了三天？不是說好兩天就回來嗎？」蘇氏見寇彤回來了，心才放到了肚子裡。

「因為那病人身體沒有好，家人不放心，不停地挽留，所以我就多待了一天。」

寇彤走的時候，是以上門出診為藉口出的門，現在這樣解釋倒也沒有紕漏。

「嗯。」蘇氏點點頭。「回來就好，下次可不能去那麼遠的地方了。晚上一定要回來住，妳也是大姑娘了，哪裡還能像先前那樣住在外面。」

寇彤點點頭，不以為意。「我知道了，母親，下不為例。」

她回到房中，將那換好的三千兩銀票藏在枕頭底下，然後梳洗了一番，換上了家常的衣裳，一身清爽地來到廳堂。

寇彤看房中擺放著幾盒時新的點心，拿起一塊放到嘴裡，笑嘻嘻地道：「母親，妳真好，知道我愛吃這些。」

「瞧妳那饞樣！」蘇氏嗔怪道。「不是我買的。」

不是母親買的？「難道我不在家的時候，有客人來了？」寇彤想了想，又道：「但咱們在南京也沒有認識幾個人啊！」

蘇氏笑咪咪地說道：「是子默來了。」

「子默?!」寇彤一聽高興極了，她拉著蘇氏的手，急切地問道：「真的是子默嗎？是什麼時候來的？他們現在在哪裡？」子默來了，師父定然也來了！

「看看妳，多大的姑娘家了，還這樣一驚一乍的，仔細惹人笑話。」

「母親，我聽到子默、師父他們來了，心中高興，便有些得意忘形了。在外人面前，我不是這樣的。」

「就是因為妳還知道分寸，所以我才不怪妳。」蘇氏讓她坐下，然後說道：「只有子默一個人，老神醫並沒有來。」

「師父沒有來？」寇彤很是吃驚。「那師父到哪裡去了？」

「瞧瞧妳。」蘇氏嗔怪著瞪了寇彤一眼。「剛剛說過的話，就又忘了。」

寇彤抿了嘴，乖乖坐好，表示願意安靜地聽蘇氏把話說完。

「老神醫去雲遊了，子默是要去京城，路過南京，聽說咱們在這裡，所以就在這裡住一段時間。他現在正住在東升樓大街上的得月客棧，我跟他說了晚上到家裡吃飯，估計待會兒就到了。」

「那我出去迎迎子默。」寇彤跟蘇氏打了聲招呼就出了門。

斜陽西下，窄窄的芳草巷此時非常安靜，寇彤轉過彎，便看見巷子口站著一個身穿白衣，長身玉立的男子。他靠著巷子的一面牆站著，不知道在想些什麼。

逆光而站，夕陽將他健壯的身體籠成一幅剪影，面目不清，只看見腰間的劍鞘迎著光，泛出金屬的光澤。

是關毅！他怎麼會在這裡？「世子，你在這裡做什麼？」

聽到熟悉的聲音，關毅連忙轉過頭來。「妳出來了。」他的眼中有掩飾不住的喜悅。

「嗯。世子剛才站在這裡什麼都不做，是在等人嗎？」寇彤隱隱猜測，他是在等自己。

「是啊！」關毅高興地走向她。「我回去之後發現家中沒有什麼事情，就想著不如到這裡來等妳，說不定還能見到妳一面呢！」他神采飛揚，高興的表情好像在說：我猜的一點都不錯，妳果然出來了。

看到關毅這個樣子，寇彤也非常高興，她對著關毅莞爾一笑。「我們不是剛剛才分開嗎？世子是有什麼重要的事情跟我說嗎？」

「什麼世子？叫我關毅。」關毅看著她的眼睛，有些不悅地說道：「不過一會兒不見，妳就跟我生疏了，這便是天大的事情。」

這是什麼歪理？寇彤失笑。「你的確是世子啊！別人都叫你世子，獨我一個人叫你關毅，豈不是太怪異了嗎？」

「那些人怎麼能跟妳比？」關毅煞有介事地說道：「不許妳叫我世子，妳只能叫我關毅。」

這個人還真是執著。但是，這種執著卻讓寇彤十分受用。

「嗯。」她點點頭，眼睛亮晶晶的。「關毅。」

見她笑靨如花，關毅有片刻的失神。自己這樣在乎她，她是喜歡的吧？她的高興、她的喜悅，都是因為自己吧？想到這裡，關毅的心裡像喝了蜜一樣香甜。

兩人對視良久，都不說話，卻覺得這樣也十分高興。

「你該走了。」寇彤推了他一下。

關毅一把抓住她的手，輕輕握在手中揉捏。「讓我再看妳一會兒。」

寇彤嚇了一跳，忙將手抽出來。「你發什麼瘋？被人看到了可不是鬧著玩的。」她催促道：「快走吧！」

關毅不說話，只嘴角含笑地望著她。

「那我走了。」她拉下臉，轉過身去。

「好好好！」關毅有些無可奈何。「我走，我這就走。」他一轉身，卻發現巷子口不知何時竟站了一個人！關毅心中一凜。都怪他一時情動，居然連身後站了一個人都毫無所覺，情愛果然讓人喪失理智啊！

不過，若是此人將今天看到的事情張揚出去，恐怕於她的名聲不利。他真是太大意了，怎麼因為一時衝動就忘記了這是巷子口，雖然幽靜，但還是會有人來往。若是她的名聲有損，他娶了她便是，反正自己本來就打算非她不娶。可就算是如此，她的名聲也不能有絲毫損傷。他收斂了心神，得想辦法封住他的嘴才是。

寇彤也嚇壞了！這周圍住的，皆是永昌侯府的下人，或者是前來投奔的親戚，自己剛才跟關毅的親熱動作，恐怕都被那人看得一清二楚。寇彤的臉脹得通紅，心中七上八下的。

她不由得朝那個人看去——

「子默?!」寇彤的聲音瞬間變得愉悅起來，她連忙走上前去。「你來了！什麼時候到的？」

「剛到。」子默神色如常。「正想叫妳，沒想到還是妳眼尖，先看到了我。」

寇彤聽了，臉更紅了。子默一定是看到了，所以故意這樣說，來安自己的心。

「那咱們回家吧！」寇彤與他並肩而行，就像當初在范水鎮一樣。

看到他二人如此親近，關毅的眉頭不由得皺了起來。

這個年輕的男子是誰？關毅本是習武之人，只因五官出眾，又面如冠玉，因此掩蓋了身上的肅殺之氣，此刻他面容嚴峻，身上就籠上了一層讓人不可忽視的寒意。

關毅拿眼睛覷著他們二人，寇彤卻對他使眼色，示意他不要出聲。

她裝作不認識的樣子，若無其事地自關毅身邊走過去。

誰知道，子默卻停了下來。「師姊，這位是？」

「我叫關毅，是彤娘的朋友。之前在范水鎮的時候，彤娘救過我的命，後來機緣巧合又醫好了我祖母的病。一連兩次施以援手，彤娘是我們的大恩人，我們關家上下皆奉彤娘為上賓。既然你是她的同門師兄弟，那也不算陌生人了，不如今日我作東，咱們一起到東升樓為子默師弟接風吧？」

寇彤本來有些不好意思，不知道該如何跟子默介紹關毅，沒想到關毅接過話頭，主動介紹起了自己。不過短短幾句話，就將他們之間的來龍去脈說得清清楚楚。

他說話的時候，一掃剛才的嚴肅，臉上含笑，像對待老朋友一樣，語氣、聲音拿捏得十分得當，讓人感覺得出他是真心感謝寇彤，而且因為對方是寇彤的同門師兄弟，所以也非常客氣。

寇彤有片刻的恍然。前一世她身為鄭世修的妻子，每每母親生病，寇家派人來的時候，鄭家總是要將來人晾很久，故意不給她臉面，讓她婚後回到寇家都抬不起頭來。

沒想到關毅為了她，連這些細枝末節都能照顧到。她與鄭世修做了四年的夫妻，而她與關毅相處不過短短幾天……寇彤的眼眶有些濕潤。

子默絲毫沒有考慮，直接拒絕了關毅的邀請。「多些關公子的好意，但我之前便答應了伯母，想必她現在已經準備好了晚宴在等我。」

「那真是可惜。」關毅惋惜道。「不過既然你來到南京，恐怕一時半刻也不會走，咱們日後有的是時間，可以經常在一起聚聚。」

「嗯。」子默向來話不多，他說道：「恐伯母在家久候，我們就先回去了。師姊，咱們走吧！」說著，他衝關毅微微低頭。「告辭。」

寇彤看了關毅一眼，跟他說道：「我回去了。」

關毅輕輕頷首。「去吧，我過幾天再來看妳。」毫不掩飾兩人之間的親暱。

寇彤沒有答話，跟著子默一起回到家中。

子默能來，蘇氏很高興，她準備了豐盛的晚膳，三個人吃得很是盡興。

本來寇彤還擔心子默會將關毅的事情說出來，可是子默只是與蘇氏說了他這一段時間的所見所聞，絲毫不提剛才看到的事情，寇彤這才將心放到肚子裡。

她跟鄭世修的婚約還在，若是母親知道了她與關毅來往過近，定然會非常生氣的。

寇彤可不想讓蘇氏生氣，鄭家的婚約要想辦法解除才是。

畢竟鄭世修那天對她說的話，就像個炸藥般，誰也不知道什麼時候會爆炸。

她本來是想等鄭世修與大堂姊寇妍成親了，到時候，她就可以自由了，可是現在看來，這事情還真是有些不確定。

該怎麼辦呢？寇彤陷入了沈思之中。

現在鄭世修去了京城考試，鄭太醫定然也是陪著去的，鄭家只有鄭夫人與鄭平薇，如果想解決這樁親事的話，這段時間倒是個好時機……寇彤想著該怎麼樣才能取消這門親事。除了鄭世修的反常之外，還有母親的情緒也要考慮，母親定然不會允許她退婚的。

她不禁生出幾分埋怨。大堂姊也真是的，怎麼還沒有讓鄭世修喜歡上她呀！

她不想再冒險了，萬一鄭家的人真的要娶她，母親定然是一千一萬個願意的！她已經在鄭家度過了一段灰暗的人生，這一世，她再不願意過那樣的生活了。

她收斂了心神，聽子默說著最近的生活。

原來子默這次是路過南京，準備到京城參加太醫院的考試。一旦通過考核，他便可以跟著老太醫一起為皇室、公卿貴族治病，等資歷夠了，還可以收弟子，繼續為皇室培養醫藥人才。在師父的支持下，子默便決定北上應試。

晚飯後，寇彤送子默出門。到了門口時，她突然想起一事，忙叫住子默。「你等一下，我有東西給你。」說著便回轉到內室，拿出那本《大劑古方》來。

從寇彤手中接過那本書，迎著廊廡下燈籠的光，子默看清了書皮上的字。

他臉色有些發白，聲音哽咽地道：「這書、這書……這是我祖父的書，我剛回到南京的時候，去找過祖父，鄰居跟我說，祖父已經不在了。這本書怎麼會在妳的手中？」

寇彤跟他講了經過。

子默聽著，像失而復得的珍寶一般，將那本《大劑古方》緊緊擁入懷中。

寇彤的話還沒有說完，他便嚎啕大哭起來。他靠著廊廡的柱子，像個無助的孩子一般，整個人止不住地顫抖。

「祖父、祖父……子默不該那般對你，子默不是故意的！我不是故意的，祖父……你要原諒子默，原諒子默……」

寇彤想起那天從子默的祖父手中接過《大劑古方》時，他的身子已經是強弩之末……按照她的推算，他應該能撐到八月十五之後的，沒想到這才八月初，他就沒了。想必是生無所戀，所以才消逝得更快吧。

蘇氏聽到動靜，十分詫異地走出來，見寇彤衝她搖搖頭，她便轉身打了一盆清水，放到廊廡這一頭。

寇彤坐在廊廡下的凳子上，聽著蟲子的鳴叫，一言不發地陪伴著子默。

當年母親去世的時候，她也曾這麼無助，她也偷偷躲在被子裡哭過許多次，但她的傷心與抑鬱卻從來沒有人在意過。鄭家上下都不拿她當個人看，鄭世修在京城名利雙收，婆母卻以她四年無所出的名義要休掉她，她苦苦哀求，鄭家才願意給她一個妾室的名分。

她心中鬱結，很快就病了，鄭家又以會過病氣為理由，讓她搬到偏遠荒蕪的側院去住。到了側院之後，沒有婆母的折磨與小姑的謾罵，加上她將心思寄託於藥書上，身子竟然一天一天地好了起來。

她那時還抱著希望呢，她的希望便是鄭世修不會休棄她。她的夫君雖然不喜歡她，但是同樣也不喜歡別的女子，她已經在慢慢地靠近夫君了，她已經懂得辨藥了。只要給她時間，她的夫君定然會喜歡上她的。可是，她最後的希望也破滅了，於是她沒有了活下去的動力。

好在上天垂憐，她有了重來一次的機會。

她欲將往事遺忘，卻時時不敢忘記在鄭家受到的羞辱。

誰沒有個傷心事？子默也是一樣的，自己只需要靜靜地陪著他，聽他訴說心中的滿腔心事，讓他不至於鬱結於心、悶出病來就成了。

過了許久，子默才從傷心中回轉過來。

寇彤親自給他擰了帕子。「擦擦臉吧。」

「師姊……」剛才突然間情緒失控，子默有些不好意思。

他臉上雖然還掛著哀戚的神色，卻比剛才好了許多。許是壓抑了很久，終於得到發洩了吧。

「子默，你祖父應該也是醫術非常高明之人吧？你怎麼會跟著師父學醫呢？」

子默聽了，沈默了半晌才道：「師姊，我給妳說個故事吧……」

這個故事發生在很久以前，那是兩代人之間的恩怨，要從子默他祖父年輕的時候說起——

「祖師在上，鄭門第五十七代弟子羅玉山稽首叩拜，弟子願入鄭門學習醫術！」

少年羅玉山從南京來到位於江西的翠微峰，通過師父的考核後，終於正式拜入鄭門門下，成為鄭門第五十七代入門最晚的弟子。

他上面是大師兄安無聞、二師兄趙當歸、三師姊季月娥。

大師兄家遭逢劇變，便隱姓埋名，入師父門下。大師兄年齡最長，當時已經三十多歲，為人通透，醫術最是精湛，是師父屬意的接班人。

二師兄心地醇厚，為人敦良，是師父故人之子，從小養在師父身邊，與師父親如父子。

三師姊是師父親女，杏眼桃腮，長得非常的漂亮。雖然入門早，但是年紀卻是他們師兄弟中最小的。

老四便是子默的祖父羅玉山，他是南京醫藥世家的子弟，只因與族人生氣，便偷偷跑出家門，來到山上拜師。師父見他底子好，為人又機靈，很是喜歡他。

四人相處相安無事，又因山中人少，除了大師兄之外，另外三個人年紀不過相差幾歲，日久相處下自然像家人一般，感情親如兄弟，只有一件事情不美——二師兄趙當歸與四師弟羅玉山都喜歡美貌嬌俏的季月娥。

但幾人年紀尚小，又是少年情懷，難免羞澀，並未擺到明面上來。

山中無事，時間消逝極快，漸漸地，幾個人都長大了。

在眾人都不知情的時候，四師弟羅玉山竟然主動向師父提親，想要迎娶三師姊季月娥。二師兄趙當歸得知後，跟羅玉山大打出手，緊跟著也向師父提親。

師父屬意二師兄趙當歸，趙當歸是師父故人之子，從小養在身邊，知根知底，與季月娥又是青梅竹馬，感情甚篤。如果沒有羅玉山的話，季月娥會毫無懸念地嫁給趙當歸。

所以，當羅玉山向師父提親的時候，師父大吃一驚。羅玉山是大家子弟，為人精明，師父收下他是希望他以後回到了南京，能將鄭門醫術發揚光大，卻並不想讓季月娥嫁到南京。

季月娥模樣俊俏，性格活潑，從小生長於山林，心地單純善良。師父希望自己的女兒就像是穿梭於山林間的小鹿般，能一直愉快地生活到老。而羅玉山的世家生活，會像枷鎖一樣鎖住女兒的快樂，這是師父不願意看到的。

可是，兩個都是自己的徒弟，也都向他提親，他不好偏頗哪一方，加上疼愛女兒，他便問詢了季月娥的意見。

他以為季月娥一定會選擇對她照顧得無微不至的趙當歸，沒想到季月娥卻誰也沒有選。

在季月娥的心中，這兩個人就像是兄長一樣，二師兄趙當歸與她相處甚久，感情深厚，卻並無男女之情。

季月娥一直生長於山林，外面的世界於她而言就像花蜜之於蜜蜂，有著巨大的吸引力。趁著這個機會，她提出要到外面看一看，回來之後再作決定。

她這一走就是三年。三年的時間，足以改變很多事情。

大師兄安無聞繼承師父之位，成了鄭門的掌門人。

二師兄趙當歸不願離開，並發誓要等候季月娥一輩子，於是一直留在山上照顧師父。四師弟久等無望，便回了南京結婚生子。

三年後，季月娥回到翠微峰，嫁給二師兄趙當歸，於七月十五日之夜誕下一名女嬰，並筋疲力盡而死。

趙當歸為女嬰取名趙念，乳名元元。

趙當歸與季月娥成親不過五個月就誕下孩子，元元雖然瘦弱，卻是個足月的嬰兒。所有人都知道了，元元並非趙當歸親生的，季月娥從外面回來的時候，便懷了身孕。

直到她死的那一刻，她都沒有說出孩子的生父是誰，她只苦苦哀求，希望趙當歸就算是不看這幾個月的夫妻情分，也要看著同門之誼，一定要將元元撫養長大，且不許她到外面的世界去。

趙當歸含淚答應了季月娥的懇求，並遵守諾言，將元元視若親女，親自教導，愛如珍寶。

元元雖然無生母，卻在外祖父、父親與師伯的呵護下長大了。她長得越發像母親季月娥，也是一般的模樣俊俏，性格活潑純良。

元元十五歲那年，她的外祖父舉辦壽宴，四師弟羅玉山攜子羅風鳴來給師父拜壽。

十七歲的羅風鳴外表英俊，長得一表人才，在山中長大的元元從未見過外面的男子，對羅風鳴很是傾心，而元元的清純良善也讓羅風鳴心動不已。

不過短短幾天，兩人就愛得難分難捨。

趙當歸得知此事後勃然大怒，並強烈反對。他答應過季月娥，絕對不會讓元元沾染世俗的世界。

羅玉山見元元與季月娥模樣相似，自己的兒子又喜歡元元，便想起自己的年少情懷，為了不讓兒子像自己這樣終身遺憾，他不惜低下頭親自向趙當歸求親。

趙當歸卻將羅玉山送來的東西丟出門外。

在趙當歸看來，當年若不是羅玉山橫刀奪愛，季月娥便不會離開翠微峰，更不會帶著一心的傷痕誕下元元。若不是外面的負心漢，季月娥絕對不會死！這一切都是羅玉山害的！

羅玉山害了季月娥，如今羅玉山的兒子又要來搶元元，害得元元與他頂嘴置氣！

這兩個女子是趙當歸生命中最重要的兩個人，新仇舊恨加在一起，他越發怒火中燒，不管羅玉山說盡好話，始終不肯答應。

羅玉山也是恨極趙當歸的，當年明明是他羅玉山提親在前，趙當歸偏要與他爭奪。他沒有等師姊，在家人的逼迫下回去成了親，而趙當歸等了三年的時間，便迎娶了師姊。誰知道，他卻沒有好好照顧師姊，害得師姊難產而亡。若不是為了兒子，他根本不會向趙當歸低頭！

這一場提親，自然不歡而散。

不料事後，元元卻跟羅風鳴私奔了！

趙當歸瘋了一般地到處尋找，卻絲毫不見他們的蹤影。

直到五年之後，元元與羅風鳴才抱著四歲大的兒子羅子默回到翠微峰。

看著羅風鳴與元元跪在門前認錯，連四歲大、一無所知的羅子默也跟著磕頭，趙當歸的心自然是軟了。

他原諒了女兒與羅風鳴，卻趁羅風鳴不備，在當天晚上的酒中下了毒，羅風鳴當場被毒死！

元元驚痛之餘，看了一眼兒子與父親後，便也端起酒杯，殉情而死。

趙當歸見女兒居然這麼狠心，撇下四歲大的兒子與年邁的老父親，以這樣決絕的方式離開自己，追隨羅風鳴而去，又是悔恨又是心痛，太過震驚而摔倒在地。

羅玉山聽得消息趕到翠微峰後，見到的卻是兒子的屍首。他盼了兒子五年，再見面卻是陰陽兩隔，那心情可想而知。

他哭著撲倒在地，口中說著悔恨不已的話。原來，羅風鳴帶元元私奔，是羅玉山的主意。他那個時候料定了趙當歸不會同意，便故意上門求親，混淆趙當歸的視聽，然後讓羅風鳴與元元偷偷接觸。

他的兒子是被他親手推上了黃泉路的！

趙當歸雖然有安無聞救治，但卻生無可戀，過沒多久便撒手而去了。彌留之際，他像季月娥懇求自己一樣，懇求羅玉山看在元元與羅風鳴的面子上，一定要將子默撫養成人。

小小的子默不過四歲，卻在一天之內目睹了父母雙雙死於眼前的慘事，接著外祖父又身亡。逢此驟變，羅子默大病了一場，病好之後卻變得不愛說話，再不是原來那個愛說愛笑、在父母膝頭撒嬌的孩子了。

安無聞將趙當歸埋在翠微峰下，羅玉山經歷這件事後身心俱疲，帶著四歲的羅子默與羅風鳴夫妻的骨灰回了南京。

從此之後，羅玉山性情大變，越來越怪僻。他關閉了羅家世代經營的藥房，再不許子默碰跟醫藥有關的東西。

但事與願違，羅子默卻對醫藥特別感興趣，他年紀雖小，卻記得父親與母親幫人看病的情景，因此他立志要繼承父母的衣缽，好好學習醫術。

他偷著學醫，每每被祖父發現，總是換來一頓暴打。然而子默卻絲毫不改初衷，並在此過程中憎恨起祖父。

直到想要將鄭門發揚光大的安無聞到南京來看望羅玉山與子默，並說了自己的想法，卻被羅玉山趕出家門，自那個時候起，子默便生出了跟安無聞學醫的打算。他知道祖父不會答應，便偷偷跟在安無聞身後，一直追隨到了范水鎮。

這之後，寇彤便在范水鎮認識了她的師父與子默。

聽完子默說的往事後，寇彤心中唏噓不已。她一直以為她幼經劇變，先喪父後喪母，接著被夫家貶妻為妾，命運已經很是多舛了，沒有想到子默的人生也是這般跌宕不已。

但不管命運如何，都要堅強地活下去才是，希望就在明天。

「子默，我們無法選擇出身，也不能改變過去，哪怕曾經的過往多麼難過、多麼不堪、多麼令人難以接受。但是，我們卻能夠通過自己的努力來改變以後的命運。過去的事情，再沈湎其中都是無濟於事的，不如拋開過去，敞開心胸面對新的生活吧。」

「拋開過去，敞開心胸面對新的生活？」子默抬起頭來，有些悲憤。「旁觀者輕飄飄地說出這幾句話何其容易！外祖父何其恨我羅家人，竟不惜下毒毒死我父親；母親何其恨我，竟拋下我而去；祖父何其恨我，不許我學醫，動輒便是打罵加身！妳從未經歷過，又怎知我的切膚之痛？」

「你怎麼知道我未曾經歷過？」寇彤的情緒有些激動。「你經歷過的那些事，我都感同身受！我也有過被人鄙視、瞧不起的苦澀；我經歷過親人離我而去的傷痛；我還經歷過被人棄如敝屣的卑微生活！」

每個人都有自己的傷痛，但是傷痛過後，總要迎接新生。

「子默，你父親雖然中毒身亡，卻得到了你母親的生死相隨，黃泉路上，他們並不孤單；你的外祖父在彌留之際，還不忘懇求你祖父照顧你，肯定是已經放下心結；至於你的祖父，他既然交出這本書，讓我轉交給你，必定是已經放下過去，願意讓你學醫了。這樣看來，每個人都各得其所，而他們這些人都只有一個共同的希望，就是你要好好的。所以，子默你更應該努力，學好醫術，將祖輩的醫技傳承下去才是。相較於沈溺在傷痛中，這才是你更應該要做的事。」

子默聽了，身子不由得一震，有些迷茫地問道：「師姊……妳說的是真的嗎？」

「當然是真的！」寇彤點點頭。「子默，人的一生不會永遠一帆風順，總會遇到坎坷，親人也會離自己而去，但是希望總是在明天啊！」

第三十三章　選拔女醫

因為子默的事情，寇彤睡得很是不安穩，早上醒來的時候，有些迷迷糊糊的。

她打算用過早飯之後，去看看子默，不知道他怎麼樣了。

昨天晚上子默離開的時候，雖然沒有說什麼，但是眼神清亮，明顯沒了來時的萎靡陰霾。

希望他是真的想開了。

用了早飯後，就聽見有人輕輕叩門的聲音。難道是子默來了？寇彤忙跑過去開門。

一打開門她卻突然愣住了，門口站的分明是關毅。

她趕緊回頭看了一眼，然後飛快地走出門外，從外面將門帶上，小聲地問道：「你怎麼來了？」

「想妳了唄！」關毅學著她的樣子，也小聲地說話。

寇彤聽了雖然覺得甜蜜，但是也有些埋怨。這個傢伙，怎麼這麼不分輕重？

「誰讓你來的？我們的事情我還沒有跟我母親說呢！萬一我母親知道了，那就不好了。」

「我就這麼難看嗎？」

「什麼？」寇彤一愣。

關毅卻氣鼓鼓地問道：「難道我長得就這麼醜，醜到妳不願意在家人面前說起我，免得給妳丟人？」

「不是的。」寇彤哭笑不得，輕輕推了他一把。「你快走吧。」

「真真是狠心！」關毅低下頭說道：「我這麼想妳，難道妳就不想我？」

「哎呀！你快些走啦！」寇彤焦急地催促道。

「不行，妳還沒有回答我的問題呢！」關毅有些耍無賴。

這傢伙！寇彤一跺腳，硬著頭皮，輕輕說道：「想。」

「想什麼？」

「想你了。」說完這句話，寇彤的臉就不由自主地紅了。

關毅吃吃地笑了起來。「既然妳這麼想我，那我就多待一會兒吧，可不能這麼快就走了。」

「你這傢伙！」寇彤有些著急。

「我今天來找妳是有正經事的，妳看看妳，一副作賊心虛的樣子。」關毅笑著揶揄道。

「把門打開吧，我們進去說話。」

寇彤有些狐疑，但還是開了門，將關毅迎進了院子。

「母親，這是永昌侯世子。」寇彤向蘇氏介紹關毅。

「原來是永昌侯世子，快請屋裡坐！」蘇氏知道她們如今住的房子就是永昌侯府的產業，因此十分的客氣。「多謝世子幫忙，我們母女才得以有安身之所。不知道世子今天親自登門，所以未做準備，還請世子不要見笑。」

「伯母不用客氣。」剛坐下的關毅忙又站起來說道：「您直接叫我關毅就行了，是我今日來得冒昧。」

關毅說話很客氣，身子微微向前，絲毫沒有身為永昌侯世子的驕傲，而是非常的謙恭，就像晚輩對長輩那樣恭敬。

蘇氏微微有些吃驚，旋即便想到，像永昌侯這樣的大家公子，教養自然是極好的。饒是如此，她心中依然暗暗點頭：這永昌侯世子真是好俊的人物！

她雖然沒有見過永昌侯夫人，但是當年閨中時也聽說過她的名字，永昌侯夫人當年可是大晉朝京城第一美人，為了娶她，永昌侯不惜爬牆偷窺、寫信送詩，還打傷了永昌侯夫人的父親，這事情還驚動了先皇呢！

今天見了世子這般模樣，看來那傳言定然不是空穴來風了。

「不知世子有什麼事情？」蘇氏不可能直接稱呼關毅的名字。

「是這樣的，晚輩今天來是奉家祖母之命，來邀請伯母與小寇大夫前去參加我祖母的六十大壽。」

關毅將兩張請帖放到桌上，說道：「過幾天便是家祖母的大壽，祖母病了三年多，一直臥床養病，就沒有正經過過壽。多虧小寇大夫妙手回春，治好了我祖母的病，家父母便想著要給祖母過個大壽，沖沖病氣，所以便讓我來請小寇大夫與伯母，希望二位能夠賞臉。」

永昌侯是何等富貴的人家，誰不知道永昌侯是先皇的伴讀，與先皇親如手足，今上能順利登基，永昌侯亦是功不可沒。在這南京城，永昌侯向來低調，有些人想上門拜訪都沒有門路，但凡永昌侯如果有什麼需要，派個下人去，這南京城的大小官員哪個不是爭先恐後地前往？如果永昌侯府來請，隨便找個人來，她們也不敢不去，但是今天卻是永昌侯世子親自來給她們這兩個罪臣的家眷下帖子，還十分客氣地說著「希望她們賞臉」。

「世子真是太客氣了。」蘇氏十分謹慎地說道：「按說侯府來下帖子，又是您親自送來，我們母女就是有天大的理由，也不能不去。只是我如今孀居在家，彤娘她年歲又小，到府上去，恐怕禮數不周，惹人笑話。」

關毅聽了就笑了笑，不以為意。大晉朝對於女子的要求並不十分苛刻，尋常女子只需給丈夫守節百日便可出門交際，蘇氏這樣說不過是推辭罷了。

「伯母說的是，今日是我來得冒昧。只是小寇大夫治好了我祖母的病，老人家是打心眼裡感謝小寇大夫，也是真心希望小寇大夫能前去。既然不能去，那晚輩就不勉強了。」關毅說著，端起桌上的茶盞呷了一口，有些惋惜地說道：「只因小寇大夫醫術高超，有幾個平日裡與我母親相交的夫人都想認識小寇大夫，本來家母還打算趁這個機會將小寇大夫引薦給其他夫人認識，以後若能為那些夫人治病，小寇大夫就不用奔走於市井之間了。」

蘇氏聽了，就輕輕皺了一下眉頭。關毅說的話，的確讓她意動。

彤娘是憑著醫術掙錢養家，但是她一天大似一天，總不能像往常那樣總是往外跑。之前在范水鎮那個小地方沒有忌諱，現在到了南京，哪能像原來那樣隨意？

更何況，她們母女自從來了南京城就沒有出去過，跟鄭家更沒有往來，如果貿然上門，恐怕有些不妥，若是能讓人帶信給鄭家就好了。可是她們認識的人那麼少，能找誰呢？

這次的宴會就是絕好的機會！夫人之間總是會有來往的，有永昌侯夫人的引薦，用不了幾天，南京的權貴便都會知道彤娘會醫術了。鄭家是醫藥世家，對這樣的事情不會不留心，只要鄭家有心，肯定會來找她們的。

站在旁邊的寇彤一直沒有說話，因為她沒有想到，關毅居然是來邀請她前去參加永昌侯老夫人的壽宴。

她不想去！

在她沒有與鄭世修退婚之前，她都不願意再去永昌侯府了，不管是因為什麼樣的原因。她總覺得關毅邀請她們母女去，不僅僅是參加壽宴這麼簡單。

「世子，多謝你的好意，這件事情——」

寇彤的話剛說了一半，就被蘇氏接了過去。

「這件事情就依世子的吧！您親自到家中來送帖子，還是頭一回，我們就是再忙也要去的，更何況，本來也就沒有什麼事情。多謝永昌侯府的邀請，到時候我們一定去。」

「既然這樣，那晚輩就告辭了。」關毅站起來說道。「到了那一天，我讓人抬轎子來接您二位。」

蘇氏推辭了一番，見關毅堅持要如此，便就隨他去了。

想著子默過一段時間就要去京城太醫院考試，寇彤便將她抄下來的醫案以及她之前整理的父親的醫案拿出來，準備送給子默，讓他研習。

作為大夫，子默的醫理、藥理掌握得都非常好，若說有缺點，那便是實際經驗少，見到的病歷少。這醫案皆是根據實際出診記錄而成，應該對子默有幫助。

她收拾了東西後，正準備出門時，卻看見蘇氏開了門，子默已經來了。

「快進來、快進來。」蘇氏笑咪咪地招呼著子默。「昨天晚上睡得好不好？客棧住得習不習慣？早飯用過了沒有？」

子默面上含笑，一一回答。他跟在祖父身邊長大，後來又跟著師父一起，兩人雖然疼愛他，卻不會像蘇氏這樣親熱地關切他。所以，面對蘇氏的時候，子默總是特別有耐心，像個乖巧的孩子般，問一答十，從未不耐煩。

「很快就要上京參加考試了，你不在客棧研習醫藥，出來做什麼？」寇彤問道。

「哪有妳這樣的！」蘇氏嗔怪道。「子默，你別理她！你想來就來，把這兒當作自己家，千萬別見外，伯母喜歡見你。」

「母親！」寇彤不依道：「妳眼裡就只有子默，分明沒有我這個女兒！我剛才也是關心子默，才那樣問他的。」

「子默的醫術好著呢，定然能考上！」蘇氏笑著站起來。「你們說話，我把衣裳洗出來。」說著就走了。

「師姊，我有一個好消息告訴妳。」

「什麼好消息？」寇彤眼睛一亮。「是不是師父回來了？」

「不是，是關於太醫院選拔的。」

「是什麼事？」

「我今天早上得知，太醫院今年要選拔一批女太醫。」

女太醫?!寇彤幾乎不敢相信自己的耳朵。太醫院要選拔女太醫，那自己豈不是也可以去參加？若是自己被選上了太醫，就意味著有機會接觸宮中貴人，若是她有幸得到貴人的青眼，便可以為父親洗刷冤屈了。

她時時刻刻也不敢忘記她的父親是含冤而死的，父親是為聖上背負了罪名。她不求報仇，只求能為父親正名，她的父親是良醫，不是罪臣！

「子默，你說的是真的嗎？太醫院真的要選拔女太醫？」她的神色十分激動。

「自然是真的，師姊。」子默回答道。

「那可真是太好了！」她高興地走來走去。

「這事情榜文上都貼出來了，就在兩個月之後，等我考完試之後的一個月，就選拔女太醫。因為這是頭一次，所以具體的章程還沒有定。聽說是宮中的女眷覺得有些隱私的地方不宜讓太醫瞧見，所以才要求聖上選一名女太醫出來的。」

「你說什麼？只選一名？全國上下那麼多人，只選一名女太醫？」寇彤沒有想到竟然會競爭這麼激烈。

「師姊，以妳的醫術，根本不用擔心。」子默說道。「這次選拔女太醫，不要平民家的女子，只要世家的閨秀，而且還要有正五品以上的人寫的舉薦信才行，一個官員最多也只能舉薦一個人。」

居然會這樣！世家閨秀學醫術的不多，就算有自學或者懂一點醫術的，大多也只是作為興趣般涉獵，精通者占少數。但是，也不能排除醫藥世家中有學習醫術的女子，就她所知，鄭世修的妹妹鄭平薇的醫術就頗為高明。

前世在鄭世修還沒有得到那兩本書之前，她不止一次聽鄭父感慨鄭平薇不是男兒身。

不管怎麼樣，有了這兩點限制，那參加女太醫選拔的人就大大減少了，這樣一來，她的機會就多了。看來這件事情，還是很有希望的。

「只可惜我這裡只有一封舉薦信，是師父託他在京城的朋友幫我寫的，上面寫的也是我的名字。要是早知道師姊也有機會參加太醫院的選拔，我就讓師父早些準備了。」

「不要緊。」寇彤說道。「子默你不要為我擔心，你忘了，我堂伯父可是正三品的禮部侍郎呢！我過幾天回寇家一趟，請伯祖母幫忙，他們定然願意幫我的。」

子默雖然不知道寇彤與寇家的來龍去脈，但是看寇彤住在這芳草巷而不是住在寇家祖產錦繡街，便也能猜到幾分情況。只是，看著寇彤這輕鬆的樣子，他又覺得是自己想多了。

到了永昌侯老夫人壽宴這一天，寇彤與蘇氏都鄭重地打扮了一番。

蘇氏穿著寶藍底飛鳥紋的斜襟褙子，下面是月白色底的月華裙，頭上戴著雙銜雞心墜小銀鳳釵。因為今天去的是侯府，不能太素淨，但是跟侯府相來往的女眷比起來，她身分低了些，所以不宜打扮得花紅柳綠。

倒是寇彤，雖然梳了女兒家最平常的髮髻，但是卻戴了一支白玉嵌紅珊瑚珠雙結如意釵，穿了件紫色底白色百蝶穿花紋的對襟圓領褙子，襯托得她整個人既明豔又動人。

等她們進了永昌侯府，永昌侯夫人命人接過蘇氏手中的賀禮，便親自迎她們到內室，十分客氣地跟蘇氏說著話。

「寇太太真是好福氣，有小寇大夫這樣容貌出色、醫術高明、秀外慧中的姑娘。」說著，她朝寇彤看去，眼中有止不住的笑意。

寇彤看了看自己，身上並無不妥啊，若是有不妥，永昌侯夫人定然會跟自己說的。她眼中分明是善意的笑，但是卻又帶著幾分揶揄，真真是奇怪。

蘇氏笑著說道：「世子風度翩翩，是人中龍鳳，我才要羨慕夫人呢！若論容貌，誰不知道夫人當年可是京城第一美人。」

「寇太太妳認識我？」永昌侯夫人非常的吃驚。

永昌侯夫人哪個會不知？她吃驚的是，沒想到在這南京城，居然有人知道她幼時的事情。

「我也是京城人氏，哪能沒聽說過夫人的名諱呢！」

「哎呀！」永昌侯夫人驚喜地說道：「沒想到寇太太跟我是同鄉，真是太巧了！」說著，她靠近蘇氏，低聲說道：「難怪我看太太身量高䠷、說話爽利，咱們這也算他鄉遇故知了。那些個夫人太太雖說十分的精緻，卻都沒有咱們京城人士的爽利大方。」

蘇氏訝然，這永昌侯夫人的性格竟然如此活潑，倒有幾分小姑娘的性子。人都說永昌侯夫婦恩愛，果然不虛，若非如此，永昌侯夫人哪能有這般活潑的性子？

兩人一見如故。

永昌侯夫人引著蘇氏去給老夫人拜了壽，這才帶著她來到花廳。

花廳裡面已經有好幾位夫人帶著自家的小姐來了，環肥燕瘦，個個塗脂抹粉，打扮得十分精緻。寇彤突入其中，倒生出幾分眼睛看不過來的感覺。

這個場景，有幾分熟悉。

當初鄭世修的母親給鄭平薇相親的時候，也舉辦過這樣的宴會，皆是世家的夫人攜帶著妙齡的小姐或者是十七、八的未婚兒郎與會。

這些女子十有八九是永昌侯夫人為關毅相看的吧。

那個穿水紅撒虞美人花亮緞斜襟褙子的，長得小巧玲瓏，皮膚白皙，一看就知道是個美人。

她隔壁那個穿湘妃色齊胸羅裙的，雖然不說話，卻十分嫻靜高雅。

還有那個穿海棠紅煙羅衫的姑娘，大大的眼睛好像會說話般，顧盼之間，掩不住的靈動俏麗。

寇彤的眼光不由得在那幾個閨秀身上流轉，越看越覺得每個姑娘都是那麼好看。

她也是美麗的，只是跟這些姑娘一起，她突然對自己有些沒自信了……她不禁抬頭挺胸，帶著溫婉的笑容，讓自己看上去儘量顯得端莊秀麗。

雖然告誡自己不要亂看，但她卻忍不住將自己與那些人相比。

那個小巧的姑娘，雖然好看，可是身材比較玲瓏嬌小，站在關毅身邊，恐怕還不到他的肩膀吧！

那個嫻靜的姑娘，雖然高雅卻臉色蒼白，看上去好像有不足之症呢！

她的目光最後定在那個穿海棠紅煙羅衫、大眼睛的小姐身上，這個姑娘身量高䠷、皮膚白皙，眼睛又大，看上去既活潑又康健，好像無一處跟關毅不匹配……她的心忍不住慌亂了起來。

「彤娘！」

耳邊傳來蘇氏低低的呼喚聲。

「妳在想什麼，這麼入神？茶水幾乎要灑了。」

她連忙收斂心神，將茶盞放到一旁的小几子上。

寇彤，妳在胡思亂想些什麼？她忍不住暗罵自己。妳今天可不是來相親的，那些人也不是妳的對手。

今天永昌侯夫人可是要介紹自己給這些夫人認識的，她以後還要依靠著這些夫人的口耳相傳，才能在南京站住腳呢！

話雖如此，她心中還是有幾分苦澀。關毅那般容貌人品、那般富貴家業，這些夫人閨秀恐怕都將他視作東床快婿吧？只是不知道這個場合，那些個夫人還有沒有心思認識自己？不管怎樣，她總要打起精神才是。

這時，有丫鬟來通傳——

「世子請夫人小姐們移步至花園賞菊。」

寇彤跟著心照不宣的眾人往外走，心中暗暗嘀咕：賞花？我看是賞美人吧！是關毅賞一眾小姐，一眾小姐賞關毅。

唉！真不知道自己在胡思亂想些什麼？

走到花園門口時，她就愣住了，關毅居然也穿著紫色的衣裳！

他穿著紫色右衽斜襟寬袖長衫，長衫上用白線繡鳥銜花草紋的圖案，與自己的百蝶穿花如出一轍；她戴著白玉嵌紅珊瑚珠雙結如意釵，而他頭上也戴著白玉靈芝竹節紋簪！就好像兩個人事先約好了，故意要這麼穿一樣。

寇彤的臉有些熱辣辣的。怪不得永昌侯夫人看見自己的時候，眼中有著揶揄的笑，原來是因為這個原因啊！

這個關毅真是的，自己跟他一起，總是會出糗。兩個人穿著打扮得這麼像，不知道那些人會怎麼想？現在就是想去換也來不及了。

事到如今，只能希望別人都沒有發現了。關毅長得那麼打眼，別人就是想忽略也忽略不掉，只能希望別人不要發現自己了。寇彤有些自欺欺人地想著。

關毅見了寇彤身上穿的衣服，先是一愣，接著嘴角就噙了一抹歡喜的笑。他的彤兒跟他真是兩心相印，連穿衣服都這麼有默契，這大抵就是心有靈犀了吧！

很快地，就有人發現他們兩個穿著相同顏色的衣裳，不知是誰打趣了一句——

「真是金童玉女一般呢！」

自然也有人很不服氣，在心中猜測寇彤母女手段高超，居然能打聽到永昌侯世子今日穿什麼顏色的衣裳，甚至連簪子都打聽到了，這手段真真是不一般！

「哎喲，早聽說永昌侯府花園裡頭奼紫嫣紅、花團錦簇，沒想到今日真真讓我開了眼界！姑娘們一個賽一個漂亮，這花園裡的花也是這麼令人眼花撩亂啊！」一個三十五、六歲的婦人，聲音誇張地說道。

她梳著墮馬髻，戴著喜鵲登梅簪，身穿海棠一品紅的斜襟長裙，身材微豐，一雙眼睛骨碌碌的精明外露，笑起來花枝亂顫。

聽了她的話，那些夫人便都扭轉頭去看花。

「這玉簪花開得可真好看。」

「那一盆萬壽菊也不錯。」

「紫茉莉也正開得好呢！」

永昌侯夫人見諸位夫人這樣說，心中也有些高興。她帶著眾人到亭子裡坐下，立刻有小丫頭斟上茶來。

「妳們只知道這些花好看，可以供人賞玩，怡情悅性，可知道這花還有其他的用途嗎？」

永昌侯夫人這麼問，眾人還以為她只是隨口一說，轉眼又覺得她可能是在考校閨秀們學識，連忙給自己家的姑娘使眼色。

「這紫茉莉花可以做胭脂，因此也叫胭脂花。」那位嫻靜的姑娘說道。

既然有人開口，立馬就有人接了下去。「不僅可以做胭脂，花汁還可以點唇。」

「可以做菊花茶。」

「可以做香料。」

幾個姑娘一個接一個地說，生怕自己落後於旁人。

誰家的姑娘說了話，她旁邊的那位夫人都會笑咪咪的，一副與有榮焉的樣子。

「嗯。」永昌侯夫人點點頭。「諸位姑娘說的都對，花除了供人觀賞，給閨閣女兒做胭脂、做茶、做香料之外，還有其他的用途嗎？」

還有其他的用途嗎？一時間別說那些姑娘，就是在座的夫人都不說話了。

「我等才疏學淺，見識少，不知道還有什麼用途，但請夫人答疑解惑，為我們指點一二，讓我們學著點，以後出去了，也能跟旁人說說。」說話的是剛才那個笑得誇張的婦人。

她跟永昌侯夫人說話的時候，一臉的恭維。不知道她是誰家的夫人，說話做事竟然這般品格？寇彤抬頭看了看，有幾個夫人正輕輕皺著眉頭，頗為不齒地看著那婦人。

「不用我來說，咱們在座的小姐裡面，就有一個人知道。」永昌侯夫人盯著寇彤，饒有興致地說道：「咱們何不請她來說說？」

眾人先是不解，接著看永昌侯夫人盯著寇彤看，便猜測到恐怕這位穿紫色衣服的姑娘，應該是知道的了。

那海棠紅煙羅衫、大眼睛的小姐，立馬面露失望之色。她本來以為以她的姿色與家世，永昌侯夫人定然會對她另眼相看的。沒想到，這紫衣姑娘先是跟永昌侯世子穿著同樣顏色的衣裳，金童玉女似的，十分的般配，接著永昌侯夫人又這般說話，看來，她們今天是做陪客來了。她母親感覺到她的沮喪，立馬給她使了一個眼色，她心中頓時一凜。她怎麼忘了？就算今天相親失敗，只要她表現得體，一樣能得到永昌侯夫人的青眼啊！若是以後相親的時候，永昌侯夫人能幫她說句話，她未來的夫君也會高看她一眼的。於是，她立馬打起精神，維持著自己的端莊。

寇彤能覺察到眾人的眼光頓時全聚集在她的身上，她不禁感到有幾分壓力。

在范水鎮，她也曾在眾目睽睽之下朗聲說話，只是面對市井之人跟面對這些雲鬢鳳釵的高門夫人、名門閨秀，畢竟是不一樣的啊！

第三十四章　聲名鵲起

寇彤儘量讓自己看上去從容一些，站起來說道：「夫人抬愛，小女子就胡亂說一通了，若有說得不對的地方，還請諸位夫人、小姐海涵。」

在座的這些夫人都是眼尖的，自然看出來永昌侯夫人對寇彤的青眼有加，此刻巴不得寇彤出糗，這樣她們自家的姑娘就有機會了，所以她們當然不會阻攔。

永昌侯夫人寬慰道：「咱們就是當閒話說說罷了，小寇大夫妳不要拘謹。」

「是。」寇彤頓了頓，便問道：「上古時候，神農嚐百草，最後因服用斷腸草而亡，諸位可知神農為何嚐百草？」

寇彤的話，讓在座的夫人、小姐都愣住了。是呀，從來只聽說神農嚐百草，卻不知神農為什麼要嚐百草，難道是為了寫醫書嗎？在座的眾人面面相覷，不知道寇彤為什麼會問這句話，這跟花有什麼關係嗎？

寇彤微微一笑。「上古時期，五穀和雜草長在一起，藥物和百花開在一起，哪些糧食可以吃、哪些草藥可以治病，誰也分不清，經常有人因為誤服毒藥而身亡。那個時候人若生病，便向巫醫問卜，可神農氏不相信巫醫，他決定要通過自己服用，來區分哪些草可以充飢、哪些草有毒、哪些草可以治療疾病，並將自己服用的結果記錄下來。由此，便有了神農嚐百草的典故。咱們今天看到的這些花，也是百草中的種類，所以也分為有毒的、可以食用的、可以充當藥物治療疾病的。」

「那這園子裡的花有毒嗎？」有人問道。

寇彤回答道：「有一些是有毒的。」

有些人便面面相覷：咱們現在不是好好的嗎？怎麼沒有中毒而亡？

有性子謹小慎微的夫人當即面色微變。「那咱們會不會中毒？」

「夫人不必擔心，有些花有少量的毒性，在花園裡聞一點點是不會中毒的，但若是搬到室內，可能就會中毒。」寇彤接著說道：「比如說這紫茉莉，白天還好，到了晚上見不到日陽，就會因為夜間的陰氣而釋放一種香味，這種香味聞多了會引發咳嗽、哮喘。」

「那……那紫茉莉豈不是不能種了？」那夫人有些緊張地說道。

「當然不是。」寇彤說道。「紫茉莉只是晚上會釋放這種香味，白天無礙的。只要不養在室內，或晚上不放在室內，就不用擔心。而且，紫茉莉還是一味很好用的藥材呢！」

那笑容誇張的夫人十分驚奇地問道：「紫茉莉是藥材？」

「是的，夫人。」寇彤點點頭，娓娓道來。「紫茉莉性平，微寒，味甘苦。其功用主要是利尿、瀉熱、活血散瘀，可治肺癆吐血、癰疽發背、疥瘡等病。而且它好種好養，長得快，花費少，不像有些草藥那麼嬌貴，因此是十分不錯的藥材呢！」本來寇彤是有些緊張的，但是隨著她的講解，眾人面上都露出恍然大悟的表情，她便覺得很有成就感，臉上不見一開始的緊張，只有自信與從容。

眾人不由得再次仔細地打量起她。

她個子高䠷，身材健美勻稱，面色紅潤有光澤，舉手投足間透露著年輕女子的活潑健康，像初昇的太陽，朝氣蓬勃。跟那些嬌嬌弱弱的普通閨秀比起來，她富有朝氣，讓人一見就心中喜歡，偏又生得丹唇皓齒，明眸善睞，美好得像五月的杜鵑花，俊秀挺拔，綺麗多姿。那些夫人就算將寇彤當作對手，也忍不住要在心底誇一聲：這姑娘生得可真是好！

天庭飽滿，五官磊落，骨架大，腰細，胯骨寬，真真是宜男之相，一看就是能生養的，怪不得永昌侯夫人會格外喜歡這姑娘了。永昌侯府人丁稀少，的確需要能生養的女子作為宗婦來傳宗接代啊！

「哎呀！」那笑容誇張的夫人說道：「我今天算是開了眼界了，小寇大夫妳懂得可真多啊！」

「是呀，小寇大夫的確知道得多，我們家老夫人的病就是她治好的。」永昌侯夫人讚嘆道：「沒有想到小小一朵花，就有這麼多的作用，可見處處是學問，時時見文章，三人行必有我師啊！」

眾人這才反應過來，原來眼前這位容貌美麗的姑娘，就是治好永昌侯老夫人疾病的小寇大夫。

早就聽說南京城來了一個女大夫，醫術高明，眾人只聞其名，未見其人，到了此刻見到真人，倒有些不敢相信了。她不過十五、六歲年紀，並無出眾之處，只是面容姣好、明豔動人一些罷了，可天底下好顏色的姑娘到處都有。這姑娘當真有一手了不得的醫術嗎？

但是，永昌侯夫人應該不會騙人吧？畢竟他們家老夫人之前枯瘦如柴、行將就木，而現在的確身體康健，像變了一個人似的。

寇彤被永昌侯夫人誇得有些不好意思。「夫人謬讚了，我不過是班門弄斧，是諸位夫人不跟我一般見識罷了。」

「小寇大夫，妳何必自謙！」那笑得誇張的婦人說道。「我早就聽說寇家出了個了不得的大夫，早想見識一番的，沒想到今天才見到。」

她說話的時候語氣頗為親暱，好像她們很熟悉一樣。寇彤微微一愣。

那婦人這才說道：「我忘了跟妳說了，咱們兩家還有親呢！我夫家姓錢，娘家姓呂，寇家四房的老太太是我嫡親的姑母。」

「原來是錢夫人。」寇彤連忙說道：「我年紀小，識的人不多，您別見怪。」

「不見怪、不見怪。」錢夫人說道。「妳這孩子，禮數真是周全。」

「夫人，這是我母親。」寇彤將蘇氏介紹給錢夫人。

錢夫人連連誇讚蘇氏教女有方，眾人見錢夫人這樣說，自然也不願意落了下乘，溢美之詞就一個接一個迸了出來。

蘇氏不由得非常高興。之前她夫君尚在時，她是太醫院聖手的妻子，走出去旁人因為夫君的醫術，都會敬著她幾分。時隔多年，她的女兒一樣優秀，憑藉著醫術，讓她再次被人誇獎。她突然覺得失去夫君的遺憾、守寡的艱難、之前受的那些苦，都不重要了。

茶座上的氣氛瞬間就熱鬧了起來。

很快地，就到了用午膳的時間。午膳就擺在花園裡頭，大晉朝講究食不言、寢不語，這一頓飯倒是吃得安安靜靜。

午膳過後，撤去桌盤，又斟茶倒水一番，眾人又再次坐定。

因為有之前的插曲，錢夫人便拉著蘇氏說個不停。

「小寇大夫，妳既然是大夫，能不能幫我看看？」

寇彤看了錢氏一眼便說道：「錢夫人，妳是否每月癸水總不能如期而至，且行經不暢？」

錢夫人突然間就愣住了。她不過是隨口說說，沒想到這小寇大夫居然一下子就看出來自己的病症所在！

她也顧不得害羞，忙說道：「小寇大夫，妳說的對，我的確是有這個毛病！不知道有沒有什麼法子能治療？」

「這不是什麼大毛病，可能是夫人之前行經期間受過寒涼，當時沒有治好，所以留下了病根，恐怕已經有兩、三年了吧。這個病不是急症，但是需要慢慢調養，半年之後便可痊癒。切記藥一定要吃足半年才行，因為這病已經時日太久，若是不好好調養，或者再晚個一年半載，恐怕就會坐下大病的。」

這下子錢夫人更加震驚了，她是在三年前的冬天時，因為雪天路滑又沒有抓住欄杆，所以失足跌入湖中的。她記得那個時候，她的確在行經。那次意外，讓她足足臥床三個整月，連過年都是在床上過的。好像就是從那個時候開始，她行經就不暢了。

這個小寇大夫不過是看了自己一眼，連脈都沒診，不僅能說出病症，甚至連原因都說出來了！她不由得滿臉震驚，天底下竟然真有這般了得的醫術。

「小寇大夫，我聽妳的，我一定好好調養，妳快給我開方子吧！」

「嗯。」寇彤點點頭。

永昌侯夫人早就讓丫鬟拿了宣紙、狼毫筆過來，寇彤將方子寫好之後，就交到了錢夫人手中。

這下子，一眾夫人、小姐都坐不住了。她們都或多或少有些毛病，但是想著是小病，所以沒在意，聽了寇彤這樣說，不由得擔心之前的小病時間久了會釀成大患，當下不管有病沒病，都爭先恐後地讓寇彤號起脈來了。

寇彤總是能見微知著，三言兩語就將她們身上那些小問題說得一清二楚。

經過了這一陣熱鬧，眾人看寇彤的眼光，立馬就變得不一樣了。

「好了、好了！」永昌侯夫人見已經達到效果，便站起來說道：「小寇大夫是我的客人，哪能讓妳們這樣使喚？若真是身子不爽利，明天請小寇大夫到府上去診治也未嘗不可。妳們這麼多人，累壞了她我可不依。」

「夫人說的對！」立馬有人湊趣道：「我看著小寇大夫醫術這麼高明，心中實在是欽佩，就忘記這是在作客了。」

「還是夫人考慮得周到，我們見了小寇大夫這般厲害，一時間著急了，夫人您千萬莫見怪。」

話一旦說出來，就有人接話了，話說得多了，茶水就喝得多。

小丫鬟又換了一輪茶，諸位夫人又將話題引到小姐們身上來。她們打量著在座的小姐，然後又思索著自己家的親戚中間有沒有年齡相當、家世匹配的少年，好從中間拉媒牽線。

錢夫人向來是話多的，她笑著說道：「小寇大夫模樣這麼好，醫術又了得，不知道以後誰家的俊傑有如此好的福氣，能娶了她去？」

她說這話的時候，一眾夫人的眼睛都朝永昌侯夫人望去，見永昌侯夫人面上一團和氣，眾人更加肯定了自己的猜測。

寇彤卻十分著急！

蘇氏就怕沒人問，如今聽錢夫人這麼說，正中下懷，她忙說道：「我們家彤娘已經有婚約了。」

這話一出，諸位夫人都笑了。原來永昌侯府與小寇大夫已經定下婚約了啊！今天請她們來，不過是做做樣子罷了。永昌侯夫人真真是煞費苦心，為了這小寇大夫，今天真是造足了勢。

諸位夫人沒有看到永昌侯夫人面色雖然不改，但是臉上的笑容卻不似剛才從容了。她急切地想找兒子問清楚，這究竟是怎麼回事？

蘇氏雖然不明白眾人為什麼會笑，但是也覺得有些不對勁。她越想越覺得有些蹊蹺，今天這宴會，與其說是給永昌侯老夫人祝壽，倒不如說是賞花來了。還有，永昌侯夫人明顯是在為彤娘宣揚名聲……心裡存了事，蘇氏就有些坐不住了，恨不能立馬結束了這宴會才好。

終於結束了宴會，坐在轎子裡面，蘇氏恨不得一步跨進家門，她要趕緊問問彤娘到底是怎麼回事。

蘇氏前腳剛踏入家中，就立馬責問起寇彤。「彤娘，今天的事情，妳不給母親一個解釋嗎？」

母親連衣服都沒換，就這樣著急地問自己，看來母親是很生氣了。越是這個時候，自己越是要沈住氣才是。

她揚起笑臉問道：「母親，不要著急，妳想問什麼，我但凡知道，一定會告訴妳的。」

「彤娘！」蘇氏聽了寇彤的話，覺得心往下沈了沈。看樣子，女兒與永昌侯世子真的關係匪淺，自己一問她就知道了，而且還一副不知悔改的樣子。她的聲音不由得就尖厲了幾分。「今天到底怎麼回事？妳莫不是看上了永昌侯府的富貴，就忘記了妳是有婚約之人？這婚約是妳父親親自定下來的，妳怎麼能這麼不守信義，罔顧妳父親的遺願？妳太讓母親失望了！」

話一說出口，蘇氏就後悔了。她怎麼能說出這麼難聽的話？彤娘還只是個孩子，有什麼不對，自己慢慢教就是了，怎麼能這樣不留情面地訓斥她？可是說出去的話，就像是潑出去的水，而且彤娘是做錯了事情，她就必須要好好地教訓她，此刻不是心軟的時候。她鐵青著臉，坐在椅子上，不去看寇彤。

「母親！」寇彤面紅耳赤，眼淚在眼眶中打轉。

她長這麼大以來，母親從未用這般嚴苛的語氣指責過她。為了鄭世修、為了鄭家，母親居然對她說出這麼難聽的話，她心中委屈極了。

她已經打定了主意，今生今世都要離鄭家遠遠的，對於母親的反對她也是有心理準備的，只是沒想到當母親這樣罵她的時候，居然讓她這麼難受。

可是，既然要退這門親事，這是她必經之路，被母親責罵算什麼？只要能遠遠地離開鄭家，她什麼都能忍受！

「母親，妳聽我說。」寇彤說著，跪了下來。

蘇氏見狀有些心疼，她想扶寇彤起來，可還是硬下了心腸。「妳說吧！」

「母親，如果我說鄭家人根本不想認這門親事，妳相信女兒所說嗎？」

寇彤的話到了蘇氏耳中，讓她心中疑惑。「妳怎麼知道鄭家人不想認？」

「咱們來到南京，也有不短的時間了，可是鄭家人卻從來沒有上門來拜訪過我們。」寇彤頓了頓，又說道：「並不是鄭家人不知道咱們回來了，其實鄭家人是知道的。咱們在錦繡街寇家老宅的時候，四伯祖母的病就是鄭太醫醫治的。」

蘇氏說道：「這事我曉得，但妳上次不是跟我說，因為妳四伯祖母的阻攔，所以鄭太醫以為妳是四房的姑娘？」鄭家定是不知她們母女回南京來了，才會遲遲未上門拜訪。

「四伯祖母是阻攔了，但是鄭太醫最後還是由大堂姊口中知道了我是六房的大小姐。我怕母親生氣，所以上回就沒有把話說全。」

「彤娘，妳沒有騙我？」蘇氏的聲音有些艱澀。

「母親，事到如今，我還騙妳做什麼？」寇彤苦笑一下。「而且，鄭家大少爺鄭世修與大堂姊有些牽扯不清，為此，大姑姑與啟軒表哥還生了大堂姊的氣。」

大姑太太與軒哥兒生了妍姊兒的氣，這事情她也是知道的，只是沒有想到始作俑者居然是鄭家的哥兒！蘇氏猶自不願意相信。「妳說的是真的？」

「嗯！」

見寇彤重重地點了點頭，蘇氏的眼淚頓時像斷了線的珠子一樣落了下來。她攬著寇彤的肩膀，哀哀痛哭。「彤娘，妳的命怎麼這麼苦？妳怎麼不早點告訴母親，為什麼要一個人藏在心裡？今天我還跟別人說妳有婚約了，以後誰還會上門給妳提親啊？母親真是沒用，幫不了妳，還拖累妳……」

蘇氏的哭聲讓寇彤聽了十分難受。「母親，是我不好，這些話我不該跟妳說的，我就怕妳難受。」

「妳這個傻孩子……妳以後可怎麼辦啊？」

「母親，妳聽我說。」寇彤扶了蘇氏起來，勸解道：「母親妳雖然說我已經訂親，卻沒有說到底是和誰家，因此並無大礙。今天在場的人並不多，就算她們知道了也沒有什麼大不了的，這些夫人都是高門大戶之家，如今我沒有父兄，想嫁入那樣的門戶，恐怕沒有可能，所以咱們不怕她們說。」

蘇氏的情緒這才漸漸平靜了下來。「話雖如此，鄭家的這門親事還真是可惜了……」

「有什麼可惜的？」寇彤生怕蘇氏這樣想，忙說道：「首先，鄭家根本就不重視這門親事，若是勉強結了親，以後在婆家，女兒過得也是受氣的日子。其次，那鄭家哥兒與大堂姊有些糾葛，不見得是什麼好兒郎，這樣的人做夫君，我還不稀罕呢！」

蘇氏聽了點點頭。

「母親，既然鄭家的親事指望不上了，這婚書不如燒了吧？」寇彤再接再厲道。

「這怎麼能行？」蘇氏不同意。「婚書留著也無害，萬一鄭家的人想通了呢？沒有見到鄭家人之前，咱們可不能貿然地作下決定，一切都等我見到鄭家人再說吧！」

寇彤不由得大急。她想起鄭世修臨走的時候說的那句話，又想起鄭太醫看自己的眼神。前一世，為了得到《李氏脈經》，鄭太醫不惜讓鄭世修娶自己進門，若是今生鄭太醫還抱著這個打算，為鄭世修來提親，到那個時候自己豈不是沒轍了？

蘇氏注意到了寇彤的異樣，好像只要一提到鄭家，彤娘就莫名其妙的緊張。「彤娘，妳怎麼了？眉頭怎地皺這麼緊？」

「沒什麼。」寇彤笑道：「咱們到南京也有一段時間了，總是這麼等著鄭家人上門也不是辦法，不如這兩天我們主動去鄭家一趟吧？若是鄭家認這門親事，自然……自然十分好；若是鄭家不認，那我們也好早作打算。不管結果怎麼樣，總好過咱們在這裡無休無止地等下去吧？」

蘇氏也覺得女兒說的對，就點點頭，同意了寇彤說的話。

其實，寇彤心中還有其他打算。再過兩個月，京城就要選拔女太醫了，她是一定要去參加的，只是，她並不確定母親是否會同意，所以，她需要一個合適的機會提出。等鄭家的親事退了後，她就正式跟母親說說參加太醫選拔的事。

蘇氏母女談話的同時，在永昌侯府這邊，關毅也被永昌侯夫人拉著問到底是怎麼回事。

「為了你一句話，我今天便以你祖母的名義，邀請這些夫人、小姐來家中，現在好了，小寇大夫她聲名鵲起了，若你真是喜歡小寇大夫，這樣做也沒什麼，可是這小寇大夫有婚約是怎麼回事？我可不記得你什麼時候跟她定下了親事啊！」

「母親，我知道妳疼我。」關毅笑著安撫道：「小寇大夫有婚約的事情，是這樣的……」關毅便跟永昌侯夫人說了他調查的結果，並說那鄭家這麼多年來根本就沒有提過與寇彤的親事，顯見他們是不認這門親事的。

永昌侯夫人聽了，這才稍稍放下心來。「那也要趕緊退婚才是，那邊的婚事但凡一天沒有退掉，你都不可以掉以輕心。」

「是。」關毅見母親這麼好說話，十分開心。「母親妳放心，我一定將事情辦得妥妥的，妳就等著喝媳婦茶吧！」

「什麼媳婦茶?!」永昌侯面色不豫地走了進來。「你也太胡鬧！跟個有婚約的女子糾纏什麼？大丈夫何患無妻？不管怎麼樣，她現在與鄭家還沒有退親，一天沒有退親，她就一天是有婚約的人，你若是跟她糾纏不休，到時候敗壞的可是咱們家的名聲，你還是離那小寇大夫遠遠的吧！」

永昌侯夫人聽了，眉頭就皺成一團。她何嘗不知道兒子與一個有婚約的女子糾纏在一起於名聲不利？但是她兒子這麼多年來從來就沒有對女子動過心，這回好不容易動心了，對方又是個不錯的人，萬一錯過了，以後關毅要再喜歡別人都不知道是什麼時候的事呢！她姊姊只比她大兩歲，如今大孫子都開始啟蒙讀《三字經》了，小孫女也能扶著床蹣跚學步了，等到人家孫子滿地跑的時候，她兒子還連個親事都沒有，這可怎麼是好？

「侯爺！」永昌侯夫人忙說道：「您不要著急，這事情不是八字還沒一撇嗎？又不是明天就要娶親了。再說了，咱們家關毅不是那種不知進退的人，定然不會做出給永昌侯府丟臉面的事情來的，您就放心好了。」說著，她忙給關毅使了一個眼色。

若是在以前，以關毅的性子，他早就頂撞永昌侯，或者就拂袖離去了。事實上，他一開始也是這麼想的。但他隨即想到，父親現在是因為彤兒身上有婚約才反對的，並不是討厭彤兒本人，一旦他就這麼走了，恐怕父親就真的會討厭起彤兒了。不得公婆喜歡的媳婦，在夫家總是特別艱難。他的彤兒是要娶來好好疼愛的，他可不希望彤兒受一丁點委屈。

所以，他畢恭畢敬地說道：「父親教訓的是，兒子會記住的。父親您就放心吧，兒子一定不會讓永昌侯府的名聲受損的。」

「嗯。」永昌侯見兒子這麼聽話，便也就消了氣。

「侯爺您也別太著急了，畢竟這事情都只是咱們家剃頭擔子一頭熱，那小寇大夫恐怕還看不上咱們家兒子呢！」

永昌侯夫人不愧是最瞭解自己夫君的人，她一句話就立刻讓永昌侯吹鬍子瞪眼。

「她憑什麼看不上關毅？咱們兒子哪裡配不上她？」說著他眼睛一瞪。「兒子，你要加油，千萬不能丟了咱們永昌侯府的臉！若是連個姑娘家的歡心都討不到，你就不配做我兒子！」

闞毅聽了，幾乎是一個趔趄就要摔倒。

第三十五章　退婚風波

因為發生了昨天的事情，寇彤再見到關毅，心中便有些忐忑，不知道他會不會生氣？關毅得知寇彤來訪，十分高興，忙親自將寇彤迎到書房裡面，待看到寇彤一直緊鎖眉頭，心頭不由得咯噔了一下，面上的歡愉也消失得無影無蹤。

想到寇彤向來害羞，若是無事絕對不會跑來找他，他不禁緊張地問道：「妳怎麼來了？是不是有什麼要緊的事情？」

「是的……」見關毅這麼關切，她的聲音不由得有些艱澀。「我有事情跟你說。」

「妳別著急，發生了什麼事，妳慢慢說。」他拉著她的手，讓她坐到椅子上，又親自給她端了一杯茶水。

屋子裡的下人全部都躡手躡腳地退了下去。

「關於我有婚約的事情，我並不是故意要欺騙你的。」寇彤苦笑著說道：「對不起。」

「彤娘，妳不用道歉。」關毅握著她的手道：「我知道妳一定有苦衷，所以我不怪妳。」

「你不怪我？」寇彤呆住了。「你不生氣？」

「這有什麼好生氣的？」關毅鬆了一口氣。「原來妳要跟我說的事情就是這個嗎？我還以為是什麼大不了的事呢！」他拍了拍她的手，安慰道：「妳是不是怕我知道了妳有婚約，擔心我責怪妳、生妳的氣？」

見寇彤點點頭，闕毅心中美滋滋的。原來彤娘這麼在乎他呀！突然，他就有了一種相看兩不厭的感覺。原來這段感情並非只是他一個人在努力！像是這麼久的付出終於得到了回報一樣，闕毅的心情出奇得好。

他握著寇彤的手，說道：「我知道妳有婚約，但是我相信妳，我知道妳一定能處理好的。我還知道，妳絕對不是故意隱瞞我的。彤娘，我相信妳！」

「為什麼會相信我？你怎麼知道我不是故意隱瞞你的？」寇彤的眼眶有些發熱，覺得心裡面也漲漲的，有些發酸。

「這還用想？看妳這麼喜歡我就知道啦！」

這傢伙，果然沒一句正經的！

寇彤臉一紅，輕輕捶打他的胳膊。「好沒臉沒皮的東西！誰喜歡你了？」

她紅著臉責怪他，與其說是責怪，不如說是嬌嗔，那粉拳打在他的胳膊上，就像是羽毛輕輕拂過他的胸口般，撩撥得他全身都癢癢的。

他心頭一動，就勢蹲在她的面前，拉著她的手，輕輕地揉捏著說道：「好好好，不是妳喜歡我，是我喜歡妳，這總可以了吧？妳知不知道，我喜歡妳喜歡到快要死掉了，我的心尖尖！」說著，就將寇彤的指尖含在了嘴裡。

一陣酥麻的感覺順著指尖傳到她的胸口，寇彤只覺得呼吸都變得艱難起來，一張臉更紅了。她一把抽出自己的手，惡狠狠地瞪了他一眼。「你這傢伙，又不是襁褓中吃奶的嬰孩，怎麼這麼喜歡吮手指？」

不過這一眼在關毅看來，卻一點也不可怕。他深深地吸了一口氣，壓制住內心的悸動，溫柔地說道：「彤娘，妳什麼時候跟鄭家退親？」

寇彤抬起頭來看著他。「關毅，退親的事情，我這幾天正在準備。你放心好了，我會處理好的。」

「要不要我——」

「不用！」寇彤堅決地說道。「關毅，你既然相信我，就將這件事情交給我去處理。你相信我，不出十天，這事情一定能處理好。」

關毅看著她苦笑一聲。「彤娘，我自然是相信妳的。」說著，他突然湊到寇彤耳邊，聲音低低地說道：「我是真的想跟妳正大光明地在一起，要不然每次拉著妳的手，我總覺得這樣偷偷摸摸的，像在偷情一樣……」

他的呼氣撲在她的臉上，令她雞皮疙瘩都起來了，他的聲音沙啞又帶著含糊不清的曖昧，寇彤感覺自己的臉像被煮熟了一樣，燙得難受。

「你……你別這麼說……」寇彤有些心慌意亂。「我很快就能跟鄭家退婚了。」

「那這麼說，妳是願意跟我在一起了？」關毅既驚且喜，他一把將寇彤摟在懷中，親了親她的臉蛋，無比動情地說道：「彤娘，妳真是我的心尖尖！」

被他這麼一通摟抱親吻，寇彤也覺得氣息全都亂了，她實在是心慌得厲害，那種感覺既令人害怕，又讓人著迷。

她手忙腳亂地推開關毅，故作鎮定地說道：「我有事情跟你商量。」

「嗯。」關毅坐在她的旁邊，索性玩著她的手指。「妳說吧！」

「是真的有事情！」寇彤抽出手指。

聽她這樣說，關毅這才凝神道：「什麼事？妳說吧！」

「其實，我不確定鄭世修是不是願意跟我退婚。」寇彤想起鄭世修臨去京城前跟她說的那些話，不禁有些擔憂。「我之前見過他幾次，上一次，他要離開南京，前去京城的時候，還跟我說過，回來之後就去我家提親。」

「他真是這樣說的？」關毅的臉上冷得能結出一層冰來。

「是啊，所以，我想趁著他們父子不在，把婚事給退了。」寇彤說道。「那鄭家太太是非常不滿意這門親事的，她早就想把這門親事給退了，現在鄭世修與鄭太醫都不在南京，趁這時去退親是再合適不過的了。」

「妳有幾成把握？」關毅眉目間一片清冷。若是把握不大，還是他來處理吧！

「八成。」寇彤想了想，說道：「還需要你幫個小小的忙。」

「要我怎麼做？」關毅有些興致勃勃。

寇彤湊到關毅身邊，悄悄地將想法說了。

關毅聽了後卻若有所思。「這樣會不會壞了妳的名聲？」

寇彤笑笑，不回答他的問題，反而歪著頭問他。「我壞了名聲，你是不是就不娶我了？」

「當然不是！」關毅立馬保證。「不管旁人怎麼看，妳都是我的彤兒。我只是覺得，要讓鄭家退親其實有很多種方法，只要妳點點頭，我立馬就能把事情辦得妥妥當當的，這樣不好嗎？」

寇彤想了想後，輕輕地搖了搖頭。「我還是想自己做。」

有些話她沒有講出口──有些時候，有些事情，並不能全部依靠旁人，畢竟靠山山會倒，靠水水會流。因此，在她力所能及的範圍內，她還是想自己動手。

將希望完全寄託在旁人身上，最終看人臉色、惶惶終日的生活，她已經嘗過一次，她再不想嘗第二次了。

關毅實在不明白，為什麼她非要自己解決？但是他向來不愛勉強別人，面對寇彤，他更是強硬不起來，便笑笑地答應了。

反正如果她處理不好的話，他再出手便是了。

鄭府坐落在富貴街，離南京的太學只隔了兩條街。

寇彤跟蘇氏說明了來意後，鄭家的下人便拿著蘇氏寫的信，進去通傳了。

等了許久，都不見有人出來。

蘇氏不由得擔心，莫非鄭家的人真的如彤娘所說，不想認這門親事？

就在她著急的時候，門突然開了，裡面走出來一個膀大腰圓、不是十分體面的婆子，將蘇氏的那封信丟了出來，一臉鄙夷地說道：「什麼地方來的騙子，也敢跟我們家夫人攀親帶故！妳也不看看這是什麼地方？這是南京，不是鄉下地方！妳們還是快快走吧，我家夫人說了，不認識妳們！」說著，不等蘇氏說話，就「砰」的一聲，將那朱漆大門又關了個嚴嚴實實。

蘇氏臉色緋紅，又是生氣、又是羞愧。早知道她就該聽彤娘的，不來鄭家就好，現在來了，竟要遭受這般羞辱！這親事，鄭家不認便罷了，她也不是那死纏爛打之人，這親事便算了吧！

她剛想要回去，卻看見寇彤已經提著裙子，順著門前的臺階，走到了門房那裡。

寇彤撿起地上的信封，說道：「門房大哥，我們的確跟鄭太醫是舊識，算不上什麼親戚，但是先父在世時確實是跟鄭太醫有來往的，麻煩您再幫我通傳一次吧。」

寇彤長得漂亮，雖然沒有刻意打扮，但是穿著打扮看著也不像是來打秋風的窮親戚。那門房見她笑靨如花，不忍拒絕，便說道：「既然大姊兒這麼說了，我就進去幫妳問一聲。妳等著啊，我這就進去稟報。」

寇彤轉過身來，跨下那三步臺階，對蘇氏說道：「大戶人家有幾個刁奴也是難免的，說不定母親妳的書信根本就沒有遞交到鄭夫人手中呢！咱們權且再等等，無論如何，也要見到鄭家的主子再說。這些個下人說的話，哪能當真？」

蘇氏看著寇彤面上一片雲淡風輕的樣子，絲毫沒有因為那下人的無禮而生氣，便暗暗嘆了口氣。她之前一直以為女兒不想嫁入鄭家，今天看來，真是錯怪她了。

她拍了拍寇彤的手說道：「妳說的對，無論如何，也要見到鄭家的主子才是。」

這一次倒是很快，寇彤見那門房出來了，忙走上前去問詢。「大哥，夫人怎麼說？」

那門房面帶難色地說道：「大姊兒，妳還是回去吧！我們家夫人說了，不認識妳們。」

「那夫人有沒有看信？」蘇氏也上前來詢問。

「看了！妳看看，怎麼沒有看？這信封都拆開來了。只是夫人說從沒有聽說過妳們，許是妳們找錯人家了。」

「大哥，會不會是鄭夫人沒有看清？」寇彤問道。「麻煩大哥再幫我通傳通傳好嗎？」說著，就將一塊碎銀子遞到那門房手中。

寇彤打定了主意，這次來鄭家，一定要退親，她必須要見到鄭夫人。她要親耳聽到鄭家人說退親，否則的話，她無論如何都放心不下。

如果她現在走了，等鄭世修跟鄭太醫回來之後，若是為了那本《李氏脈經》而重提親事，母親難免會答應的。她絕不能讓此事發生！今天，她無論如何也要見到鄭夫人。她知道鄭夫人不會輕易見她，但是不管她願不願意，她都必須要出來。鄭夫人極要面子，而且是個欺軟怕硬的人，只要她豁出去臉面賴在鄭家門口不走，想那鄭夫人一定會被她逼出來的。就算鄭夫人不出來也沒有關係，她有的是辦法。

寇彤將碎銀子遞給那門房，卻被門房退了回來。

「大姊兒，這……不是我不願意幫妳，只是我剛才已經被我家夫人責罵了一頓，實在不好再進去了……」

「大哥，我明白你的意思。」寇彤笑著說道：「那你家大少爺在家嗎？若是大少爺不在，你家大小姐也成，只要是鄭家的主人，任是誰都成。只要能讓我見一面，我保證他們就知道我們是誰了。」說著，她又拿了一塊大一些的銀子。

「嗯。」那門房掂了掂銀子，算了算它的分量，然後說道：「好吧，我就幫大姊兒再通傳一次。大少爺跟老爺上京城去了，我們家大小姐倒是在家。」

「有勞大哥了。」

那門房卻轉過身來提醒道：「剛才我回話的時候，大小姐就在夫人身邊，就算我再去通傳一回，恐怕大小姐也不願意見呢！」

「那你就告訴她，如果鄭家人都不出來的話，我今天就待在這裡不走了！」寇彤一字一頓地說道：「你進去告訴她們，如果今天都沒有人出來，我就一直等，直等到鄭家人為止！」

那門房聞言，有些驚訝地張大嘴。

「你這樣去說，你們家大小姐一定會出來的。」

那門房的嘴巴張得更大了，他向寇彤豎起了大拇指。「大姊兒好厲害，居然知道我們家大小姐脾氣火爆，她若是聽了這話，鐵定會出來的。」

她當然瞭解鄭家大小姐了，前一世，鄭家大小姐對她寇彤可「好」得很，若不是她，恐怕寇彤還沒有這重來一次的機會呢！

自從知道鄭世修有自己這個未婚的妻子後，鄭家的大小姐就對自己懷恨在心，她嫉妒、憎恨自己，就因為她瘋狂地愛慕著她的哥哥！若不是婆婆欺辱她，非要她侍候病重的小姑，她恐怕還不知道這件事情呢！可見事事都是注定的，注定了她知道這件事情，注定了她再不會被鄭家人擺布。

咿呀一聲，朱紅色大門開了。

「哪裡來的破落戶，好不要臉！」

人未至，聲先到。

「可真真是不要臉至極，居然跑到我們鄭家門口撒野來了！」

語氣仍是一如既往的惡毒啊！

寇彤面上不顯，心中卻笑出聲來：妳罵吧，妳罵得越痛快，於我越有利！

她抬起頭來，正對上鄭平薇那憤恨不已的眼神。

鄭平薇年方十五，正是花一般的年紀，模樣周正，長相不俗，任誰見了也要誇她一聲，可是她說出來的話、做出來的事，卻異常惡毒。

「鄭小姐，我是寇家六房的大小姐，我叫寇彤，今日來是想拜見鄭夫人的。」

「我不認識什麼寇銅、寇鐵的，識相的就快些滾，不要杵在我們家門口！」

這姑娘可真是無禮，鄭家的教養真是……蘇氏輕輕皺了皺眉頭，她將寇彤拉到身後，然後說道：「鄭小姐，我的確認識令堂，今天來確實是有事情要拜見令堂——」

「妳說妳認識我母親，我怎麼從來沒有聽說過？」鄭平薇打斷她的話，厭惡地擺擺手，好似在趕蚊蟲一般。「那些個打秋風的窮酸親戚們個個都說有事情，每天來拜見我母親的人多了去了，我母親若是個個都見，豈不是要忙翻了？妳快走吧，不要讓我攆妳！」

「鄭家小姐！」蘇氏心中不悅，但是也不屑與一個孩子一般見識，她放緩了聲音說道：「我們家跟鄭家來往的時候，妳還十分年幼，就是現在，妳的年紀也不十分大，妳年紀小不認識人也是有的，鄭夫人想必是知道我們的。我們拜見了鄭夫人就走，並不是來騙吃喝的落魄人家。」

「我年紀小？」鄭平薇一挑眉頭，諷刺地說道：「我是年紀不大，但是總好過某些人仗著自己年紀大，就厚著面皮死纏爛打地想哄騙我。我就是年紀小，這樣的事情也見得多了，想矇騙我過關？沒門兒！」

「妳！」縱是蘇氏再好的修養，此刻也有幾分生氣了。

只是不待她發作，鄭平薇就一轉身回到院子裡面，命人將門關上。

寇彤冷笑一聲。「我手上有鄭太醫鄭海親手所寫的婚書，若是今天鄭夫人不出來給個說法，那咱們就只好明天公堂上見了！」寇彤高高舉起婚書，大聲說道：「既然鄭家不開門，那明天我就去衙門擊鼓。在大晉朝，毀親不認，可是要坐牢的！」

鄭平薇像被踩到尾巴的瘋狗般跳了起來，指著寇彤的鼻子說道：「寇彤！我警告妳，不要亂說話！」

「鄭小姐，妳就當我是在亂說好了。」寇彤好整以暇地說道：「妳大可以進去，大可以關門，大可以不出來，妳倒是看看，我明天敢不敢上衙門告你們。白紙黑字寫著，看看衙門會判我故意攀親呢，還是鄭家不守信約呢？」

「妳！」鄭平薇氣短，指著寇彤的鼻子就想罵。突然，她胳膊一抬，一把將寇彤手中的婚書奪到手中，並三兩下就將婚書撕了個粉碎。「寇彤，妳的婚書已經沒有了，現在妳去告呀，妳去衙門呀！」鄭平薇一臉的得意，幾乎要拍手慶祝了。

「天底下怎麼會有這麼不要臉的人！」

「鄭家的家教真是令人……令人髮指！」

寇彤一回頭，便看到鄭府所在的富貴街上站了幾個書生模樣的青年才俊。

富貴街離南京太學只隔了兩條街，定然會有學子下學之後從這裡路過的，寇彤特意挑了學子們下學的時間前來，為的就是讓這些人幫著逼鄭夫人出來。這幾個人裡面，恐怕就有關毅安排的人吧？

寇彤突然間就覺得有了依仗，她幾乎是笑著跟鄭平薇說道：「鄭小姐，妳好癡呀！婚書這麼重要的東西，我怎麼會隨意拿在手上呢？」她睥睨了鄭平薇一眼，好像貓戲弄老鼠一般，說道：「妳剛才撕的，不過是一張白紙罷了！妳要是喜歡撕，我這裡還有很多，妳還要不要？」說著，她從懷中掏出一疊紙，遞給鄭平薇道：「給妳撕個夠吧！」

寇彤身後驀地傳來哄堂大笑聲。她不用回頭便能猜到，她身後聚集的人越來越多了。

「妳！」鄭平薇沒有想到竟會這樣，她氣得脹紅了臉，卻說不出一句話來。

寇彤看著就覺得一陣暢快。

「妳……妳可真是夠不要臉的！」鄭平薇惡狠狠地罵道：「身為女子，竟自己上門來說親事，還站在門口賴著不走，實在是不要臉面至極！」

蘇氏聽了氣憤不已，直想上前一巴掌打爛鄭平薇的臉！

寇彤卻毫不生氣，她將蘇氏攔在身後，不怒反笑。「不要臉嗎？我寇彤何德何能，怎麼敢當？」突然，她聲音一提，道：「面對姻親，拒之門外，讓門房把門不說，還讓個小孩子出來胡攪蠻纏，張口閉口就辱罵別人，而真正能說話的人卻躲在屋內裝縮頭王八，恐怕這才是真正的不要臉！」

寇彤的話語擲地有聲，剛剛一落，身後就傳來一陣叫好鼓掌聲。

「痛快！」

「只恨我口拙，要不然我也要狠狠地教訓教訓這無禮至極之人啊！」

「罵的好！」

寇彤深深地吐了一口污濁之氣。她被鄭平薇欺壓了多年，直到臨死前才敢與她開口對峙，最後還被她氣得吐血而死。今天，她終於可以看到鄭平薇吃癟的樣子了。

這感覺可真是不錯啊！

第三十六章 姊妹相爭

「妳胡說！」鄭平薇齜牙瞪眼。「妳胡說！」

鄭平薇一點都沒有變，每當她語盡詞窮的時候，便只會說「妳胡說」這三個字。

寇彤沒有說話，身後有聲音陸續傳來——

「鄭家小姐，妳既然說人家胡說，怎麼不拿出證據來？我看胡說的是妳才對吧！」

「這姑娘說的是不是真的，只要鄭家人出來一對便知，鄭家人遲遲不願意出來，莫不是心虧氣短？」

「可不是嗎？要不然為什麼不敢出來，讓一個毫無教養的姑娘在門口亂蹦。」

「就是！看這鄭家大小姐的作派，便知道鄭家是什麼人了。」

「大人躲起來裝王八，不會鄭家真的怕了這個小姑娘了吧？」

「你們閉嘴！」鄭平薇蹬蹬幾步走下臺階，指著那些人喝道。

「哎喲，生氣了？咱們可不是妳家下人，妳讓我們閉嘴我們就閉嘴啊？妳還真是太高看妳自己了吧！」

「妳喜歡耍橫，回了家關上門，任妳怎麼胡攪蠻纏，我們可不怕妳！」

就在此時，從院子裡走出來一個婦人，狠狠地訓斥道：「薇兒，休要胡鬧！快回來！」

鄭平薇見母親出來了，像找到靠山的小孩子一樣，三步併作兩步地跑到鄭夫人身邊，告狀道：「母親，妳看！不知道哪裡來的野人，禮數全無，胡亂攀親不說，還在我們家門前撒潑！」

鄭夫人面色不豫，低聲訓斥道：「我不是說了不讓妳出來嗎？妳怎麼這麼不聽話！」

鄭平薇倒是絲毫沒有將鄭夫人的責備放在心上，她撇撇嘴，一副不以為意的樣子。

終於等到鄭夫人出來了！蘇氏忙上前一步，說道：「鄭夫人，我先夫是寇家六房的大爺，我們家老爺之前與鄭太醫同在京城太醫院做學生，當時為您家大少爺與我們家彤娘定下了親事，今天冒昧上門來，就是想問問您還記不記得這門親事？」因為有前面鄭平薇的所作所為，她也不確定鄭家是不是還想認這門親事，因此只是根據禮數，將事情的來龍去脈說一遍。若是鄭家還認，自然最好；若是鄭家不認這門親事，那便作罷。

沒想到，鄭夫人根本看都不看她一眼，而是徑直走到臺階下，衝著外面的人說道：「小女年幼，讓諸位笑話了！」

鄭平薇聽了，就十分不高興地跺了跺腳。

聽了鄭夫人的話，蘇氏想著也許事情有轉圜的餘地，走到臺階下，想跟鄭夫人說話。

誰知道，鄭夫人卻話鋒一轉，十分凌厲地喝道：「但是，小女的話卻一點兒也沒有說錯！果然是鄉野村婦，潑辣無禮，毫無教養！」

她突然回過頭來，責問蘇氏。「寇太太，妳是怎麼教養的女兒？妳看看她這個樣子，哪裡配做我鄭家的宗婦？」

蘇氏被鄭夫人這句話問懵了，她還沒有來得及回答，就聽到鄭夫人繼續說道——

「還未進門，便辱罵婆家，這樣的人怎麼可能配得上我們鄭家？我們家修兒早有良配，人家是真正的世家小姐，幼承庭訓，知書達禮，絕不是這種毫無禮數教養的粗鄙之人能比的！」說著，她轉過身，朝臺階上走去。「我大人大量，不與妳們計較，今日的事就算了吧！我奉勸妳們一句，以後還是不要做這樣不自量力、丟人現眼的事情，妳們不嫌丟人，我都嫌沒臉！」

鄭平薇得意洋洋地說道：「我母親說的沒錯！就妳這樣的人，連我們家的丫頭都比不上，給我提鞋都不配，憑什麼妄想我哥哥？真是癩蝦蟆想吃天鵝肉！」

母女兩個說著便往回走。

蘇氏面白如紙，心不停地往下墜。發生了今天這樣的事情，彤娘以後可怎麼說親呢？而寇彤卻一言不發，待鄭家母女說完了，她才冷笑連連。

自始至終，鄭夫人都沒有給過她們說話的機會，一出來就說一些冠冕堂皇的理由。不過，她素來如此，之前就是這樣，動輒便訓斥自己一頓。若是從前，她只有低眉斂目、垂首聽她訓斥的分兒，可是今天，她已經不想嫁入鄭家了，還怕她做甚？

「鄭夫人，請留步。」寇彤提高了聲音，朗聲說道。

「妳還想做什麼？難道我剛才話說得不夠清楚嗎？」鄭夫人轉過頭來，一臉的鄙夷與不耐煩。

鄭平薇則乾脆囂張地跑到寇彤面前，指著她的鼻子罵道：「妳還有完沒完啊？真是不知廉恥！難道我母親的話妳聽不懂嗎？」

鄭夫人也譏諷地問道：「妳莫不是真以為自己能入我鄭家大門吧？」

「夫人此言差矣！」寇彤正色道：「剛才夫人已經說了，鄭公子已有良配，我寇彤雖然不堪，但是還不屑做那與人爭奪之事。」

「那妳想做什麼？」鄭夫人問道。她看著寇彤與蘇氏身上的穿著打扮只是一般，又聽說她們母女如今從寇家本家搬出去了，心中便有了計較。她微微一笑，十分大度地說道：「紅梅，拿銀子來包給寇小姐母女。」

一個丫鬟立即將紅包遞給寇彤。

寇彤卻看也不看一眼，冷笑著問道：「鄭夫人也太將人小瞧了，以為世人都像你們鄭家一樣不守信義、唯利是圖嗎？」

「妳……給臉不要臉！」鄭夫人此刻也沒了好臉色，她咬著牙根問道：「妳到底想怎麼樣？」

寇彤卻沒有理會她，而是高高舉起婚書，衝著街上的眾人說道：「此婚約是我先父在世時與鄭家家主鄭太醫一同定下的，我寇家如今落魄了，高攀不上鄭家，這個我自然知曉。」

「算妳識相！」鄭平薇輕聲哼道。

「但是！」寇彤突然拔高了聲音道：「我們母女這些年來一直信守約定，從未改志，也一直以為鄭家定然如我們寇家一樣，是遵約守信之人，沒想到鄭家卻罔顧約定，背信棄義！不僅如此，居然還在與我尚有婚約的情況下，再與別家說親。不知鄭家如此作派，算不算騙婚呢？」

寇彤的話擲地有聲，自然有人為她添柴加火——

「對呀，明明已經有婚約，卻罔顧信義，再聘別家，鄭家這樣做的的確確是騙婚哪！」

「鄭家這樣做也太不厚道了！」

「就是，明顯就是欺負人家孤兒寡母啊！」

鄭夫人心中一驚，臉色大變。她恨恨地看著寇彤，沒想到這個小賤人居然如此會說話。剛才說修兒有婚約不過是騙騙她們的，沒想到竟著了她們的道了，賤人就是賤人！

她顧不得裝端莊，立即譏笑道：「說來說去，不過是想進我鄭家而已！妳就是說破了天，我也不會答應的，妳就死了這條心吧！」

「就是，識相的趕緊滾！」鄭平薇也在一旁叫囂。

「鄭夫人，妳又錯了。」寇彤搖搖頭，義正辭嚴地喝道：「我今日到此，就是想告訴妳，我寇彤寧死也不願嫁入鄭家這樣的門庭！」

「妳既然不想嫁入我們鄭家，今天又何必到我們家門口撒野不休？」鄭夫人氣急了。

寇彤睥睨了她一眼。「鄭家可以不顧信義，毀約另娶，但是我寇彤自幼受父母教誨，絕不敢做這樣背信棄義的事，所以這些年我一直守著信約，不曾忘記自己與鄭家有婚約，但是沒有想到，今日在鄭家居然受到了這般折辱！既然鄭家背信在先，那麼我寇彤不想、也不屑嫁入這樣的門庭！我今日來，就是想告訴鄭夫人，既然不想認這門親事，大大方方解除婚約便是，何必蠅營狗苟、躲躲藏藏，害得我一直等了這麼多年？難道我們今日不來，鄭家便要耽誤我一輩子嗎？」

立即有叫好聲為寇彤助陣——

「好！說的對！」

「鄭家人太無恥了！」

「簡直欺人太甚！」

「連一個小姑娘都不如！」

「鄭家太不地道了！背信棄義，還耽誤人家小姑娘！」

鄭夫人大急，氣得幾欲吐血，卻無計可施。

寇彤冷笑著看了她一眼，高高舉著婚書，大聲說道：「現在，諸位作證，不是鄭家不想娶我寇彤，而是我寇彤不願嫁入鄭家！婚書就此無效，從此以後，男婚女嫁，各不相干！」

說著，便將婚書撕個粉碎。

人群中呼好聲再次傳來——

「好！我們今日都與妳作證！」

「以後男婚女嫁，各不相干！」

鄭夫人臉色鐵青，道：「好、好，希望妳不要後悔！」

寇彤卻反唇相稽。「後悔？我要後悔什麼？後悔以後遇不到妳這般『通情達理』的婆婆？還是後悔遇不到鄭平薇這樣『進退得體』的小姑子？」

說完這句話，寇彤便再也不理會氣得臉色鐵青的鄭家母女，拉著蘇氏登上馬車離開。

坐在馬車裡面，寇彤這才發現自己手心都是汗，臉上也都是淚水。

蘇氏摟著寇彤，安慰道：「好孩子，妳受委屈了。鄭家這樣的人家，不要也罷！我女兒這樣優秀，哪裡找不到夫婿？何必非要嫁到他們家！」

寇彤剛才說了一大通話，早就口乾舌燥，但是她的心中卻是非常的歡喜，她的淚水也是喜悅的淚水。

終於改變了，她與鄭家再也沒有關係了！她不再像前世那樣懦弱，依靠鄭家，今生今世，她依靠的是自己。

現在，她已經跟鄭家退親了，關於去京城參加太醫選拔的事情就可以跟母親說了。

「母親，我們離開南京吧！」寇彤突然抬起頭說道：「我們去京城好不好？我想去京城參加太醫院的選拔，我想像父親一樣成為一名太醫。」

「彤娘？」蘇氏搖頭不已。「不要，彤娘，咱們就在南京，妳要是不喜歡南京，咱們去別的地方也可以。只是，不要去京城，不要去做太醫！」蘇氏想起丈夫的死因，至今仍然心有餘悸。「妳父親便是做了太醫，結果卻……」她緊緊攥著寇彤的手說道：「我不求大富大貴，只要能平平安安地過日子就好。如果能重來，我寧願與妳父親過著平淡甚至貧窮的日子，也不願意他去京城冒險。我已經失去了妳父親，現在我只想好好守著妳過日子！彤娘，妳聽我的話好不好？母親現在只有妳了，母親不能再失去妳了啊！」

「母親，妳不會失去我的！母親，妳放心，我向妳保證，一定會保護好自己，絕對不會像父親那樣的，請妳相信我！」

蘇氏聽了，卻眼含著淚，拚命地搖頭。

「父親一直對醫術頗有研究，在學醫行醫治病救人這條路上雖然辛苦，父親卻樂在其中。我還記得，小的時候父親就說過，有朝一日若是有了弟弟，也好讓他學醫，傳承父親的醫術。雖然後來發生……那樣的事情，但是我相信父親從來就沒有後悔過！而我，與父親的想法是一樣的。我喜歡醫術，並不覺得苦，再多的苦我也願意嘗試。而且，如果我真的在醫術方面有所建樹，就有希望洗刷父親的冤屈。」

寇彤跪了下來，懇求道：「母親，父親是冤枉的！那蕭貴妃已經倒臺了，曾經參與此事的穆妃也從冷宮中出來，還被封為貴妃。她能洗刷冤屈，父親也一定能洗刷冤屈的。只是，現在彤娘並無兄弟，一無治國安邦之策叱吒廟堂，得以拜見聖顏，為父親洗刷冤屈；二無高強的武藝上陣殺敵，掙得軍功，為父親正名。如今我有的，只有這一手醫術。母親，求求妳，求妳讓我去。我會保護好自己，只要有機會為父親洗刷冤屈，只要能為父親正名，我別無所求。一旦父親的冤屈得以洗刷，我立馬就不做太醫，行嗎？到時候我買個小莊園，守著妳過日子，好不好？」

蘇氏見女兒說得懇切，又是這般跪著懇求自己，再一想到亡夫的冤屈，到底還是含著眼淚，點了點頭。

由於參加太醫選拔需要有官員的推薦信才行，寇彤想來想去，還是決定到寇家走一遭。她需要四伯祖母幫忙寫一封信，四房的大伯父如今在京城做官，如今能幫她的，只有他了。

寇彤來到錦繡街寇家時，發現門口停了一輛馬車。原來寇家今天有客人，看來自己要等一會兒了。

果然，是連氏身邊的大丫鬟接待的寇彤，那丫鬟告訴她，二伯母連氏正在待客，讓寇彤稍等一會兒。

寇彤覺得乾坐著有些無趣，想著現在天氣也不算熱，不如去外面的小敞廳坐一會兒。

那大丫鬟想著這是在內院，寇彤也算是寇家自己人，便沒有阻攔。

寇彤謝過那丫鬟便來到小敞廳。

敞廳在正房後面，兩面有門，由抄手遊廊相接到前院；兩面有窗，其中一面的窗戶正對著小花園。

寇彤倚窗而坐，看到外面花園裡菊花開得正好，一時間倒看得呆住了。

突然，有女孩子說話的聲音傳來——

「……軒表哥，你真的再也不理我了嗎？」聲音軟糯而帶著幾分委屈。「軒表哥，你以前可不是這樣的！是我不對，我做錯了，我跟你賠不是還不成嗎？軒表哥，你是堂堂男子漢，怎麼會跟我這個小女子一般計較？」

是寇妍。她面目嬌俏，拉著楊啟軒的袖子，語音纏綿地道歉，那語氣說是道歉，不如說是嬌嗔。

那俊俏的模樣，軟糯的聲音，水汪汪的大眼睛，寇彤看著都覺得心軟了，更何況是與寇妍青梅竹馬一起長大的楊啟軒？

「妍妹妹……」楊啟軒早就將寇妍之前的所作所為忘得一乾二淨，自然也不會生氣了。

「我怎麼會生妳的氣？我做什麼要生妳的氣？咱倆從小在一處長大，我從來都將妳放在心上，怎麼捨得生妳的氣？反倒是妳生了我的氣，不願意再理我了啊！」

寇妍自然是十分瞭解楊啟軒的，她打小就知道，只要她勾勾手指頭，軒表哥在她面前就會軟得像一團泥。

看楊啟軒笑盈盈地望著自己，寇妍志得意滿地笑了。寇瑩，妳想跟我鬥？門兒都沒有！啟軒表哥只喜歡我一個人，也只能喜歡我一個人！

「軒表哥你就會騙我！」寇妍見楊啟軒伏低做小，便嘟著嘴問道：「我看你是把瑩妹妹放在心上吧？你呀，心頭不似口頭，恐怕早就把我忘記了！」

「沒有、沒有！」楊啟軒連忙表明心志。「我忘記誰也不會將妳忘了呀！咱們青梅竹馬，從小一起長大的情分，這豈是旁人能比得了的？」

「你沒有騙我？」寇妍斜著眼睛，眉目含情地望著楊啟軒。

「妍妹妹，我心口合一，騙誰都不會騙妳！」他最愛寇妍這副嬌俏的模樣了，雖然蠻橫，卻十分有趣，比那些木頭美人可愛多了。

「妳若是願意，我馬上就跟母親說，一旦我哥哥成了親，咱們就立馬成親，好不好？」

寇妍聽了嬌笑不已，目光流轉之間，心思已經轉了好幾個彎，卻是不答話。

「妍妹妹，妳倒是回答我呀！」楊啟軒拉著寇妍的衣袖，追問不休。

兩個人鬧作一團，沒有人看見花陰處步出一雙粉色的繡鞋。只見寇瑩雙目噙著淚水，滿臉的傷心，怔怔地盯著楊啟軒問道：「軒表哥，你真的要娶大堂姊？」

兩人一驚，慌忙回頭，這才發現寇瑩不知道什麼時候已經站在他們身邊了！

乍一見到寇瑩，楊啟軒面上有著掩飾不住的尷尬與些許愧疚。「瑩妹妹，我……我……」他「我」了兩聲，終究沒有回答。

「軒表哥說的自然是真的！」寇妍得意地說道：「妳該不會以為軒表哥要娶妳吧？」她走到寇瑩面前，擺出長姊的身分說道：「我早就告訴過妳，女兒家要矜持，若是男子無心於妳，妳就是巴巴地貼上去也是無用的。往常我跟妳說的話，妳鐵定沒有放在心上，今天妳當要記得。」她一隻手放到寇瑩的肩膀上，語重心長地說道：「並不是我有意與妳爭軒表哥，只是我們一處長大的情分，妳怎麼能體會得了？旁人誰也比不上的。而且，妳剛才也聽到了，軒表哥眼裡心中只有我一個。妳不要怪我，要怪就怪妳與軒表哥沒有緣分吧！」

寇瑩一把甩開她的手，恨恨地看了她一眼，表情像是恨不得撕碎了寇妍那張偽善的臉。

「寇妍，妳真令我噁心！」

寇妍聽了這話，立馬變了臉色。「寇瑩，妳胡說什麼？我念著妳是妹妹，好心教導妳，誰知道妳卻如此不識好人心！我往日看在妳是妹妹的分上讓著妳，妳休要以為我怕了妳！」

「教導我？讓著我？」寇瑩像是聽了一個天大的笑話一般，怒極反笑。「寇妍，妳仗著自己的美貌，以為這世上的男人定然都會拜倒於妳的石榴裙之下，對吧？妳以為我不知道妳的伎倆嗎？妳心中惦記的人明明就是鄭世修，只是他不理睬妳，妳才退而求其次又回轉頭來哄騙表哥。我以為妳有多大的能耐，不過是連鄭世修那樣的人都籠絡不住罷了。妳有工夫在這裡教訓我，倒不如好好想想怎麼才能得到鄭世修的歡心吧！」

「妳胡說什麼？」寇妍沒有說話，他旁邊的楊啟軒卻大喝一聲。「瑩妹妹，妳休要在這裡胡說！妍妹妹與我青梅竹馬，兩小無猜，我們一處長大，妍妹妹怎麼會因為一個鄭世修而遠了我？妳平日裡也是溫柔本分之人，怎麼今天這麼刻薄無禮？」

「我刻薄？我無禮？」寇瑩聽了楊啟軒的話，突然就愣住了，她無限哀戚地盯著楊啟軒道：「軒表哥，你怎麼能如此對我？你明知道我……我是喜歡你的呀！為了她，你說我刻薄無禮？你既然這麼喜歡她，當初又何必跟我說那些話？你都是騙我的……」

楊啟軒從來都是個吃軟不吃硬的人，他一見寇瑩這樣哀戚地望著他，不由得想到這幾日她的溫柔多情來，一時間又是愧疚，又是難以取捨。

「不是的，瑩妹妹，我……」他喃喃了半天，不知道該說什麼。

「軒表哥，我們走吧！」寇妍卻沒有給楊啟軒說話的機會，她拉著楊啟軒便走。

「我……」楊啟軒神色複雜地看了看傷心欲絕的寇瑩，到底還是跟寇妍走了。

寇瑩呆呆地站在那裡，看著楊啟軒離去的方向，眼淚似斷了線的珠子一般掉了下來。

寇彤看了半晌，也不知道該不該開口勸慰。算了，多一事不如少一事。寇家的事情，自己還是少摻和為好。她終歸是嘆了一口氣，準備轉身離開。

「怎麼，看完了我的笑話，就想一聲不吭地走了？」

寇彤沒有想到自己會被寇瑩看到，聽了這話，知道自己不能就這樣離開了，便轉過身來。

第三十七章 推波助瀾

「二堂姊。」寇妍繞過敞廳，將帕子遞給寇瑩。「妳這個樣子，被人看到了多不好？還是快些將眼淚擦乾了吧。」

「彤娘……」寇瑩心中十分難受，剛才的強硬也是一直強撐著的，現在寇彤好言勸慰她，她反倒撐不住了，拉著寇彤的袖子問道：「我剛才像個潑婦一般對不對？軒表哥再也不會喜歡我了，對不對？」

「二堂姊，妳知不知道多情自苦？」寇彤想到自己也曾這般戀慕過鄭世修，便勸解道：「妳別太傷心了，我扶妳回去洗洗臉吧？」

「嗯。」寇瑩的情緒稍微平息了一點，也知道自己站在這裡被人看到了不好，就由著寇彤扶著，回了自己的院子。

待她洗了臉，重新勻了面後，寇彤就要走。

「彤娘，我心裡頭難受得緊，妳留下來陪我說會兒話，好不好？」寇瑩哀求地看著寇彤。

寇彤看著她淚光盈盈的雙眸，心頭一軟，就坐到她的身邊。「二堂姊，妳想跟我說什麼？」

「今天的事情——」

「二堂姊，妳放心，今天的事情，我斷然不會跟任何人說的。」寇彤想到她可能是怕今天的事情洩漏出去，連忙保證道。

「不是。」寇瑩說道。「今天的事情，妳都看到了，大堂姊真是欺人太甚！」

「其實也不單單是大堂姊的錯，我看軒表哥其實也是有錯的。」寇彤沒有想其他的，她只是實話實說。

「軒表哥怎麼會有錯？」寇瑩反問道。「都是寇妍，都是寇妍她迷惑了軒表哥！若不是她故意勾引，軒表哥怎麼會被她迷得顛三倒四？軒表哥喜歡的人應該是我！」

沒想到寇瑩居然對楊啟軒的執念這麼深，如此她倒不好再說其他了，只是勸道：「世上的好男兒千千萬，比軒表哥好的大有人在，二堂姊妳何必非執著於軒表哥呢？」

「彤娘，這世上的男子千千萬，但是我只喜歡軒表哥一個人。」她目光中流露出深深的迷戀。「可是，他過幾天就要走了，就要離開南京了。若是他離開了南京，我豈不是見不到他了？」說著，她竟然趴在桌子上嗚嗚哭了起來。

寇瑩也不過是個十幾歲的小姑娘，想著日後見不到心上人，傷心也是正常的。寇彤有些手足無措，一時間也不知道該如何安慰她。

寇瑩嗚嗚哭了半晌後，突然抬起頭來問道：「彤娘，妳能不能幫我一個忙？」

「什麼忙？二堂姊妳先說來聽聽。」寇彤沒有貿然答應。

「我在家裡面，鮮少有出去的機會，妳在外面，較能打探到外面的消息，妳能不能幫我打探一下鄭世修的消息？」

寇瑩突然這樣問，讓寇彤愣了愣，但是旋即，她便明白了寇瑩的用意。

「二堂姊，鄭世修現在不在南京，沒有法子到咱們家來的。」她晦澀地勸解道。

「不在南京？」寇瑩忘記了哭泣，驚奇地問道：「那妳知不知道他去了哪裡？」

「他要參加太醫院的選拔考核，已經去了京城，短時間內都回不來的，所以——」她的話還沒有說完，寇瑩就突然站了起來，十分激動。

「果然如此！我就知道會是如此！」

「二堂姊，妳說什麼？」

「前幾天，寇妍一直攛掇著軒表哥回京城，軒表哥還以為她是真的回心轉意了呢！現在看來，她果然是惦記著鄭世修，所以才會哄騙表哥，她就是想回京城！」

寇彤自然也明白了寇妍的用意。寇妍也真是的，既然惦記著鄭世修，為什麼還跟楊啟軒牽扯不休呢？

「彤娘，妳說我現在該怎麼辦？」寇瑩一想到楊啟軒回到京城後，自己有可能就再也見不到他了，不由得十分著急。

「二堂姊，我也不知道該怎麼辦。」寇彤看著這個為情所困的堂姊，不禁正色道：「但是我有句話想告知堂姊，就怕堂姊聽了不高興。」

「彤娘，妳先說來聽聽。」

「與其去跟寇妍爭，不如與自己爭。」

「什麼叫與自己爭？」寇瑩不明白。

「若是軒表哥的心思在妳身上，妳就是不爭，他也會一心一意待妳；若是軒表哥的心思不在妳身上，在那寇妍身上，妳就是爭過來了，也沒有用。妳費盡心機爭過來的眷顧，寇妍不過一句話就摧毀了，今天的事情，就是活生生的例子。妳難道想以後都是這樣嗎？不管妳做了多大的努力，但凡寇妍勾勾手指，軒表哥便將妳拋之腦後，妳這又是何苦呢？」

寇瑩的臉一瞬間刷白。「那……那我豈不是沒有希望了？」她有些頹喪地跌坐在椅子上。

寇彤握了握她的手，忍不住覺得寇瑩與自己何其相似。她本來打算再也不管寇妍和鄭世修的事情了，但是見了此時的寇瑩，她突然就想起了前世的自己。

「二堂姊……」寇彤的聲音變得有些艱澀。「不要再跟寇妍爭了，在軒表哥面前，妳是爭不過她的。」

「那我該怎麼辦？」寇瑩十分迷茫。

「……與其跟她爭，不如助她心想事成。」寇彤的聲音幾乎低不可聞。

「助她心想事成？」

「對。」寇彤點點頭。「妳剛才不是說了，寇妍想去京城，不過是為著接近鄭世修嗎？既然如此，妳何不就讓她接近鄭世修好了？最好是能讓她心想事成，嫁給鄭世修……」

剩下的話，寇彤沒有說完，可是寇瑩卻聽得明白。一女不能嫁二夫！就算她寇妍再貌若天仙、才華洋溢，一旦成親了也是他人婦，軒表哥總不能一直惦記著一個有夫之婦吧？到了那個時候，自己豈不是就有了接近表哥的機會？而且從今天這種情況看來，表哥對自己也是有意的，只要沒有了寇妍，表哥喜歡的人就會是自己！寇瑩怔怔了半天後，慢慢握緊拳頭，眼中不復剛才的迷茫。

寇彤長長地吐了一口氣，不知道自己這樣做是對是錯，至少，這也算是幫了寇瑩一把了。

那邊連氏從呂老夫人的紫院將客人送出了門，這邊就聽丫鬟稟報，說寇彤等了半天了。她不由得長長地呼了一口氣。這迎來送往的，可真是累啊！雖然主要還是老夫人在接待，她只是幫襯著，可是她還是覺得疲倦得不行。想到遠在京城讀書的長子馬上就到了娶親的年紀，她不禁想著，等娶了兒媳婦，她就可以歇歇了。

她帶著寇彤來到呂老夫人的院子，悄悄叮囑道：「今天老夫人娘家的親戚來了，說是在永昌侯府見到了妳呢，我看老夫人的樣子，倒看不出歡喜來。」

二伯母口中說的老夫人的親戚，應該是錢夫人吧？寇彤感激地看了連氏一眼。「謝二伯母提醒。」

說著話，就到了呂老夫人的門口，丫鬟挑起簾子，連氏跟寇彤依次走了進去。

「給四伯祖母請安，給大姑姑請安。」寇彤依著禮數，規規矩矩地給呂老夫人磕了頭。

「這不是小寇大夫嗎？」婦人陰陽怪氣地問道：「我當小寇大夫攀上了高枝兒，不會來我們寇家了呢！怎麼，今天小寇大夫沒有去永昌侯府，到我們寇家來做什麼？」

寇彤不用抬頭，也知道說話的必然是大姑姑安平侯夫人了。

你們寇家？妳明明是出了門子的姑太太，算不得寇家人了。

寇彤心中冷笑，面子上卻不顯，她輕聲回答道：「因著我治好了永昌侯老夫人的病症，所以那天永昌侯老夫人過壽，便請了我們母女。永昌侯府不過是個侯府罷了，哪有攀不攀高枝兒這一說的。」

安平侯夫人不置可否，用鼻子哼了哼。

「這話說得不假。」呂老夫人說道。「咱們寇家雖然不如永昌侯府顯貴，可是妳大伯父年紀輕輕便做了三品官，再往上走一步，也不是沒有可能。而且，要說到侯府，妳大姑姑家也同樣是侯府，那永昌侯府的確沒什麼好巴結的。」

寇彤點了點頭，心中卻撇了撇嘴。那永昌侯府幾代皆出了軍功，遠的不說，就說前幾年，西邊韃子來犯，朝廷能成功擊退韃子，永昌侯府可是立了頭等功。永昌侯府本來就人丁稀薄，為此還折了永昌侯的長兄，先皇念著永昌侯的軍功，便讓如今的永昌侯襲了爵位。今上能順利登基，永昌侯府也出了不小的力呢！

而安平侯不過是個庶子，如今也是仗著祖上的恩蔭，不過是個閒散侯爺，毫無實權可言，怎麼能跟永昌侯府相比？

四伯祖母還將自己當作毫無見識的小丫頭來對待呢！

呂老夫人見自己的話唬住了寇彤，便說道：「不過，妳們姊妹在家裡面都悶得慌，聽說前日永昌侯府宴請，可去了好幾個花樣年華的閨秀，妳也該叫上妳姊姊、妹妹們一同去才是啊！妳離開的這一段時間，她們都十分惦記妳呢！」

「其實我也十分惦記姊妹們，只是那邊剛剛收拾好，所以就沒有回來見她們。剛才二堂姊見了我，還跟我說了好一會子話呢！」

呂老夫人點點頭道：「嗯，妳們姊妹親親熱熱的就好。」接著，呂老夫人又狀似不經意地說道：「聽說，妳跟鄭家哥兒退婚了？」

呂老夫人的消息可真是靈通啊！

寇彤放下茶盞，站起來說道：「這門親事本來就不合適，不過是父親在世時的玩笑話罷了，如今父親已然去了，我們家又是這麼一種情況，自然是配不上鄭家的。」

「哎！」呂老夫人嘆了一口氣。「我原本想著把妳配給妳大姑姑的長子的，可當初妳母親死活不答應。現在我已經將妳二伯母的乾閨女說與妳大姑姑家了，沒想到妳現在又是這麼個情況，早知道我無論如何也要將這門親事給妳留下……」呂老夫人長長地嘆了一口氣。「哎，要是妳母親當初答應就好了，可惜，她偏偏沒有答應。不過當初她不答應也是為妳好，妳千萬不要怪她，以後妳還會有好姻緣的。」呂老夫人說完後，死死地盯著寇彤看，想從她臉上看出什麼端倪來。

可惜，讓她失望了。寇彤臉上沒有任何不高興或者埋怨，而是十分淡然地道：「姻緣皆是天定，說不定我的姻緣還沒有來呢。母親自然是事事為我考慮的。」

呂老夫人越發肯定了自己的猜測——寇彤與蘇氏定然是攀上永昌侯府了！

可是，若說僅僅是因為寇彤醫術高明，治好了永昌侯老夫人，所以永昌侯府便將她奉為上賓，事事為她出頭，呂老夫人是打死也不會相信的。

呂老夫人不禁朝寇彤望去。

她不施粉黛，素顏玉膚，潔白無瑕的額頭，細膩白皙的肌膚，那樣靜靜地坐在那裡，就像一朵亭亭玉立的荷花，嫻靜高雅、靈動俏麗，素雅得讓人移不開眼睛。較之她幾個月前剛來到南京時，她現在的膚色已然白皙了許多，身上也添了許多沈靜端莊。

她不由得愕然，難道永昌侯看中了她的美色？

不會的！她下一刻立馬否定了自己的想法。永昌侯與夫人二十多年來伉儷情深，連個通房都沒有，不可能在此刻為了一個寇彤而得罪愛妻。

那還能是什麼原因？

唉，她怎麼忘了？永昌侯的嫡子今年二十左右，正是血氣方剛的年紀啊！之前，聽寇彤說，永昌侯世子還親自送她回來呢！她那個時候只當是永昌侯府看在寇家的面子上，現在想來，可不就是永昌侯世子看上寇彤的美貌了嗎？

但寇彤她娘家無人，還有個罪臣之身的父親，以她的出身，只能給永昌侯世子做妾。

一定是這樣，怪不得她搬到了芳草巷，怪不得她要跟鄭家退親，原來，還真的是攀上了永昌侯府啊！

她真是小瞧了這對母女呢！果然是見縫插針，一點機會都不放過，不遺餘力地想往上爬啊！枉她蘇氏自詡出自詩書世家，還不是將女兒送與人做小？再怎麼有心機又如何？不過是用這種下三濫的手段罷了！

她原本還指望著通過她們能跟永昌侯府搭上線呢，現在看來，她還是離她們母女遠遠的吧，她可不想被人說，寇家堂堂一個嫡女成了旁人的小妾。

她突然就失了耐心，連樣子也懶得做了。「妳今天來是為了什麼事呀？」不過片刻的工夫，呂老夫人面上就帶了幾分倦怠之色。

寇彤一愣，之前的來意，到了此刻反而說不出口了。她害怕，怕現在平靜的生活因為寇家人的插入而又變得烏煙瘴氣起來。她好不容易得來的自由，可不想就此又化作泡影。

「並沒有什麼事。」寇彤說道。「因搬出去有一段時間了，許久未見四伯祖母，母親惦記著您的身體，便讓我來看看您。這人參，母親說給您補身子的。」

「嗯。」呂老夫人看了看那人參，眼睛一亮，居然是一株成人大拇指粗的經年老參！以蘇氏母女的能力，恐怕是買不起的吧？這定然是永昌侯府裡頭的好東西了。

呂老夫人頓時便覺得那人參有些礙眼，她可不稀罕這種賣身子換來的東西。

「妳能來看我，知道妳們母女還將我放在心上，我就十分高興了。妳們母女也不容易，這人參妳拿回去吧，或賣掉，或自己留著都成，妳們的心意我都知道了。」

「四伯祖母——」寇彤站起來，還想再說，卻被呂老夫人阻止了。

「好了，我今天累了，妳先回去吧。改天我閒了，再叫妳們母女過來說話。老二家的，妳送彤娘出去吧！」

竟是不由分說要趕人的架勢！這是怎麼了？連氏大為驚奇，心中暗自嘀咕著。

寇彤也覺得納悶不已，不過，這人參既然呂老夫人不要，她自然是高興的。本來自己拿出來的時候還有些心疼，這可是師父從山裡頭挖的百年人參呢！她不要，正好拿回去給母親補身子。

安平侯夫人看著母親拒絕了那株品相一流的人參，不禁覺得肉疼。

「哎喲，母親，妳可真是捨得！」見寇彤離開後，她這才跺了跺腳。

「妳以為她能買得起那樣好的參？這參不知道她們母女是通過什麼骯髒手段弄來的呢！」呂老夫人一臉鄙夷的樣子。

「母親，妳是說……這寇彤做了永昌侯府家的妾室？」她雖然笨，但是對這些事情可比誰都靈光。

「要不然她好端端的怎麼會跑回來？不過是想找個體面的娘家，到時候進了永昌侯府不至於太難看罷了。」

「應該不會吧？」安平侯夫人訝然道：「我看那寇彤性子可十分剛烈呢！」

「妳才看過幾個人？」呂老夫人說道：「任她多剛烈的性子，見到了榮華富貴還不是一樣沒了脊梁。」

時間過得很快，轉眼就到了八月中，寇彤本來準備了節禮，打算送到寇家四房，但是一想到呂老夫人那一副恨不得離她們遠遠的樣子，便打消了這個想法。

當天晚上，寇彤與蘇氏準備了滿滿一大桌子的飯菜，叫上子默一起，三個人過了一個熱熱鬧鬧的團圓節。

用過了晚飯後，寇彤便想著跟子默一起出去看燈。

有子默在，蘇氏自然不會阻止。她讓寇彤與子默穿上外衣，就送他們出了門。

家家戶戶門前都掛了紅紅的燈籠，照得街上亮堂堂的，一片溫暖祥和。

寇彤之前也是看過花燈的，但那都是嫁到鄭家之前的事情了，嫁到鄭家之後，她就鮮少有機會出門了，因此，見到花燈她十分開心。

子默見她高興，就說道：「這居民小巷子沒有什麼看頭，咱們去東升樓大街吧！東升樓大街上有許多商門裡出錢紮的花燈，還有那些大戶人家都會紮了花燈放到街上，什麼樣的都有。師姊，咱們一起去看吧！」

寇彤聽子默這麼說，早就心癢癢的，忙不迭地點點頭。

紅彤彤的光照在她笑咪咪的臉上，子默一時竟看得有些癡了。

「關毅？你怎麼在這裡？」

聽寇彤突然這麼說，子默這才回過神來。只見寇彤像隻小鳥一樣，歡樂地朝關毅跑去，他的心一下子變得空蕩蕩的。

他看到寇彤滿臉笑容，眼角彎彎，正興高采烈地跟那個身材挺拔偉岸的男子說著話；而關毅也目不轉睛地望著寇彤，認真地聽她說話，好像天底下再沒有比聽寇彤說話更重要的事情了。

他看著關毅時不時寵溺地對寇彤笑笑，或是眉目含笑地點點頭，一時間倒有些手足無措起來，就好像他突然間窺到了什麼天大的機密一般。

師姊，原來，妳跟他在一起竟是這般快活……

他像想明白什麼似的，快速地走到寇彤身邊說道：「師姊，我突然想起來有一件很重要的事情，我不能陪妳看花燈了，妳讓關公子陪妳去吧！」說完，竟是不待寇彤回答，就落荒而逃。

子默對寇彤的心意，關毅豈會不知？只是他從未將子默放在心上，因為他相信，他的彤兒只喜歡他一個人。

饒是如此，看到子默那落寞的樣子，他也隱隱生出幾分不忍來。

他關毅何其幸運啊！

第三十八章　兩情相悅

關毅緊緊地將寇彤擁入懷中，喃喃道：「彤兒，這世上男子千千萬，唯有我是最幸運的！」

這傢伙，就這樣在路口抱住她！寇彤連忙推開關毅，有些心虛地左右張望，還好，這一會兒，巷子裡沒有什麼人。

她雖然鬆了一口氣，但卻依然緊繃著臉。「你這傢伙，膽子越發大了！你也不看看，這是什麼地方？這可是人來人往的巷子口，若是讓旁人看見了，我、我就再也不理你了！」

關毅見她說得鄭重，真怕她是動怒了，誰知道她最後一句居然是這樣一句話，旋即他便明白過來，他的彤兒並沒有生他的氣。

他笑咪咪地拉了寇彤的手說道：「好好好，是我錯了，我以後再不這樣了。下次我一定找個沒人看見的地點，好不好？」

這傢伙，真是無賴！寇彤的臉越發紅了。反正自己跟他在一起，就從來都不曾說贏過他，繼續說下去，不過是讓自己更加尷尬罷了。

寇彤有些生硬地轉移了話題。「今天是中秋，你不在家陪著老夫人與夫人，跑到這裡做什麼？難道也是為了看花燈？」

關毅聽了啞然失笑，真真是孩子般的心性。

「我為什麼在這裡，難道妳真的不知道？」他雙手抱著胸，嘴角噙著笑，眼中滿是戲謔地盯著寇彤看。

「我怎麼會知道！」寇彤沒好氣地說道。

「那妳猜猜。」關毅得寸進尺地道。

「不說算了！」寇彤不用猜就知他一定又要說些打趣自己的話，乾脆一轉身。「你要是沒有什麼事情，我就回去了。」

「哎、哎！」關毅立馬跑到她面前攔住她。「妳別走啊！我找妳是有重要的事情要跟妳說。」

聽說他有重要的事情，寇彤這才站定，問道：「什麼事情？」

「我來這裡是因為好幾天沒有見著妳，我心中實在惦記得慌。彤兒，妳不知道我都來了好幾次了，可妳總是不出來，我想妳想得都茶飯不思了。妳看看，我是不是瘦了？」

寇彤聽了，越發沒好氣，一把推開他就往家裡走。這傢伙，真是不害臊！

關毅卻一把拉住她。「好了、好了，我是真的有事情找妳。」

寇彤卻不理會他，徑直朝家裡走。

看來寇彤是真的生氣了。關毅也暗自責怪自己，一見到她就把持不住自己，像個浪蕩的輕浮子弟一般。天知道在旁人面前，他可從來不會這樣。

「彤兒，妳別走啊！」關毅著急地說道。「妳不是想去京城參加女太醫選拔嗎？我讓父親寫了推薦信。」

寇彤為了推薦信的事情正在著急不已，眼見這明後兩天子默就要離開南京去京城了，她還以為自己沒有機會了呢！此刻，關毅將舉薦信給她拿來了，她自然是驚喜交加。

她不是沒想過，可以請關毅幫忙，可是不知道怎麼回事，她就是覺得不想麻煩關毅。與母親相依為命多年，她已經習慣事事靠自己，從不敢依賴旁人，沒想到關毅卻偷偷地為她準備了舉薦信。要說不動容，那是不可能的。

「關毅，其實你大可不必為我做這些……」

關毅卻執了她的手，認真地說道：「為了這舉薦信，妳定是急得不行，為什麼不肯告訴我？是覺得我不配幫妳做這些事情，還是擔心我會挾恩以報，讓妳以後為難？」

被關毅戳穿了心思，寇彤有些不自在，她鬆開了關毅的手，往後退了兩步，低聲說道：「關毅，我只是罪臣之女，並無高貴的出身，家世出身也無法與你匹配。若說我有何出眾之處，那便是比旁人鮮豔幾分的顏色罷了。可是再漂亮的容顏都有年老色衰的一天，更何況我並非絕色。」

關毅的臉色異常的冷峻，他緊緊盯著寇彤，眼神幾欲將她灼燒。「難道在妳心中，我關毅就是那種需要找高門大戶聯姻之人嗎？難道我關毅就是那種好色之徒嗎？」關毅步步緊逼。「彤兒，在妳心中，我關毅就這麼不堪嗎？」

寇彤默然。這段時間與關毅的相處，讓寇彤覺得自己就像是作了一個美麗的夢一樣，可是夢總有醒來的一天。

她與關毅本來就不是一個世界的人。

就算她早就猜到會有這麼一天的到來，可是此刻，她仍然覺得心抽搐得難以承受。

「關毅……世子……」她幾乎語不成調。「正所謂齊大非偶，你我之間有如雲泥之別……」

「彤兒，不要跟我說這些冠冕堂皇的理由！妳對我明明是有情意的，妳到底為了什麼這麼說？」

為什麼？就是因為兩人身分懸殊，就是因為寇彤經歷過一次失敗的人生，就是因為關毅對她太好，所以她才會感到害怕啊！與關毅相處的這些時間，她的心早就淪陷了，她怕關毅會像鄭世修一樣，她怕自己會有上一世的下場，她是真的怕呀！

看著寇彤緊緊咬著嘴唇就是不說話，關毅急得頭上直冒汗。

剛才還好好的，怎麼突然之間就變成這樣了？

「是不是我太孟浪了？」關毅急得團團轉。「我以後不這樣了好不好？妳不要生我的氣，我保證以後老老實實的！妳說話呀！」

寇彤頓了頓，深深地吸了一口氣，讓自己儘量冷靜自持。「世子，你門第高貴，家世顯赫，又有這般出色的才華與容貌，不知道是多少閨秀的夢中良人，與你在一處，我實在是忐忑得緊……」寇彤說出了心底的話。

關毅聽了，不由得一愣。與他在一處會忐忑得緊？他對她很好呀，為什麼會忐忑呢？難道他哪裡做得不對嗎？她在擔心什麼？就算他門第高貴，家世顯赫，但是這些都不是讓她擔心的真正原因吧？

他心中驀地一動，她是在害怕，害怕他會朝三暮四，看上別家的閨秀！是不是因為他沒有給她足夠多的信心，所以她才未曾完完全全地相信他？他們從初次見面到今天，也才不過幾個月，這麼短的時間就要讓她完完全全相信自己，的確是有些強人所難了。

怎麼樣才能讓她相信自己呢？他恨不得將心剖出來給她看！

若是她真跟他斷了來往……那他、那他……

想到這裡，他覺得心都痛了起來，不敢再想下去。

「彤兒，咱們成親吧！」這話一出，不光是寇彤，連他自己都愣住了。

他怎麼沒有早點想到呢？彤兒已經跟鄭家退親了，他應該早點跟她說成親的事情啊！天底下的女子都一樣，總覺得成親之後才能安下心來。若是自己跟她成了親，她就一定不會再胡思亂想了吧！

「彤兒，我明天……不，今天晚上就去跟母親說。過兩天，我就安排人上門提親。」關毅覺得胸中充滿了喜悅。「成親之後，咱們兩個就可以天天在一處了！」

寇彤愣住了，她沒有想到，關毅居然這麼輕易地就說出了要跟她成親的話來。

她怔怔地看著關毅，過了許久才反應過來，愣愣地問道：「你真的要跟我成親？」

「那當然！」關毅高興地說道。「不跟妳成親，我還能跟誰成親？」

「你可是真的想清楚了？」寇彤不敢相信，再問了一遍。「我並無顯赫的娘家，還是罪臣之後。」

關毅聽著，就皺了皺眉。「我想得很清楚。我要娶的是妳這個人，並不是妳身後的家世。至於妳父親的事情，明眼人都知道那是怎麼回事，妳怎麼會有這麼重的心結呢？」

寇彤的確是有很重的心結，因為上一世，鄭世修的母親與鄭平薇不止一次鄙夷地嘲諷她，說她出身不好，沒有教養……

她用力搖了搖頭，那畢竟是上一世的事情了，現在，沒有那些人，她面前站的是關毅，是一個明明白白告訴她想跟她成親的人！

為了那個根本不喜歡她的鄭世修，她都可以孤注一擲了，眼前這個對自己一往情深的人，她有什麼理由拒絕呢？

她紅著臉，結結巴巴地說道：「關毅，我……我是不、不做妾的。」

「妳想到哪裡去了？」關毅啞然失笑。「我們永昌侯府可沒有妾這種東西！」他執起寇彤的雙手，輕聲問道：「那妳可以答應了吧？」

「我、我要問問我母親。」寇彤說著，臉一紅，鬆開關毅的手，就跑回了家。

看著她漸漸遠去的身影，關毅只覺得有種前所未有的滿足。

因後天寇彤就要跟子默一起啟程去京城，所以第二天永昌侯府就派人上門提了親。

蘇氏昨天晚上已經從寇彤那裡得知了消息，但是此刻見到寫著關毅生辰八字的大紅銷金帖，還是覺得有些恍惚。

誰會想到，她的女兒竟然要配給永昌侯府的世子！

永昌侯雖然門第高貴，卻家風嚴謹，永昌侯跟夫人伉儷情深，更是連個妾室都沒有。彤娘治好了永昌侯老夫人的病，不為別的，就看著這一層關係，以後只要彤娘不出大錯，永昌侯府都不會待彤娘太差的。

看那世子，明顯將彤娘放在心上的。只要成親之後，能在一、兩年內生下兒子，以後彤娘在侯府就算是站穩了。

夫君呀夫君，真是你上天之靈保佑嗎？若不是彤娘學會了醫術，我們母女現在恐怕還要被四房拿捏呢！若不是彤娘學會了醫術，我們怎麼能結識永昌侯府這樣的門第？

真真是冥冥之中注定的嗎？她的夫君因為醫術而喪命，但是她的女兒卻也是通過醫術而結識了女婿。

上午交換了庚帖，下午寇彤就跟蘇氏收拾東西，到了傍晚，寇彤就匆匆地坐馬車趕到錦繡街寇家四房辭別。

是連氏身邊的嬤嬤接待了寇彤，從那嬤嬤口中得知，連氏陪著呂老夫人跟安平侯夫人、楊啟軒今天一大早就從水路坐船往京城去了，同去的除了寇妍、寇瑩之外，居然連年紀最小的寇娟都去了。

看來，寇家四房是想讓這幾個女孩子在京城嫁個好人家了。

寇彤本就是為辭別而來的，見人都不在，也就沒有多留，稍稍坐了一會兒就告辭了。

從寇家出來後，寇彤沒有直接回家，而是去了永昌侯府。

永昌侯夫人親自接待了她。

畢竟已經跟關毅交換過庚帖，名義上來說，她就算是永昌侯府未過門的兒媳婦了，所以，此刻見到永昌侯夫人，寇彤有些不自然。

但是永昌侯夫人好像沒有看到她的拘謹一般，很是熱情地跟她說話。「東西都收拾好了嗎？該帶的東西都帶上了嗎？雖然只剛八月中，但等你們到了京城，天氣就冷下來了。京城比南京可冷多了，大毛衣裳一定要早早地備好。」寇彤回答之後，她便拉著寇彤的手坐下。「在我面前，妳不用拘謹。我是什麼樣的人，妳應該很清楚，以前什麼樣，現在還是什麼樣。我沒有親自生養的姑娘，打心眼裡將妳看作女兒，妳可千萬別跟我外道。」

「是。」話雖如此，寇彤還是有些放不開，只吶吶地點頭。

永昌侯夫人正為兒子的婚事發愁，天上就掉下個寇彤，不僅長得好，還有一手醫術，最主要的是關毅喜歡。

她那天宴請的時候，就找經年的老嬤嬤相看過寇彤了，得知她是個能生養的，永昌侯夫人真真是喜出望外。

此刻，她上上下下打量寇彤，見她果然如那老嬤嬤說的那般，個子高䠷，身材健美勻稱，面色紅潤有光澤，舉手投足間透露著健康的活力，細腰寬胯，渾圓挺翹的屁股，跟那些弱不禁風、柔柔弱弱、大門不出二門不邁的女子很是不一樣。

她不禁笑得見牙不見眼，真是越看越滿意，恨不得明天就將她娶進家門，後天就能抱上孫子了！

寇彤正被永昌侯夫人看得發毛時，卻聽見她突然高聲叫著——

「秀蓮，去跟世子說一聲，彤姑娘來了！」

寇彤聽了，臉立馬脹得通紅，從椅子上站起來，急忙解釋道：「夫人，我不是為了見世子來的。」

這話一出，永昌侯夫人笑得更愉快了，她以為寇彤是害羞了，便也不點破，笑吟吟地點點頭，然後叫住剛想出門的秀蓮，說道：「罷了，不要去叫世子了，妳帶著彤姑娘去世子的書房吧！」

寇彤不由得大窘，這下子真是越描越黑了！

「夫人，我明天就要去京城了，這一去恐怕就是兩、三個月。天氣越來越冷了，老夫人的身子向來虛弱，我來是想看看老夫人，給老夫人開一個秋冬養生的方子。」

「原來是這樣。」永昌侯夫人面上的戲謔之色褪去，取而代之的是驚訝，繼而是讚賞。「沒想到妳心思居然如此體貼細密。」她正了顏色，拍了拍寇彤的手說道：「既然如此，咱們現在就去老夫人的院子吧！妳許久沒來，老夫人見了妳，指不定多高興呢！」

這樣一來，永昌侯夫人看向寇彤的眼神更加滿意了。

穿過長長的廊廡，經過一座小小的花園，就來到老夫人的院子。

早就有伶俐的丫鬟打起了簾子，轉過一座老紅木大福祿鑲玉石的屏風後，透過玉石珠子穿成的垂簾，寇彤看到永昌侯老夫人正靠著墨綠色的大迎枕，坐在那雕花羅漢床上。

見兩個人來了，老夫人毫不驚訝，而是笑咪咪地看著兩個人行禮，顯然永昌侯老夫人已經從丫鬟口中提前知道了這個消息。

寇彤要給永昌侯老夫人號脈，自然有眼色伶俐的小丫頭拿了脈枕放到了永昌侯老夫人的手腕底下。

一時間，室內鴉雀無聲，落針可聞。

寇彤靜下心來，細細地根據永昌侯老夫人的脈象來判斷她最近的身體狀況。

身體有些虛弱，但是並無大礙。

「還是有些虛，這是到了秋天正常的現象。老夫人不要貪涼，不要食用蟹之類的寒涼之物，酒可以略微吃一些，但是不要吃冷的，旁的也就沒有什麼了。」

聽寇彤這樣一說，老夫人就笑著點點頭。

一旁的永昌侯夫人也跟著放下心來，她是真的害怕老夫人有個三長兩短啊！關毅剛剛交換了庚帖，若是此時老夫人的身體有個好歹，那關毅豈不是要守孝三年？他已經快二十歲了，再過三年，年歲就更大了。

況且，這南方雖好，到底不是她家，她是京城長大的，為了老夫人的病才到南京來的，如今老夫人身體好轉，他們就能回京城了。

所以，聽寇彤說老夫人身體康健，她比誰都高興。

寇彤開了一個養生的方子，又細細地交代了一些需要注意的事項之後，才回到位子上坐下。

永昌侯府老夫人原本身體很差，臥床幾年，連床都下不了，今年夏天，還幾乎要準備身後事了。在寇彤的醫治下，她身體大癒，所以此刻見了寇彤，她只有滿意的分兒。

「當初第一次見妳，我就想，這是誰家的姑娘，長得這麼個出挑的模樣不說，還有一手好醫術，也不知道誰家的小子這麼有福氣能娶回家。千算萬算，沒有想到妳這朵花竟然是要種到咱們家的院子裡來了。」永昌侯府老夫人笑咪咪地說道：「也虧得是妳這樣的人才，才能讓我那寶貝孫子動了心啊！」

寇彤雖然害羞，但是也知道這是老人家喜歡自己的表現，因此抬起頭來，衝永昌侯老夫人笑了笑。

永昌侯老夫人見了，就從手上捋下一個溫潤的白玉鐲子，親自戴到寇彤的手上。「這是祖母給孫媳婦的見面禮，妳且收著。」

寇彤連忙推阻，卻被永昌侯老夫人一把攔住。

「等妳過了門，祖母還有更好的給妳呢！妳就收著吧，這可是長者賜！」

「是。」寇彤紅著臉，收下了這個鐲子。

永昌侯夫人見時間差不多了，就說道：「時候也不早了，咱們就不打擾母親了，母親妳歇著吧。彤娘明天就要走了，今天晚上還要好一通收拾呢！」

辭別了永昌侯老夫人後，兩個人順著來時的路往回走。

路過小花園的時候，正看到關毅不知道什麼時候已經在小花園裡面等著了。

寇彤一回頭，永昌侯夫人已經帶著丫鬟，心照不宣地繞到另一邊去了。

這下就是個傻子，也知道是怎麼回事了！這傢伙！

寇彤跺了跺腳，不知道是要裝作沒有看到繼續往前走，還是轉身回頭。

「跟我來。」

她還沒有反應過來，就被關毅一把拉住了手。她心跳如擂鼓，掙扎著想抽回自己的手，但是也不敢在路上與他這樣拉扯，索性就由著他將自己帶到了他的書房。

「明天妳就要走了。」她還沒有來得及反應，就被他一把抱在懷中。「我真是捨不得！」

她本來掙扎得厲害，聽他這樣說，心漸漸軟了下來，人也不掙扎了，而是靜靜地聽他說話。

「做太醫何其辛苦，若是可以，我真想把妳藏在家中。」他長長地嘆了口氣。「可是我知道，那不過是我的奢望罷了。我從前想著只要能跟妳在一起，聽妳說話，看著妳笑，就心滿意足了。後來，就想著把妳據為己有。再後來，便想讓妳時時刻刻都在我身邊……」他苦笑一聲。「我是不是得隴望蜀了？彤兒，妳那麼喜歡行醫，我怎麼能生出這樣自私的想法來？」

寇彤沒有說話，眼淚打濕了她的眼眶。此時此刻，她是真的相信，身邊的這個人是真心實意地喜歡她、為她打算！

「我的貼身小廝元寶現在就在京城，我已經從驛站寫了信寄給他了，他會安排人去接妳跟伯母，還有住的地方，他也會提前租好房子。妳到了京城後，有什麼事情都可以直接去找他，知道了嗎？」

「嗯……」寇彤窩在他的懷中，悶悶地點點頭。

「我不在妳身邊，妳要好好照顧自己，遇到事情不要強出頭，可以找元寶商量。有空了就給我寫信，我也會給妳寫信的。我要是能抽開身，就去京城看妳。還有，最重要的，就是早點回來，我等著妳呢！」

聽著他絮絮叨叨地叮囑著自己，寇彤竟然覺得無比心安。她的臉貼著他的胸膛，感受到他的溫熱與心跳，心裡突然生出一種感覺：他其實是可以依靠的，他也許能夠讓自己放心吧。

第二天一大早，寇彤、蘇氏、子默就收拾好了東西。正準備出門的時候，遇上了前來送行的關毅。

見關毅絲毫不避諱地盯著寇彤看，蘇氏默默嘆了一口氣，便退了出去，給他們兩個留下空間。

蘇氏剛剛出去，關毅就一把將寇彤擁入懷中。

寇彤這一次沒有抗拒，而是乖乖地任由他抱著自己。

兩個人誰也沒有說話，就這樣緊緊相擁著。

過了一會兒，蘇氏在門口重重地咳嗽了一聲。

「彤娘，咱們該出發了。」

關毅重重地抱了抱寇彤，聲音又快又低地在她耳邊說了一句話。

寇彤聽了，重重地點了點頭。

站在碼頭上，蘇氏催了好幾遍，寇彤才依依不捨地登上船。

關毅站在岸邊，恨不得能跟著她一起去京城。

一人在船，一人在岸，兩人就這樣默默相望。

船開的時候，關毅的嘴突然又動了一下，說了幾個字。

雖然沒有聲音，但是寇彤卻看得一清二楚。

他說的還是剛才說的那句話：等妳回來，咱們就成親！

寇彤再次點頭，一直望著岸邊，直到關毅的身影越來越小，漸漸看不見了，她才回轉到船艙裡面。

子默看著寇彤與關毅的這一番場景，越發沈默了。

自寇彤走了之後，關毅就一直懨懨的，一連好幾天都打不起精神。

「母親，妳說她現在到什麼地方了？」關毅皺著眉頭說道：「也不知道她暈不暈船？在路上會不會寂寞？不知道她到了京城習不習慣？她畢竟離京多年……」

這幾天關毅茶飯不思、坐立難安的樣子，她悉數看在眼中。兒子難得流露出小兒女的情緒，她不僅不擔心，反而覺得很有意思。

這會兒聽關毅這樣說，永昌侯夫人便放下手中的茶盞，故意問道：「你說得沒頭沒腦的，她是誰？」

「母親，妳明明知道——」關毅聞言不悅，抬起頭來，卻看到母親戲謔地盯著自己笑。

「瞧你那沒出息的樣兒！」永昌侯夫人似真似假地說道：「你既然這麼惦記著，怎麼不跟了她一起去京城？」

關毅眼睛一亮，接著又暗淡下來。「妳跟父親、祖母還在南京這兒，我哪裡能撇下你們，自個兒跑到京城去？」

「唉，你倒是孝順。」永昌侯夫人揶揄道：「我只怕你人在南京，心已經跟著人家飛走了！」

關毅卻呆頭呆腦地說道：「母親妳說的對，我恨不得此時此刻就長出一對翅膀來！」

看著兒子流露出來的憨呆樣子，永昌侯夫人不禁笑得眼角彎彎。這小子，打小就調皮得緊，我可是為他操碎了心，沒想到，他也有今天啊！

「好了、好了！」永昌侯夫人不再打趣他，笑咪咪地說道：「還算你有心，沒有提出要跟著一起去京城。看在你一片孝順之心的分上，我跟你父親也不是那不通情理的，怎麼也要體諒體諒你才是。」

這話大有深意啊！關毅一聽，立馬坐直了身子，瞪大了眼睛，支著耳朵聽母親說話。

「咱們原本就是為著你祖母的身子才到南京來的，如今你祖母的身子已經大好了，咱們自然也該回京城了。越往後，天只會越冷，趁著現在不冷不熱，正好趕路，咱們下個月就出發回京城吧！」

「母親，妳說的是真的？」關毅又驚又喜，從椅子上站了起來，跑到永昌侯夫人身邊，像小時候撒嬌一樣挽住了她的胳膊。

永昌侯夫人瞥了他一眼，笑咪咪地道：「當然是假的。」

看到關毅的嘴角瞬間耷拉了下來，她再也忍不住，哈哈大笑起來。

第三十九章　來到京城

先是水路乘船，接著是陸路乘車，到達京城的時候，一行人都已經十分疲憊了。

當天晚上，三個人就歇在城外的一間小客棧裡面。第二天一大早，洗漱一番，匆匆用了早飯，就進了京城。

闊別多年，再回京城，蘇氏的心緒翻騰不已，一會兒想到一家三口在京城的快樂時光，一會兒想到離別時夫君的細細叮囑，又想到這一別竟是天人永隔……雖然她極力克制著，可還是眼圈泛紅。

寇彤用力握了母親的手。

蘇氏回過神來，見女兒亭亭玉立，笑容溫婉，便覺得心頭大穩。

寇彤見到了那個叫元寶的小廝，她拒絕了住到永昌侯府的建議，甚至連永昌侯府租的房子都沒有用。

蘇氏是京城人氏，京城自然有舊識。雖然後來她父母兄弟皆死於天花，其他的族親又舉家遷至河北，但是在京城她還是有故舊的。

她的一個表姑如今還住在京城，在船上的時候，蘇氏就對寇彤說過，她跟這個表姑感情非常好。雖然是表姑，但是這個表姑未出嫁前卻一直住在蘇家，與蘇氏的父親情同兄妹，所以這位表姑出嫁之後，也與蘇家常有往來。

蘇氏離京之前的一段時間，表姑的兒媳婦誕下長子，蘇氏還曾親自前去探望過。

所以，蘇氏一回京城，第一時間想到的，便是這位表姑。

蘇氏帶著寇彤、子默來到表姑住的金魚兒胡同，卻被告知這座宅子的原主人已經搬到白馬胡同去了。

雖然離開京城的時候，寇彤已經八歲了，但是兩輩子的經歷加在一起，事情太多，她想了很久，也沒有想起來關於這位表姑祖母的事情來。

一行人來到白馬胡同後，寇彤發現這裡的房屋普遍偏舊，而且都是小小的單門獨戶，極少能看見大宅院。

看來，表姑祖母家如今也不寬裕啊！

蘇氏敲了敲其中一個院子的門，等了許久才有人來開門。

「誰呀？」一個中年男子粗獷的聲音響起。

大門一開，裡面站著一個皮膚黝黑、孔武有力的中年男人。他穿著褐色短褐，正對著三人打量個不停。

「你們找誰？」

「大表哥！」蘇氏喊了一聲，有些激動。「我是蘇芸啊！」

「蘇芸？」那男子狐疑地看了蘇氏一眼，接著便驚奇地瞪大了眼睛，然後也十分激動地說道：「芸妹妹！妳是芸妹妹！」

寇彤見那男子認出了母親，便鬆了一口氣，看來此人便是母親跟她說過的表舅周嗣宗了。

「芸妹妹，這麼多年沒有見到妳，妳到哪裡去了？」他說著，忙把一行人往屋裡讓。

「快、快，快進來，到屋裡坐！」又朝裡喊：「月娥！快出來，家裡面有客人來了！」

院子雖小，卻也有七、八間屋舍。

隨著那男子的喊聲，裡面應聲出來一個穿鴉青色衣裳的女子，那女子三十來歲，容長臉，白淨面皮，雖然穿著粗布衣裳，頭髮卻梳得整整齊齊。

蘇氏愣了一下，竟然不是大表嫂。

一行人到室內坐定，寇彤給周嗣宗見了禮，子默也拜見了周嗣宗，這才分賓主坐了。

從表舅口中得知，父親出事後沒有多久，那位表姑祖母就因為身子太差而去世了。

他守完三年孝就跟著朝廷的軍隊到西南打仗，這一打就是兩年，他在行軍過程中中了南人的毒箭，腿受了傷，因此便回京城養病，回到家中才知道，他走後半年多，他那剛三歲多的兒子生了一場大病沒有救回來，妻子因為傷心過度，也跟著兒子去了。

他離家兩年回來，聽了這個消息無異於晴天霹靂，因傷心過度沒有好好治療，腿就留下了毛病。

他雖然落下了腿疾，卻因為是在戰場上負傷，朝廷對他也十分照拂。他如今在兵部的兵器房裡面看守兵器，倒是個十分清閒的官職。

「大表哥，沒想到你這些年過得這麼艱難……」蘇氏十分感慨。

「其實我這些年過得還不錯，不管怎麼說，衣食無憂。反倒是妳們母女，從錦衣玉食的太太小姐……總之，這些年妳們在外面受了大罪了。」周嗣宗爽朗地一笑，說道：「好在現在一切都好了。彤娘長成大姑娘了，蕭家也倒臺了。你們大可以放心地住在這兒，大表哥沒有其他的本事，幫不上忙，但是既然你們來了，住的地方我還是有的。」

「這怎麼能行？」蘇氏立馬拒絕道：「大表哥你這裡也不寬裕，我們三個人哪裡能住得下？再說，我們是打算在京城長住，房子是一定要租的。」

「妳不要擔心房子的事情。」周嗣宗解釋道：「那金魚兒胡同的老房子是租出去了，並不是賣了，因著我一個人住那麼大的屋子浪費了。你們若是留下，下個月我就將房子收回來，咱們搬過去住。」

「這怎麼使得？」蘇氏搖著頭，不答應。

他雖然執意要三人住下，但是蘇氏卻依然堅持要另外租房子。

「老爺，既然表姑太太不願意住下，您還是別強求了。表小姐跟羅公子還要參加太醫院的考試，咱們這個院子的確是小了點。」她頓了頓，又說道：「住在隔壁的趙大娘被她家閨女接去養老了，這屋子就賣給了對門的米家，如今那房子還空著呢。老爺您何不從米家手裡頭把房子租過來？這樣表姑太太住著離咱們家近，也方便您照看。」

「嗯，妳說的對。」周嗣宗轉頭對蘇氏說道：「芸妹妹，既然妳不願意住下，那就住隔壁，這下子妳總不會拒絕了吧？」

蘇氏看了看寇彤，見女兒點了點頭，就答應了。

小小的院子，跟周嗣宗住的一般格局，也是八間屋子，裡面家具、鍋碗瓢盆全是現成的，倒是進去就能住人了。

蘇氏跟寇彤住了正房，子默住了廂房。

寇彤又請周嗣宗派了一個下人到永昌侯府跟元寶說了一聲。

第二天，蘇氏就請周嗣宗幫忙，讓人牙子帶了十幾個人過來。

蘇氏雖然落魄了，曾經也是官宦人家的小姐，來京之前，寇彤跟她交了底，說手上有好幾千兩的銀子，讓她不要為生計發愁。

蘇氏雖然吃驚，但是見寇彤沒有說，她也就沒有繼續往下問。她知道，她的女兒已經長大，有些事情可以自己處理了。

蘇氏在范水鎮的時候吃了不少的苦，因此見了眼前的這些小姑娘，心中難免生出幾分憐憫。但是憐憫歸憐憫，她可不會一股腦兒不管什麼人都收下。

她挑了一個十來歲的小丫鬟留給寇彤，又挑了一個三十來歲的媳婦留著自己使喚。接著便是灶上的、門房的，挑的都是身強力壯、五大三粗的媳婦子。她還挑了一個七、八歲的男孩子，給子默做跟班的小廝。

加在一起，一共是五個人。

蘇氏嘆了一口氣，這些人還是太少了。不過現在家中人少，事情也少，而且買多了，房子也住不下，五個人也就夠了。

這樣一來，原本顯得有些空的院子，一下子就填了個滿滿當當。

如此，總算是安頓了下來。

過沒幾天，就到了子默要參加太醫院考試的時間，寇彤早早地送他出了門。

太醫院門口排了長長的隊伍，清一色皆是年輕的男子，都是素色的長衫、深色的綸巾。

寇彤送子默進去，忍不住叮囑道：「不要緊張，只需發揮你平日的水平即可。咱們的師父可是神醫，你是神醫的弟子，定然能選上的。」

子默眼中充滿了希冀與渴望。「我省得，師姊，妳放心吧！」

目送子默隨著隊伍進了太醫院的大門後，寇彤剛一轉身，就聽到一個夾著驚喜興奮的聲音傳來──

「彤妹妹?!」

寇彤應聲抬頭，看見鄭世修正滿臉含笑地望著自己。

「彤妹妹，真的是妳呀！我……我剛才還以為自己看錯了呢！」

許久不見，彤妹妹好像更漂亮了些。只是，她怎麼會出現在這裡?莫非……

鄭世修臉一紅，難以抑制地說道：「彤妹妹，妳是來看我的吧?」

「鄭公子說笑了，我是來送我師弟進場的，碰到鄭公子實屬巧合。」若說之前寇彤對鄭世修還有怨念的話，如今可真是一點兒都沒有了。

「喔，原來是這樣啊……」她的淡然讓鄭世修有些失望，但是他立馬想起了什麼似的，說道：「彤妹妹，妳醫術這麼好，妳師弟的醫術定然也非常不錯。妳師弟叫什麼名字?」

「他叫羅子默，跟你一樣，是從南京來的。」

「那可太好了，說不定我們能互相照拂呢！」他面帶微笑地說道：「彤妹妹，妳放心吧，只要我今天考過了——」

寇彤硬生生地打斷了鄭世修的話。「鄭公子，時間不早了，你還是快些進去吧。」

「喔……」鄭世修難掩臉上的失望，說道：「那我進去了，妳也快些回去吧。」說著，他也加入了那素衫長袍的隊伍之中。

當天晚上，子默回來的時候，異常的疲倦。看著他勞累的樣子，寇彤跟蘇氏都沒有開口問他結果如何。

蘇氏懸著一顆心，但是寇彤卻相信，子默一定沒有問題的。

五天之後，結果傳來，子默果然通過了。

一家人這才鬆了一口氣，子默臉上也帶了難得的微笑。

這只是第一輪，五天之後還要參加第二輪。這對子默而言自然不難，第二輪他也輕鬆地過了。

到了第三輪考試回來，蘇氏與寇彤都沒有問，但是看子默臉上輕鬆的表情，她們便知道，他是成竹在胸的。

只要第三輪過了，便是正兒八經的太醫了。

果真，第三輪毫無懸念，子默通過了！

消息傳來，寇彤和蘇氏都非常高興。
當天中午，蘇氏就在院子裡擺了一桌酒席，請周嗣宗帶著他的小妾毛月娥來吃酒。周嗣宗並無其他親戚了，家中多年無喜事，聽了這個消息自然十二萬分的高興，忙不迭地攛著毛月娥來幫忙，而他則對著子默誇個不停。
到了下午，門房的婆子告知寇彤，門外來了一個模樣俊朗的公子哥兒要找她。寇彤一聽是模樣俊朗的公子哥兒，就不由自主地想到關毅。
她顧不得讓婆子將人迎進來，而是放下手中的書，急忙迎了出去。
來者是一個十七、八歲的青年，身穿著雨過天青色的直裾長衫，五官溫潤，溫文爾雅。
「原來是鄭公子啊。」寇彤站在門口，並不打算將人請進去。「不知道鄭公子有什麼事情？」
跟在寇彤身後的婆子明顯感覺到自家主人的情緒變了，這冷淡的語氣與剛才的歡喜愉悅明顯是兩個樣子。
鄭世修也通過了太醫院的考核，他從家中筵席上退下來之後，第一時間想的就是來跟寇彤報信，想跟她分享自己的喜悅，然而寇彤的淡然卻讓他心頭一滯。
「我……」鄭世修想說話，左右看了一下之後，便跟寇彤商量道：「彤妹妹，能否借一步說話？」
這樣站在門口，人來人往的，也不是辦法，寇彤便點了點頭道：「鄭公子裡面請。」
寇彤沒有讓鄭世修去正房，而是在一個小偏廳接待了他。

「彤妹妹，妳是什麼時候到京城的？在這裡習不習慣？」鄭世修笑著說道：「妳來了怎麼不去找我？」

他的問候本是好意，他話語中的情愫寇彤也能體會到，可他越是這樣，寇彤就越是想到自己上一世的卑微。

這世上最諷刺的，莫過於妳原來苦苦追求卻得不到的東西，在某天，對妳來說竟是輕而易舉。但是當妳能輕而易舉地得到的時候，妳卻突然不想要了。寇彤此刻便是這種心情。

她很是平靜地說道：「鄭公子，這裡沒有旁人了，有什麼話你不妨直說。」

「彤妹妹……告訴妳一個好消息，我已經通過太醫院的考核了！」鄭世修想到這裡，神情間多了幾分神采。

「嗯，那恭喜鄭公子心想事成了。」寇彤順著他的話說了一句。

「彤妹妹……」鄭世修站了起來，走近了一步，他的臉上泛著微微的紅色。「妳還記不記得，我離開南京的時候，跟妳說過的話？」

他見寇彤沒有說話，以為她是害羞了。對啊，這婚事是父輩就定下的，彤妹妹定然也知道他們以後要成親的吧！雖然直接跟彤妹妹說親事很不好意思，但是他就是忍不住想告訴彤妹妹，彤妹妹定然也是高興的吧？

想到這裡，鄭世修的聲音越發溫柔多情起來。「彤妹妹，在遇到妳之前，做太醫便是我唯一的心願。在遇到妳之後，我還有另外一個心願，便是能夠跟妳——」

「鄭公子，」寇彤突然開口打斷了鄭世修的告白。「所謂非禮勿言，請鄭公子慎言。」

寇彤的反應，與鄭世修想像中的很不一樣，他只是略頓了一頓，便又說道：「彤妹妹，這些都是我的肺腑之言……」

寇彤看了鄭世修一眼，淡淡地說道：「我與鄭公子不過數面之交，還沒有熟悉到可以聽你說肺腑之言的地步。你說的話，意思我都明白。」

鄭世修聞言，心怦怦直跳。

寇彤卻面色不變，冷靜地說道：「你的意思我明白，只是，鄭世修，我寇彤與你今生今世都無可能！」

鄭世修，我寇彤與你今生今世都無可能！

只這一句話，鄭世修便臉色刷白。這樣子被人拒絕，鄭世修覺得有些難堪，他雖然脾氣好，可也不能容忍寇彤這樣一而再、再而三的拒絕。

他想拂袖而去，可是事到如今，他若是離開，他與寇彤可能真的再無可能了。

於是，他抿了抿嘴，繼續說：「彤妹妹，我想我們之間可能是有誤會。妳放心，我與妳堂姊寇妍之間什麼都沒有，我心目中真正心儀的女子是妳。」

「你心中心儀的人是誰，我一點兒也不感興趣。鄭世修，剛才的話我已經說得很清楚了，請你不要再繼續糾纏了。」

若說剛才鄭世修還能忍住的話，那麼此刻便真的是生氣了。

「寇彤，就算妳百般不願，我們之間可是有婚約的！」他望著寇彤，發狠地說道。

見寇彤有些質疑地盯著他看，他便覺得他這麼做是正確的。天下女子皆一樣，任妳之前如何囂張跋扈，成了親之後還不是以夫為天，事事圍著夫君轉？果然寇彤也是一樣的。他現在就要拿出夫君的樣子來教訓她，雖然她會難受，但是等成親之後，他再好好補償她就是了。

寇彤瞪大了眼睛，不敢相信地看著面前的人。

她一直以為，鄭世修這個人上一世雖然對她不好，但是好歹也算是個謙謙君子，可是看著他此時這鄙薄的臉、這虛張聲勢的樣子，她突然想自戳雙目。

她真是瞎了眼，才會看上眼前的這個人！虧她以為他人還不錯，沒想到也是如此淺薄之人。

她真真是被豬油蒙了心，否則她怎麼會覺得有那樣的母親、那樣的妹妹之人會是個君子？鄭太太那般小肚雞腸、陰險狡詐，鄭平薇那般性格驕縱、蠻橫無理，這樣的家庭裡面，又怎麼會養出謙謙君子？呵，當真是諷刺至極！

枉她以為自己再世為人，占盡機先，沒想到她到今時今刻才真正看清這個人的真面目。若不是他授意，鄭太太怎麼可能作主休了自己？虧她還一直以為他只是對堂姊情深，所以顧不得其他。

只這一瞬間，對於鄭世修，她由原來的無感，變得無比的厭惡。她真是一刻也不想見到他了，因為看見他的這張臉，會讓她想起過往的她是多麼愚蠢。

寇彤怒極反笑，諷刺地問道：「婚約？鄭公子真會說笑，你我之間是否有婚約，可不是你上嘴唇碰下嘴唇，一張嘴說了就算的。你說我們之間有婚約，那好，婚書在何處？」

「這……」鄭世修沒有想到寇彤會這般生氣，他硬著頭皮說道：「婚書這麼重要的東西，我自然不能隨時帶在身上，自是在南京鄭府，我的家中，由我母親保管的。」

「既然是由鄭太太保管，那就讓鄭太太來跟我說話！」寇彤步步緊逼。「見不到婚書，我可不會認這門親事。鄭公子該不會沒有婚書，胡亂攀親吧？」

「彤妹妹，妳明明知道我們之間是有婚事的。」鄭世修的面色十分不好看。

「那又如何？」寇彤反問一句。「現在我告訴你，你我之間的婚事就此作罷！」

「妳我之間的婚事，可不是妳說沒有就沒有的！」鄭世修失去了往日的溫潤，虎著臉對寇彤說道：「伯母呢？我要見伯母！」

「鄭世修，你夠了！」寇彤怒喝一聲。「實話告訴你吧，你不在的時候，我已經去過鄭家了。你以為我不知道？你們鄭家早就在我父親出事的時候，就將婚書燒了。」

鄭世修有些不敢置信地望著寇彤。

見他驚愕的樣子，寇彤冷笑道：「而且，鄭太太當著許多人的面，親口承認了這婚事不算數。你我之間的婚事，已經退了！」

若說剛才是驚愕，現在鄭世修則是驚呆了。

他矢口否認道：「這不可能！我們上京之前，我父親答應過我，只要我通過考試，就會上妳家提親的。」

「這件事情，是鄭太太作主退的親，你們自然不知道了。」

「不可能！彤妹妹，妳休要誑我！」鄭世修不肯相信。「我母親過幾天就會到京城來了，妳騙不了我的！」

「我何必誆你？」寇彤冷笑一聲。「既然鄭太太過幾天就要到京城來了，屆時你一問不就知道了嗎？我是不是誆你，到時候你自然知曉。」

鄭世修再次臉色發白。

看到鄭世修那臉色慘白的樣子，寇彤只覺得有種說不出的暢快。

當她重生的那一天，她不是沒有想過，要將她曾經遭受過的一切悉數奉還給鄭世修。她甚至想過，今生繼續嫁到鄭家，然後把鄭家攪得天翻地覆。

現在她不由得慶幸自己沒有這麼做，因為鄭家的那些人根本不值得她花時間、花心思。她需要將時間花在醫術上，花在值得她用心的人身上。

從寇彤家中出來後，鄭世修便急匆匆地往家中趕。

今天寇彤跟他講的話，他亟需跟父親求證。

他不顧下人的阻攔，急匆匆地闖到父親的書房，這才發現父親在書房待客。

「多大的人了，還這樣毛躁，仔細讓人見了笑話。」鄭太醫沈著臉訓斥了一句，接著才說道：「還不快過來，拜見你梅伯父。」

鄭世修立馬臉色通紅地上前，長揖拜倒。「小姪見過梅伯父。」

「快起來、快起來。」梅太醫輕輕托著鄭世修的胳膊，笑呵呵地說道：「果然虎父無犬子啊！世姪這人物品格，可比清浚老弟當年還俊逸多了。」

鄭太醫，單名一個海字，字清浚。

「哎，梅兄過譽了。」鄭太醫笑著應了一句。然後又對站在一邊、呆頭呆腦的鄭世修罵道：「既然已經拜見過你梅伯父了，還不快下去，杵在這裡做木樁不成？」

「是是是！」鄭世修聽了，如蒙大赦，朝梅太醫深深一個長揖，這便退了出去。

他的身後傳來父親與梅伯父爽朗愉悅的笑聲。

鄭世修有些摸不著頭腦，怎麼父親今天對他如此嚴苛？往日從來不曾這樣的。

他不禁想到上次去梅家作客之後，父親曾問過他，對梅家幾位小姐的看法……

鄭世修一時間呆住了！

第四十章　甜甜蜜蜜

得知梅太醫已經走了，鄭世修方來到他父親的書房。

因為剛才遇到了梅太醫，讓他想起了最近的事情，所以這一次再進書房，他便沒有了剛才的激動。

他在書房站了好一會兒，方撩了簾子進了內室。

「父親，母親與妹妹有沒有書信傳來？」

鄭太醫看了鄭世修一眼，轉身坐到案桌後面的靠背交椅上。「你是想問你跟寇家的婚事吧？」

聽父親這樣一說，鄭世修心中就是一個咯噔。他意識到寇彤今天下午說的話，十有八九是真的了。但是他依然不死心，只要父親沒有親自說出口，他都不相信。

「是。」他硬著頭皮回道，語氣有些艱澀。「我之前上京的時候，您曾經答應過我，只要我……」

「沒錯，我是答應過你，但那是之前的事情了。」鄭太醫看了看兒子青澀的臉龐，說道：「你與寇家的婚事，我自然是願意的，只是咱們願意，人家寇家卻不願意。」鄭太醫捋了捋鬍鬚說道：「你母親已經跟寇家退了親，這門親事算不得數了。」

鄭世修聽著，就露出了幾分失魂落魄的模樣。

「我知道那寇家小姐模樣好，醫術也好，你看對了眼，但是，她現在已經跟永昌侯世子訂了親，咱們是爭不過的。」想到兒子向來聽話，從小到大也一直順風順水，幾乎沒有遇到過挫折，他就勸慰道：「大丈夫何患無妻？寇家四房大老爺所出的大姑娘也不錯，只是人家恐怕看不上咱們家。不過，二老爺家的姑娘跟你倒是相配。如今她們都到京城來了，若有機會，你要多往寇家走動走動才是。」

鄭世修聽了，不由得抬起頭來，面上露出幾分不解。

「你是不是想問，為什麼是寇家的，不是梅家的？」鄭太醫搖了搖頭說道：「梅家幾個嫡出的姑娘都已經說了人家了，餘下兩個庶出的，我實在是看不上，想來也配不上你。等你母親來了，讓她帶著你到寇家作客去吧。」

鄭世修聽了，再次把頭低下去，聲音低沈地說道：「是，但憑父親作主。」

送走了鄭世修後，寇彤便到房間裡面繼續看醫書。過幾天就要考試了，之前從未選拔過女太醫，她也不知道考試的流程是什麼樣？題目難不難？她能做的，就是不停地看書、看醫案。

天很快就黑了，用過晚飯之後，她跟子默說了一會兒話，便又回房坐到了桌前。

打開書，她突然就想起了關毅。這傢伙，真是的，明明說會給自己寫信的，結果到現在，她只收了兩封信而已。

她將那兩封信拿在手中又看了一遍。不知道關毅在幹什麼？會不會想她？

想到這裡，她一把將那兩封信丟到桌子上，口中嘟囔道：「騙子，就會騙我！說什麼會時時給我寫信，都是騙我的！」她咬了咬嘴唇，心中有些委屈。

這時，有婆子來稟報——

「小姐，門口有一個自稱姓關的男子，說是有事情要找您，要不要開門？」

寇彤聽了，心中一喜，連忙從椅子上坐起來，激動地問道：「妳問清楚了？那人說他姓關？他有沒有說他叫什麼？那人長什麼樣子？」

一連串的問題，讓守門的婆子不知道先回答哪一個好。

「那人自稱姓關，沒說叫什麼，我沒有開門，是隔著門跟他說話的，長什麼模樣沒看清。」

那婆子說話間的工夫，寇彤已經提著裙子跑了出去。

她有預感，一定是他！

「關毅，是你嗎？」

關毅一路縱馬疾馳進京，連永昌侯府的門都沒有進，就直接來找寇彤了。

站在門口時，他還擔心這麼晚了，寇彤會不會不願意見他？可是當他聽到她奔跑得吧嗒吧嗒響的急促腳步聲，當他聽到她溫柔地喚出他的名字時，剛才的擔心立馬煙消雲散，他只覺得這麼些天的疲倦都隨著她的呼喚消失了。

「彤兒，是我！」他臉上帶著笑容，激動地回應她。

門迅速打開，那一抹動人的身影就出現在他的眼前。他一個激動，衝上去一把將她抱起來放到馬上，然後飛身上馬，疾馳而去。

寇彤沒有想到，關毅居然會這樣直接將她放到馬上！耳邊的風呼嘯而過，她已經從剛才的驚嚇之中回過神來，她驚奇地看著道路兩邊的屋舍向後倒去，感覺著乾燥的秋風拂在她的臉上，漸漸不害怕了。

這是從未有過的感覺。

原來騎馬的感覺竟然是這樣，就像是要飛起來一樣。

她興奮地看著周圍的一切，馬兒雖然跑得急速，雖然上下顛簸不已，但是在關毅的懷裡，她有著前所未有的安心。

寇彤坐在前面，關毅從後面攬著她，緊緊抓住馬韁，馬兒一路狂奔而去，風揚起寇彤長長的秀髮，輕柔地打在關毅的臉上。

他一直縱馬疾馳，到了一個小河邊，才慢慢停下來。

他下馬站在地上，朝寇彤伸出雙手。「來，我扶妳下來。」

寇彤的腳剛剛落地，就發現自己的腿腳有些發軟，若不是關毅扶著她，她幾乎就要摔倒了。

而關毅乘機拉著她的手後，就再也沒有放開。

寇彤抽了抽手，關毅卻拉得更緊，她不由得紅了臉，抬起頭來。「關毅……」

一抬頭，正對上關毅熾熱的眼神，這眼神令寇彤的心神一陣激盪，她又是害羞、又是激動，除此之外，她甚至感覺到有一種難以用言語描繪的躁動。

她應該推開他的，她應該轉身離去的，畢竟他們還未成親。可是被他這樣拉著手，與他站在這裡，她的臉熱騰騰的，風吹在臉上是那麼的舒適，她真的捨不得。

她的心軟軟的，腦袋暈暈乎乎的，臉上也在發燙。

「彤兒，妳有沒有想我？」關毅突然湊近，沙啞著嗓子問她。

這低沈好聽的聲音，令她雞皮疙瘩都起來了。她想搖頭，但是一想到他這樣騎馬趕到京城來看她，否認的話就怎麼都說不出口。

更何況，她是真的很想他……

她點了點頭，輕輕說了一聲。「嗯。」

這個字剛出口，她就感覺到關毅握著她的手又緊了幾分。

他啞著嗓子說道：「彤兒，我的心尖尖，我也想妳，我想妳想得幾乎都要死掉了。這些天，我恨不得一步就跨到京城來。」

她感覺到關毅的雙手結實有力，一雙大手緊緊包裹著她的手。她一向認為自己的手很大，此時跟他的一比，就覺得非常的小。聽到他口中說著這樣纏綿而又炙熱的情話，她只覺得心中軟軟的、甜甜的，比吃了蜜還甜。

「彤兒，我能不能——」

寇彤卻突然伸出手，蓋在了他的嘴上，微微一笑。「噓……別說話，靜靜地陪著我，好不好？」

寇彤的眼中滿是柔情，聲音也是溫柔的、軟綿綿的。

關毅心神一蕩，收起了剛才腦海之中的炙熱。

他深深地吸了一口氣，秋夜的涼爽充盈著他的肺部，令他恢復了幾分冷靜。他剛才幾乎要控制不住自己，生怕自己繼續下去會做出什麼傷害寇彤的事情來。

寇彤臉蛋紅撲撲的，水汪汪的大眼睛帶著幾分不明所以的委屈。

關毅見了，越發心蕩神馳，不由得輕聲問道：「彤兒，妳怎麼了？」

寇彤噘起了小嘴，半是撒嬌、半是埋怨地說：「你用了好大的力氣，握得我的手好痛啊！」

關毅聽了連忙鬆開，並抓起寇彤的手，看到上面果然有一些紅紅的印子，只覺得觸目驚心。

「對不起！彤兒，看到妳，我真是情不自禁了。疼不疼？要不要搽點藥？」關毅心疼地問道。

寇彤見關毅皺著眉頭，十分著急的樣子，噗哧一聲笑了出來。「瞧把你嚇得，我又不是泥捏的，沒有那麼嬌貴。」

她乘機把手從關毅手中抽出來，在他眼前晃了幾下。「我以後行醫號脈、抓藥，可全靠這雙手了，這手比我的命還重要，要是沒有這雙手，我就什麼都做不成了。」

「妳還有我。」關毅十分認真地說道。「就算妳的手真的什麼都不能做了，妳也還有我，我會一直一直陪在妳身邊的。」

「就是因為有你，我更加不能成為你的負擔才是。」寇彤笑了笑。「我以後要為你孝敬父母、生兒育女，還要為你洗手作羹湯呢！」

他穩了穩心神，親了親她的鬢角，深情地說道：「彤兒，妳真好。」

寇彤不禁撫摸著他的臉，感覺到他下巴上的短短鬍渣，神色一動。

「你一路上都沒有歇息？怎麼連鬍子都長出來了？」她連忙問道。「你沒有回永昌侯府，直接來找我的？」

「是。我的心尖尖，我想妳想得茶飯不思，哪裡捨得去別的地方？自然先要看到妳才能心安。」他拉著寇彤的手，親吻了一下。

他說得雲淡風輕，寇彤聽在耳中卻又是甜蜜、又是心疼。

「你怎麼到京城來了？什麼時候回南京？」寇彤輕輕問道。

「妳就這麼想讓我走？」關毅看著她心疼的樣子，話到嘴邊卻變成了一聲長嘆。「本來想多待幾天的，可是實在有事情，明天再待一天，後天就得回南京了。」

「怎麼才來就要走？」寇彤十分捨不得。「什麼事情這麼著急？這樣緊密地長途跋涉，你的身子怎麼能吃得消？」

關毅看著她心疼不捨的樣子，哈哈大笑起來。他的彤兒，真是他的珍寶！

他高興地親了親她的臉蛋，語氣輕快地說道：「我的心尖尖，妳在京城，我怎麼捨得走？」

「真的？」寇彤眼睛一亮，抬起頭來問道。

看著關毅臉上的笑容越放越大，她這才意識到自己被他騙了。自己這樣子一定非常不矜持吧？她臉一紅，有些不好意思。

關毅見了，又是一陣大笑。「當然是真的！這次來了，就不走了。當初就是為了祖母才去的南京，現在祖母身體好了，自然就回來了。再說，我可捨不得妳離我太遠。」

寇彤聽關毅這麼說，心中十分甜蜜，但還是忍不住睨了他一眼。

就這一眼，便又讓關毅看得呆住了。

這是個甜蜜的夜晚。

眼看著就要到女太醫選拔的日子了，鄭太太帶著鄭平薇，在離選拔還有五天的時候，來到了京城。

一家四口相見，鄭太醫自然要問問鄭夫人關於寇彤的婚事。

因為這件事情鄭平薇也有參與，所以便沒有避人。

鄭太醫直接就問她們，詳情到底是怎麼回事。

鄭夫人沒有想到丈夫會親自過問這件事情，她覺得寇彤不過是個小小的罪臣之女，當年夫君明明是同意悔婚的了，怎麼現在會突然提起來？

一想到那天在寇彤面前灰頭土臉的樣子，鄭太太就覺得十分氣憤，當下義憤填膺地數落著寇彤的不是。「老爺，你是不知道，那寇彤小小年紀卻牙尖嘴利，十分囂張無禮，簡直就是鄉下來的潑婦，哪裡有半分世家小姐的文靜樣子？幸好世修與那人退了婚，否則這樣的女子進了家門，簡直就是家門不幸！」

「就是！爹爹，你不知道，寇彤那小賤人簡直就是猖狂至極、目中無人。這樣狂妄無禮的人，根本配不上我鄭家的門第。」鄭平薇也氣憤地說道。

「那寇家小姐我之前也見過數面，我看她進退有禮，儀表不俗，沈穩端莊，跟妳們說的根本不同。」鄭太醫聽妻子、女兒不知悔改，心中更是不悅了。「肯定是妳們無禮在先。夫人，妳真是太令我失望了！我明明告訴過妳，這婚事一定要跟我商量才行，遇到了寇家人一定要和和氣氣的，以禮相待。結果我離開京城不過一個月，妳們就將這好好的婚事給弄沒有了。」

「老爺?!」鄭太太十分驚愕。「你怎麼能怪我?當初你不是也同意我將婚書燒了嗎?」

「妳怎麼這麼執迷不悟！」鄭太醫沈聲說道。「此一時，彼一時！當初她們是罪臣的家眷，可是如今，蕭家已經倒臺，就連穆妃都封為貴妃了，當年的事情，真相如何，還是未知之數。更何況，那寇彤手中有一本醫書，乃是寇俊英留給她的。她小小年紀，醫術就如此了得，定然都是因為那本書的緣故。當初我與寇俊英約定婚事的時候，他答應了將那本書作為嫁妝的。」

「那又怎麼樣?」鄭太太不以為然。「不過是一本醫書罷了！咱們世修跟著老爺學習了這麼多年，就是沒有那本書，還不是好好地考進了太醫院?可見那本書不見得有什麼用。」

「婦人之見！」鄭太醫見妻子還不知悔改，臉上就凝了一層霜。「當初我也是進了太醫院，結果還不是回了南京?寇俊英若不是出了那檔子事，如今這京城的太醫院可就是他的天下了。他當初醫術那麼高明，分明就是借了那本書的光，不僅如此，那寇彤我也見過，小小年紀就有如此醫術，分明也跟那本書脫不了關係。那本書本來可以進入我們鄭家的，全因為妳鼠目寸光而毀了我的打算。」

鄭太太沒有想到夫君會在孩子面前這樣不留情面地訓斥自己，面子上有些下不來，乾脆轉過身去，倔強地不說話了。

等了半天，也不見夫君來說軟話，她索性扯開嗓子哭了起來。「我的命怎麼這麼苦哇！我嫁入鄭家這麼多年，侍奉公婆盡心盡力，為鄭家生兒育女，繁衍子嗣，沒想到如今為了一個不相干的人竟挨了夫君一頓訓斥，我的命怎麼就這麼苦……皇天后土啊，我的心哪，比黃連還苦上三分哪……」

鄭太醫一見鄭太太在一雙兒女面前就這樣嚎哭起來，毫不給他留臉面，眉頭頓時皺得很深，不耐煩地道：「哭哭哭！半點本事也沒有，就知道哭！我鄭家好好的運道，都被妳給哭沒了！妳若是嫌我鄭家不好，日子過不下去了，乾脆現在就跟我說明，是和離、是休書，妳自己選一個！」說完他腳一抬，也不理會一雙兒女與驚愕不已的妻子，甩門而去。

「修兒！」鄭太太見丈夫走了，立馬瞪大了眼睛望著鄭世修。「這段時間，你父親晚上歇在哪裡？」

鄭世修一愣，他還真沒有注意呢！此時聽了母親這樣說，他才意識到，父親十天裡面倒有八天都不是歇在家中。

看見兒子怔忡的樣子，鄭太太哪裡還不明白？她這下子是真的嚎了出來。

「鄭海呀鄭海，你明明答應過我，不會再見那個賤人了！鄭海，你好狠的心！」

這一嗓子，讓鄭世修跟鄭平薇突然想起來一件事情——

當年父親在京城太醫院的時候曾經納過一個姨娘，後來父親回了南京，就將那姨娘拋到腦後去了。誰知道幾年之後，那姨娘領著一個比鄭平薇還要大的小姑娘找上家門，說是父親的骨肉。當時父親似乎是要迎那姨娘進門，結果因為剛要迎進門，祖父就病逝了，母親便告訴祖母，那姨娘是不祥之人，祖母一怒之下就讓父親把人送走了。

剛才母親所說的，會不會就是那個姨娘？

鄭平薇勸慰道：「母親，妳放心吧，但凡我在，就不會讓那個賤人跟她所生的小賤人得逞的！當初祖母在的時候就不許那賤人進門，如今祖母雖然不在了，卻也容不得那對母女撒野。」

鄭世修站在一邊，動了動嘴唇，沒有說話。

第四十一章 太醫選拔

很快地，就到了女太醫選拔的日子，蘇氏親自送寇彤到考場。

到了考場門口，就見關毅站在門口等待著她。

寇彤看著排成長龍的隊伍，心中犯起了嘀咕。

因為子默已經進入太醫院當值了，所以，他打聽到這一次居然有五百人參加選拔！

五百人裡面只選一個人？

今天來到現場，看到真的有這麼多的人，寇彤倒有些遲疑了。怎麼會有這麼多會醫術的閨秀？這麼說來，她能不能被選上，還真的是個未知數了。

她本來還有八成的把握，現在一下子便降到五成了。

關毅看到她眼中的猶豫，就知道她在擔心什麼。

「妳別擔心，人雖然多，但是很多人都並不是衝著當太醫去的。」他輕輕捏了寇彤的手，跟她說道。

啊？寇彤乍一聽，卻沒有明白他話中的意思。

「聖上與皇后的感情十分好，所以後宮中的妃嬪極少。先是蕭家倒臺，蕭貴妃暴斃，接著皇后又薨了，現在宮中只有一個穆貴妃、一個吳妃，還有一個高麗國送來的公主，除此之外便只有一個嬪。今上之前一直沒有選秀充盈後宮，所以很多人便以為通過這次的機會能接近皇帝，甚至能一舉飛上枝頭變鳳凰。」

寇彤訝然。「居然是這樣？」追逐富貴也是人之常情，寇彤略一想，便想通了。「她們想藉著給聖上治病的時候，接近聖上？」

「嗯。」關毅點點頭，嗤笑道：「不過她們都打錯了算盤！在世人眼中，女大夫是比不上男大夫的。這次選女太醫是皇太后提出的，選女太醫最主要的目的，是當那些男太醫給宮中女眷治病有不方便的時候，可以由女太醫出面幫忙。妳想一想，如果男太醫可以自己治，這樣露臉的機會自然不會讓給女太醫了。所以，那些人都想錯了。」

也就是說，女太醫不過是男太醫的幫手，輔助他們做一些男太醫不方便做的事情。

「那我若是做了太醫，豈不是不能幫人看病？」寇彤有些失望。

關毅卻笑了笑，安慰道：「不用擔心，妳醫術這麼好，不愁沒有機會。這次要選女太醫的主意，是太后提出的。太后親女雲陽公主，在十四歲那年得急病死了，就是因為雲陽公主雲英未嫁，寧死不願意裸露身體讓太醫施針，最後才會病情惡化而亡。那個時候太后就提出要讓選女太醫，但是先皇卻沒有答應。誰知去年，皇后也薨了，據說也是因為不願意裸露身體。今上與皇后青梅竹馬，感情深厚，見今上十分傷心，所以太后又重提舊事。今上曾經死了親妹子，如今又沒了皇后，再加上太后這樣說，自然就答應了。所以，這一屆選女太醫一事，其實背後主要是由太后負責的。那些心術不正的，肯定沒有辦法入圍。」

原來是這樣。寇彤點了點頭，放下心來，隨著長長的隊伍進了考場。

考試一共分五場，每天一場。

今天只是第一天。

太醫院的院子很大，五百閨秀分兩邊站好，聽主考官宣佈考試的規則。

寇彤不由得偷偷打量起周圍的人，果然有許多頭戴朱釵、身穿錦繡，打扮得花枝招展的女子。

她不禁暗暗點頭，還真是讓關毅給說對了，真的有些姑娘並不是奔著選太醫而來的。

隨著主考官的聲音響起，寇彤知道了今天主要是考手力。

做太醫，首先就要身體健康。自己都病歪歪的，還需要旁人伺候，怎麼能給皇家的人看病？

寇彤看了一眼那些嬌滴滴的姑娘，不由得嘆了一口氣，看來這第一輪就會淘汰很多人。

那些姑娘雖然不是病歪歪的，但這是要考手上的力氣，那些打扮得光鮮亮麗的美貌姑娘一個個肩不能挑、手不能提的，手上怎麼可能有力氣？

這會兒，有人帶著她們來到另外一個大大的院子裡面，院子裡面很空，正前方支起了一個看臺，看臺上放著幾張桌子、幾把椅子。

而其他的地方，一排排都是支好的鍋，鍋旁邊堆放著柴薪。

寇彤隨著眾人，被帶到院子中，一人對著一口鍋站好。

閨秀們面面相覷，寇彤卻覺得這個場景似曾相識。

考試的方式很簡單，是翻炒草藥材。

說簡單，卻也並不簡單。要將藥材炒熟，又不能糊、不能夾生，這是需要技巧與腕力的。

寇彤看到大鍋的時候，就猜到極有可能是翻炒藥材，這著實讓她大吃了一驚。翻炒藥材這樣的事情對她而言，實在是太簡單了！

真沒有想到第一輪居然這麼簡單！雖然簡單，但是寇彤卻不敢放鬆，她依然小心翼翼地用鍋鏟翻動著鍋中的藥材，不一會兒便有淡淡的藥香飄了出來。

她很輕鬆，但是別人卻狀況連連，不是被鍋燙了手，就是覺得煙太燻，要不便是翻幾下就沒有力氣了，或者穿的衣服太華麗根本不能動等等。

坐在看臺上的主考官看到那些閨秀尖叫著將鏟子丟到一邊，氣得連連搖頭。真不知道太后是怎麼想的，居然想選拔女子做太醫，簡直是……胡鬧！

寇彤看了看周圍的競爭對手，然後迅速地將炒好的藥材裝進貼著自己名字的藥罐中。接著，閨秀們一個個離場，到偏殿裡面等候消息。

約莫過了大半個時辰後，一個四十多歲的考官才將考核通過的人名唸出來。

毫無疑問地，寇彤聽到了自己的名字。

不僅如此，寇彤還聽到了另外一個熟悉的名字——鄭平薇。

寇彤從考場出來的時候，關毅已經在門口等著了。

得知寇彤通過了考核，明天要來參加第二輪考試，他十分高興地提出要慶祝。

寇彤卻連連擺手。「這才只是第一輪，怎麼好大張旗鼓的慶祝？萬一最後考下來卻沒有通過，豈不是丟人？再說了，我本來以為會考醫術，沒想到今天跟醫術根本沾不上邊，這樣一來，我的優勢根本顯現不出來嘛！」寇彤說著，有些沮喪。

「本來就不需要女太醫的醫術太高明啊，只有男太醫不方便的時候才會指導女太醫，由女太醫給後宮內眷治療的。」關毅寬慰道：「但是不管怎麼樣，如果真的選上了，畢竟是我朝第一位女太醫啊！不僅如此，甚至極有可能名垂史冊呢！彤兒，妳想想是不是這個道理？」

我朝第一位女太醫！

寇彤被關毅的這句話振奮了幾分。

她真的有可能成為我朝第一位女太醫嗎？

第二天，寇彤準時來到太醫院，今天考核的是認藥與辨藥。

不得不說，太醫院的考核還是很有道理的，若是連藥都不認識，怎麼做太醫？

第三天考的是膽量與包紮傷口。太醫院一時間找不到這麼多的傷員，就拿了身上有傷口的雞來充當病人，許多閨秀見到血淋淋的雞，直接就昏了過去。當然也有膽子大的，順利地將「病人」包紮好。

這一輪考核之後，只剩下五十人。

第四天考的是背誦名方，這天考核之後，只餘下五個人。

毫無疑問地，寇彤便是這五人中的一個。

另外四個，一個是武將家的閨秀，一個祖父是隨軍的軍醫，一個父親是太醫。

還有另外一個人，便是鄭平薇。

待沒有通過考核的人離開之後，主考官留下她們，並告訴她們五人，明天的最後一場考試是由太后主考。到時候，太后會根據考試的情況，指定做太醫的那個人。

五個人面面相覷，顯然都沒有想到，最後一輪居然是由太后主考。

主考官秦沛是個鬚髮皆白的老頭，看上去十分固執嚴肅，對於面前的五個待選女太醫十分不看好。「妳們莫要以為通過選拔就十分了得了，妳們能通過，僅僅是因為妳們面對的是對醫術一竅不通的女子，若是跟太醫院的其他太醫比賽，妳們的醫術根本連他們當中的最後一名都比不上。因此，不管妳們當中的哪一個會進入太醫院，都要戒驕戒躁，不能自滿自大，要虛心跟那些正式太醫們學習，方能不負君恩，不負太后特意給女子機會的恩情。」

「是！」

寇彤五人想到此人既然能做她們的主考官，自然是太醫院裡地位頗高的人了，所以誰都不敢怠慢，皆垂首低眉地應了。

寇彤卻注意到，鄭平薇低頭的瞬間，不以為然地撇了撇嘴。

聽完了主考官的訓話後，五個人先後出了太醫院的大門。

剛剛走出太醫院的大門，寇彤身後就傳來鄭平薇的喝斥——

「寇彤，妳給我站住！」

寇彤本來不欲與她糾纏，但是想著如果自己就這麼走了，其他人也許會以為自己怕了她。

「妳有何事？」寇彤轉過身來。

「我有話要對妳說。」鄭平薇面帶微笑，一副無害的樣子，慢慢走到寇彤面前。

若是之前沒有跟鄭平薇打過交道的人，肯定會被鄭平薇這副純良的樣子給騙了。可是寇彤上輩子可是吃了鄭平薇四年虧的人，不管鄭平薇笑得多麼純善，寇彤都知道她就是一隻披著羊皮的狼！

「鄭小姐，有何指教？」寇彤不動聲色地問道。

「我只是想奉勸妳，明天不要去丟人現眼了。」鄭平薇囂張地說道：「妳根本沒有什麼能耐，不過是靠著那一本書罷了。這幾次妳能通過，全是因為妳走運，但太后娘娘目光如炬，可不會被妳糊弄了。妳若是有自知之明，明天就不要參加了！」說著，她眉頭一挑，傲然道：「因為妳去了也是白去，不過是徒惹笑話、丟人現眼罷了，明天能選上的人只能是我！」

果然，鄭平薇的嘴巴還是一如既往的惡毒啊！

若是從前，寇彤只有當面乖乖聽從，背後偷偷抹眼淚的分。

可是，自己如今已經看穿了她的真面目，再也不怕她了。

寇彤瞄到主考官秦老太醫正朝門口走來，於是她微微一笑，道：「妳的意思是說，太后娘娘目光如炬，而這幾天的考官都識人不清，容易被糊弄嘍？」

「那當然！」鄭平薇驕矜道：「要不然以妳的資質，怎麼可能會被選上？」

「是嗎？」寇彤卻絲毫不生氣，而是淡然地說道：「如此，便多謝妳的勸告。只是我跟妳看法不同，妳覺得這幾天的考官識人不清，我卻認為他們眼明心亮。我能選上，縱然有運氣的成分，但更多的卻是我本人的能耐。」

「妳說妳有能耐？」寇彤的毫不在意讓鄭平薇惱羞成怒。「簡直是天大的笑話！」她的話音剛落，秦老太醫就走到了她們旁邊。

寇彤忙跟秦老太醫問好，餘下的幾個閨秀也立馬反應過來，跟著寇彤一起微微福身。

鄭平薇卻愣在了當場，她怎麼也沒有想到秦老太醫會突然從背後出現！

「秦太醫，我……我不是那個意思……」鄭平薇囁嚅著跟秦太醫解釋。

真是奇怪了，鄭平薇怎麼會這麼忌憚秦太醫？據寇彤所知，鄭平薇是絕對不會將一般的太醫放在心上的，莫非這秦太醫有什麼來頭不成？

看秦太醫板著臉，神色不悅地從身邊走過去，鄭平薇這下子是真的著急了。「秦院使，我剛才真不是那個意思！都是她！」鄭平薇話語一轉，手指著寇彤說道：「都是她故意誤導我的！」

原來這秦太醫竟然是院使啊，怪不得鄭平薇這般忌憚呢！

秦老太醫往前走了幾步後，突然回過頭來。「妳父親叫鄭海？在南直隸太醫院供職？」

「是是是！」

一聽秦老太醫提到父親的名字，鄭平薇便想著，看在父親的面子上，秦老太醫一定不會為難她的。

她點頭如搗蒜，忙往前一步，說道：「不僅家父是太醫，我兄長如今也在太醫院，是今年剛剛通過考試的太醫，他的名字叫鄭世修。」

鄭平薇這幾天一直都是這麼跟別人介紹自己的父親、兄長的，旁人聽了，少不得要讚一句「果然是杏林世家，父子同為太醫，如今連女兒也要入選太醫院了」。

誰知道，秦老太醫聽了卻不鹹不淡地說了一句。「怪不得，果然是有其父必有其女。」

秦老太醫這句話讓鄭平薇不由得一愣，不知道秦老太醫這句話是什麼意思？是誇她有個醫術高明的父親，所以她也一樣嗎？可是聽秦老太醫的語氣，好像也不是誇讚的樣子……

鄭平薇還沒有反應過來，就看見秦老太醫從她身邊走了過去，在他身後，跟著一個年輕的俊秀男子。

「是羅子默！他可真是年輕啊！」有閨秀認出了那俊秀男子，輕輕地說了一句。

「對呀！聽說剛進太醫院就治了好幾個棘手的病症，連秦院使都對他另眼相看呢！」

鄭平薇聽了，忙瞪大了眼睛。他居然就是羅子默？父親之前跟自己說過，羅子默雖然無背景，但醫術不錯，堪為他鄭家的女婿。

雖然羅子默不如哥哥，但是他畢竟也是懂醫術的，比那些對醫術一竅不通的人強太多了。

想到這裡，鄭平薇咬了咬下唇，連忙上前一步，對著剛走不遠的羅子默喊道：「羅子默，請留步！」她小跑到羅子默旁邊，面帶微笑地說道：「羅太醫，一直聽說你醫術高明，最近更是治了好幾個疑難雜症，我從小學醫，一直都十分欽佩醫術高明之人，除了父兄之外，你是我最欽佩的人了。」說完她抬起頭，笑盈盈地看著他。

鄭平薇容貌清秀，又是個妙齡少女，此刻她用這樣欽佩的語氣說話，若是旁的男子，不管是出於君子之儀還是對於異性的禮貌，都會客氣地跟她寒暄幾句吧！

可是，她面對的人偏偏是羅子默。

子默看也沒看鄭平薇一眼，冷著臉，皺著眉頭說道：「不敢當。」

「怎麼不敢當？除了你，還能有誰——」

「妳還有事嗎？」子默打斷了鄭平薇的話，語氣帶著七分的冷漠與三分的不耐煩。「若無事，我就告辭了。」說完，竟然頭也不回，轉身就走。

鄭平薇什麼時候被人這樣對待過？而且此刻還有旁人在一邊看著，這些人裡面就有寇彤！看著寇彤與其他閨秀似笑非笑的嘲諷表情，她氣得直哆嗦。

不過是個一窮二白的小子，居然敢這麼對我？若不是看在你跟哥哥一樣有醫術的分上，我才不會理你呢！既然你這麼不識抬舉，那我就跟父親說，這門親事就此作罷！

鄭平薇氣憤地盯著羅子默的背影，半天才憋出一句話來。「你竟然敢這麼無禮，我會讓你後悔的！」她父親可是南直隸的太醫，將來很有可能會成為南直隸的院使，羅子默一個小小的太醫也敢這麼對她？她相信等她被選中為女太醫後，羅子默定會後悔的。到時候，就算他求著她，她也不會搭理他的。

寇彤與另外三個閨秀自然知道鄭平薇不過是裝腔作勢罷了，她在眾人面前落了面子，自然氣憤難當。

沒想到，羅子默突然又回轉身來，朝她們走過來。

鄭平薇見了，面上就顯露出不可一世的樣子來，冷哼了一聲，看了看寇彤她們幾人。

寇彤還好，另外三個閨秀卻面面相覷。難道真如鄭平薇所說，羅子默後悔了，所以又回頭找她來了？

鄭平薇見了她們的樣子，自然更加洋洋得意了。她板著臉，端著姿態，想著待會兒羅子默來道歉的時候，她該如何羞辱他。沒想到，羅子默竟然看也不看她一眼，而是從她身邊走過去，徑直走到寇彤身邊！

「考試都已經結束了，妳還站在這裡做什麼？」他看了看空曠的太醫院門口的廣場，猜道：「是在等他來接妳？」

「不是。」沒想到子默會突然這麼說，寇彤忙說道：「他這兩天都有事情，不能來。」

「嗯。」子默點點頭，十分平靜地說：「既如此，那咱們就回去吧！」

寇彤點點頭，便轉身衝其他三個兀自驚訝的閨秀點了點頭，說了告辭。

這個過程中，不管是子默也好，寇彤也好，都沒有理會一旁面紅耳赤的鄭平薇。

直到寇彤二人走了，那三個閨秀才好奇地說道：「羅子默與寇彤怎麼會認識？」

除了她們之外，氣得半死的鄭平薇更想知道為什麼！

第四十二章 面見太后

一夜無話，很快就到了最後一天。

當初參加考試的時候，寇彤根本沒有想到這最後一天的主考官居然是母儀天下的太后。

雖然早有準備，但是當寇彤並另外四個人跟著宮人行走在長長的深宮甬道時，她的心情還是忍不住激動萬分。

她本來有一個快樂幸福的家，然而卻因為後宮權勢的傾軋，讓她那醫術高明、立志懸壺濟世的父親命喪黃泉。

而今天，她也要在這個地方，用醫術博取一個富貴榮華的前程。她要通過醫術安身立命，還要通過醫術為父親洗刷冤屈！

皇宮的城牆高大而厚實，在打掃得乾乾淨淨的甬道上投下濃黑的陰影。

明黃色的琉璃瓦，大紅的牆壁，明明是鮮亮的顏色，卻讓人有種透到骨子裡的壓抑。

宮女或太監，皆是步履匆匆，低著頭走路，沒有人抬頭張望，更聽不到走路的腳步聲。

寇彤不由得打起十二萬分的精神，亦步亦趨地跟在內侍身後。

也不知走了多久，內侍將她們帶到一個偏殿，有個面容清秀的宮女接待了她們，並端上茶水給她們。

顯然幾個人來之前都是有人交代過了，皆是略沾一沾嘴唇就放下茶盞。

寇彤自然也是如此，她可不想考試的時候突然內急。

在偏殿裡面等了有半炷香的時間後，有個年齡稍大的宮女引著眾人朝外走去，從這偏殿出來，來到了這個院子的主殿。

一入宮殿就聞到一股沁人心脾的香味傳來，宮殿裡面立著七、八個穿淺綠色宮裝的宮女，皆是低眉斂目，悄然無聲。

想必，這應該是太后娘娘起居待客的地方了吧。

幾人見了，不禁屏氣凝神，絲毫不敢懈怠。

簾櫳丹墀，爐燃異香，水晶宮簾後面是一層薄薄的帷幕，隱隱可見坐著一個珠圍翠繞的大紅宮裝婦人。

想來應該是太后了。

只是不知道為什麼坐在簾子後面？

寇彤正暗自納罕，就聽見那年長的宮女示意她們拜見。

幾人一起下跪磕頭，稱拜太后千秋萬福。

太后的聲音從帷幕後面傳來。「都起來吧！」

幾個人同聲道：「是。」這才站了起來。

「賜座。」

隨著太后的聲音落下，立馬有宮女引著她們來到太后那帷幕的右前方，那裡擺放著五張桌子、五把椅子，每張桌子中間都隔了很大一塊空隙。

眾人再拜稱謝之後，方依次坐下來。
寇彤看見桌子上擺放著筆墨紙硯，不由得暗暗猜測，難道今天的考試是要答題？
「今天是最後一場考試了，妳們能從五百人裡頭一關一關地被選拔出來，想必都是極出色的人物。」太后說道。「要選女太醫是哀家一力主張的，今天過後，不管妳們哪個被選上，都要好好為皇上效力。」
聽聲音，太后年歲應該在五十歲左右，雖然並不曾高聲喝斥，寇彤卻依舊能感受到她的威嚴。
「是，謹遵太后懿旨。」五個人再次站了起來，齊聲回答道。
「今天的考核很簡單，妳們依次上前來幫哀家號脈，然後根據哀家的脈象開出對症的方子來。在妳們來之前，哀家已經讓太醫院院使秦太醫號過脈象了，哀家會根據秦太醫號脈的結果，再對照妳們開的方子來判斷高低。」太后停了停，又說道：「妳們中間哪一個是父親兄長皆是太醫的鄭家姑娘？」
「回太后，是民女。」鄭平薇站起來回道。「不僅民女的父親兄長是太醫，民女的祖父也是太醫，他曾經還任過南直隸太醫院院使。」她雖然壓抑著內心的激動，但是她嘴角彎彎，眼角眉梢流露出來的得意卻怎麼也掩飾不住。
「既然出自杏林世家，那好，就從妳開始吧。」
「是，太后。」鄭平薇悄悄衝寇彤撇撇嘴，洋洋得意地露出一個挑釁的眼神。
寇彤的目光自然緊緊跟隨著鄭平薇的身影，看到她自信滿滿地坐在帷幕旁邊的繡金墩上，並且認真地給太后號脈。突然，只見鄭平薇面色大變，好像不敢相信一樣，先是瞪大眼睛看了看簾幕，然後又看了看面前的那隻手，接著又一次將手搭在那腕上。不多時，她的面色便由紅轉白，由白轉紅。

「如何？」太后的聲音從簾幕裡面傳來。

「無事。」鄭平薇的聲音繃得緊緊的，一副如臨大敵的樣子，說著，她急急忙忙地退了回來。

不過一會兒的工夫，她的額頭便全是汗，再不復剛才的趾高氣揚。

怎麼是這副樣子？難道是沒有號出來？但就算沒有號出來，也不必如此慌張吧？寇彤不禁十分驚異。

鄭平薇之後，又有一個閨秀走上前，去給太后號脈。

接著就輪到自己了，寇彤忙收斂了心緒，低著頭，小心翼翼地走上前去。

太后的手很白很嫩，絲毫不像一個五十歲女子的手，寇彤猜測太后一定精於保養之術。

兩世為人，這是她第一次接觸這樣顯貴的人物，因此難免帶了幾分緊張。

當她的手搭到太后的脈搏上之後，她的緊張頓時變成驚異，豆大的汗珠順著她的額頭滴了下來，她突然明白，為什麼剛才鄭平薇會臉色迥異了。

說出去誰會相信，太后這脈象按之流利，圓滑入滾珠，分明是喜脈！

太后並非皇上生母，卻與皇上情如親生。

皇上的生母姓趙，當今太后也姓趙，兩人是嫡親的姊妹。皇上生母為姊，在生產時難產而亡，而太后的娘家趙氏家族為了維繫權勢，便令其妹進宮。但因為先皇與先皇后感情一直很好，所以便沒有再立皇后，先皇在世時，太后一直都是貴妃的位階。

太后育有一女，卻因為得重病，不治而亡。

寇彤所知道的，就是這麼多。

她現在想破頭也想不明白，先皇已經殯天十年有餘了，太后怎麼會有喜脈？

她第一反應就是自己診斷錯誤，所以不甘心地再診斷了一次，結果跟第一次一樣，還是喜脈。

這可怎麼辦？寇彤退回位子上。

其他人都已經在寫方子了，她也不能這樣乾坐著。

寇彤思慮半晌後，提起筆來，只覺得似有千斤重，深深吐了一口氣，才將筆尖落在雪白的宣紙上。

五人所寫的脈象，以及相應的方子，都由侍者呈給了太后。

寇彤聽那帷幕後面沙沙翻動紙張的聲音，心情緊張到了極致。

太后要求五人上前來，她們便來到帷幕前面，站成一排。

裡面傳來太后讚嘆的聲音——

「哀家真的沒有想到，妳們年紀這樣小，卻有這樣的能力。本來哀家這次只是想選一位略通醫術之人，但是萬萬沒有想到，妳們中間竟然有幾位醫術十分了得的，真是出乎意料。但是這也證明了我當初的想法沒有錯，女子中也有那巾幗不讓鬚眉之人啊！」

這選女太醫是由太后提出來的，選出來的女太醫醫術越高明，太后臉上越有光彩，這也是人之常情。

聽太后這意思，應該是對結果很滿意。

寇彤用眼角餘光瞥到站在她兩邊的人，大家臉上的表情不一，有的惴惴、有的高興、有的羞愧、有的興奮。

就在此時，帷幕突然分開，透過珠簾，寇彤看到裡面的床榻上，坐著兩個年紀不一的宮裝婦人。

一個年長，五十歲左右，雍容華貴，想必便是太后。另一個年幼，十七、八歲的樣子，雖粉黛未施，卻難掩豔麗之色，最重要的是，她的小腹微微隆起，分明是懷有身孕。

寇彤先是倒吸一口冷氣，接著微微放下心來。竟然跟她猜測的差不多！她不禁心跳如擂鼓，難道她真的會被選上嗎？

她再看了看身邊的同伴，發現幾個人的臉色各異，有的懵懂不知發生何事，有的張大了嘴巴，顯然是非常震驚，沒有想到會是這樣，而鄭平薇則是臉色刷白。

剛才她們號的脈，不是太后的脈象，應該是這個年輕貌美的婦人。看她的衣著裝束，應該是妃嬪。

「妳們五個能從一開始的五百人裡面一路層層進階，站在這裡，說明妳們的醫術都是十分了不起了。五人之中，有三個人診斷出是喜脈，可見妳們平日裡是真的用功學過醫術的。」太后輕輕揮手。「賜座。」

五個人謝過太后，坐到各自的位子上，然後一一上前聆聽太后的訓示。

「秦舜華，妳父秦思遠為武將，最是大大咧咧的性子，沒想到卻能養出妳這樣玲瓏心肝的姑娘來。今日一見，妳果然有乃父之風，巾幗不讓鬚眉。」

秦家姑娘忙站起來，說道：「謝太后誇讚！」

「寇彤，妳是替永昌侯老夫人治病，所以才被永昌侯推薦，永昌侯老夫人的病哀家也聽說過，連太醫院的太醫都束手無策，沒想到卻在妳的手下痊癒了。哀家本來猜測，妳定然是個白眉白鬚的得道高人，沒想到妳居然是個這麼年輕標緻的姑娘，當真令哀家驚奇。」

太后這話一點都沒有誇張，她一開始本來認為永昌侯老夫人的病能治癒應該是巧合，但是沒有想到寇彤現在不僅診出了喜脈，甚至連月分都算得出來，這份能耐，便是相同年紀的太醫都比不上，當真了得，看來這世上的確是有一些人天賦異稟的。

她不由得想起了先皇多次跟她提到的，至死仍念念不忘的那個女子。先皇遇到她的時候，她大概也就是跟寇彤差不多的年紀吧，卻能利用一手精妙的醫術，起死回生。

想到這裡，太后再一看寇彤就帶了幾分審視。「妳祖籍何方？」

「回太后，民女是南京人氏。」

南京人氏，又姓寇？太后想了想便說道：「那妳與南京寇家有何淵源？」

「回太后，我與南京寇家本是同支。」寇彤的心跳到了嗓子眼。

太后望著寇彤，眼眸變得深邃起來。「妳父親名諱是？」

「回太后，民女父親是寇家六房長男，名俊英，字濟良。」

居然是太醫寇俊英之女！

太后依稀記得，那時候皇帝剛剛登基，帝位並不穩妥，而蕭貴妃又有了孩子。蕭家勢大，皇帝卻心性軟弱，捨不得蕭貴妃腹中骨肉，所以她當機立斷，借穆妃的手除掉了蕭氏腹中的胎兒。

後來穆妃被打入冷宮，給蕭氏保胎的寇俊英因照顧不力，涉嫌下毒謀害皇嗣而被判斬首。

沒想到一眨眼，寇俊英的女兒都長這麼大了。她還記得，她答應過寇俊英，會保他家眷平安的。

沒想到，他的女兒醫術也這般高明。

只是，寇俊英亡故的時候，寇彤應該只是個七、八歲的小兒吧，她的醫術是跟誰學的？

「妳師從何人？」太后的聲音和緩了許多，臉上也帶著幾分關切。

太后沒有繼續追問下去，寇彤十分失望。父親只是一個太醫，也許太后早就將父親的事情忘記了吧。

她收起心中的沮喪，回答道：「回稟太后，師父名諱安無聞。」

「嗯。」太后一揮手，讓寇彤回位子上坐下。

「鄭平薇，妳祖父是南直隸太醫院院使，妳父親也是南直隸的太醫，妳哥哥如今已經通過考核，在太醫院供職，果然是醫學世家。妳寫的這脈象我看了，妳並沒有寫是喜脈，但是分明知道這是喜脈的，不然的話，便不會在那張紙上叮囑一些孕婦的禁忌了。」

太后嘆了一口氣，說：「妳本來資質不錯，家學淵源，今天實在令人可惜。以後當謹記，做人要誠實本分，聰明太過反遭禍端。」

鄭平薇聽了，原本慘白的臉色更加慘白了幾分。

剩下的兩個閨秀，太后也一一問過了。

最終的結果沒有當場宣佈，只說了讓眾人回去等消息。

雖然不知道結果，但眾人臉上卻都是喜悅的，因為太后說了，能被選上自然要好好在太醫院當差，若是落選了也不必難過，太后會親自賜婚，為落選的閨秀挑一門好親事。若是已經說親的，那等到成婚當天，太后會派人去添妝。

不管是太后親自賜婚還是添妝，都是給閨秀們體面，有了這一層緣故在，日後在夫家也能令人高看幾分。

幾人都沒有想到會有這樣的結果，一時間倒是皆大歡喜。

鄭平薇卻從頭至尾都面色蒼白，一言不發。

寇彤看著，雖然覺得她可憐，卻也覺得她是咎由自取。

出了皇宮的大門，寇彤便覺得自己緊繃的情緒瞬間就鬆弛下來了。她只覺得頭一陣一陣的眩暈，上馬車的時候，她腳下一軟，要不是關毅扶著，她幾乎要摔倒了。

寫了喜脈之後，她的情緒就一直繃著，太后又問了她父親的事情，她實在是擔心得緊。

她真是慶幸，自己如實寫出診脈的結果。她當時診脈的時候，發現對方已經有了五個月的身孕，她也不知道該不該寫出來。若是寫出來，對方真的是太后，怎麼辦？因為前朝的確有個太后與人私通被發現；但若是不寫，她豈不是失去了機會？

糾結半天後，她還是選擇實話實說。結果證明，上天果然是眷顧她的。她的直白不虛偽，令太后很是滿意。

另外的人，或是診出來、或是沒有診出來，都是實言相告，只有鄭平薇，用了這種模棱兩可的方式，卻被太后訓斥了。

她平時只覺得鄭平薇囂張跋扈了些，卻沒想鄭平薇居然這麼蠢。在太后面前，也敢動這樣的歪心思。這樣的人，不管醫術有多麼高明，恐怕太后都不會願意用吧？誰願意用一個心術不正的大夫呢？

看著寇彤臉色蒼白，好像經歷了一場生死博弈般虛弱，關毅心疼不已。「看見妳這個樣子，我真是後悔當初的決定。早知道妳會這麼心力交瘁，我一定不會給妳那封推薦信的。」他握了寇彤的手說道：「好在，考核結束了，以後妳就不用這麼累了。」

寇彤卻微微一笑。「如果我被選上了，辛苦的日子還在後面呢，怎麼會不累呢？」

「女太醫不過是男太醫的幫手，這下子我就放心了。」關毅笑著說道。「妳要是選上了，日後不過是跟在其他太醫身後幫著處理一些男太醫不方便做的事情罷了。」

「那我要是沒有被選上怎麼辦？」寇彤問道。

「若是妳沒有被選上，那咱們就開一家醫館，請幾個坐堂先生，我來做老闆，妳來做老闆娘，好不好？」

寇彤噗哧一聲笑了出來。「堂堂永昌侯世子要去做醫館的老闆？」

「只要妳高興，我去做醫館的老闆又有何不可？」關毅寵溺地說道：「彤兒，妳放心，我會一直陪在妳身邊的。」

寇彤點點頭，只覺得心中有種前所未有的滿足。

「關毅，我知道你對我好，可是有些事情我想自己去做，而不是事事都由你出面。」寇彤放柔了聲音說道：「比如這次來京城，我想通過自己的努力當上太醫。退一步說，就算我當不上太醫，以後要開醫館，我也想自己動手去做。如果有一天，我實在應付不過來，我會跟你說的。但是如果我不說，你能放手讓我自己去做嗎？」

他知道她從小失去父親，跟著母親在范水鎮長大，日子過得拮据，因此不得不小小年紀就承擔了家中的重任。

寡婦門前是非多，她一定吃了很多苦，所以才養成了這樣事事要強、事事依靠自己的性子來。

想到這裡，他就有幾分心疼。「好，彤兒，我答應妳，如果妳不開口，我一定不會干涉，讓妳自己作主。但是如果妳遇到了為難的事情，一定要告訴我才行。」

「嗯。關毅，謝謝你。」寇彤開心地點了點頭。

關毅長長地呼了一口氣。要早點把她娶回家才行啊，否則她總是這樣見外。

第四十三章　雞飛狗跳

寇彤沒有想到她前腳剛剛到家，後腳就傳來太后的懿旨，她被選上了！

雖然她當時也猜測到自己能選上的機會很大，可是當手捧著太后懿旨的時候，她還是忍不住愣了半天。

直到蘇氏在一邊又是哭、又是笑，她才清醒過來。她以後就是太醫院的太醫了。

「芸妹，這是好事，妳可千萬別哭呀！」周嗣宗在一旁高興地說道。「彤娘真是好樣兒的，這麼小的年紀就當上了太醫，太醫可是正九品呀！彤娘，妳可是咱們大晉朝頭一個女太醫啊！除了先前有個女官之外，咱們大晉朝可就只剩下妳這個女官了，日後說不定還會名垂史冊呢！」他本來嗓門就大，再加上情緒高昂，哇啦哇啦說了一大通話，整個院子都被他震得直動。

僕人們在院子裡面跪成一片，口中說的盡是恭喜的話，寇彤忙吩咐下去，每個人都有賞錢。

僕人們聽了，更高興了，每個人臉上都喜氣洋洋的，透著與有榮焉的光彩，大家都像過年一樣開心。

子默站在院子裡，看著寇彤面上帶著暢快的笑容與人說著話，他的心情就像是初昇的朝陽一般，漸漸地亮堂了起來。

京城另一頭，鄭家的宅院裡面。

太醫鄭海因為鄭世修的話而大吃一驚。「你說什麼？那羅子默與寇彤師從一人，有同門之誼？」

「是的。」想到與寇彤無緣，鄭世修的眼光不由得又晦澀了幾分。

父親已經好幾日未曾歸家了，母親這幾天氣得直嚷胸口疼。其實他知道，母親的身體沒有什麼大礙，只不過是想以此為藉口，給父親一個臺階下罷了。

他猶豫著要不要跟父親說說母親身體的事情。

鄭海嘆了一口氣，無不羨慕遺憾地說道：「那羅子默真是幸運，靠著跟寇彤的關係，就能窺得那書中的精髓啊！」

言下之意就是說，羅子默能通過太醫院的選拔，定然也是那本書的功勞。

鄭世修卻不相信，一本書真的有這麼神奇的效果。

鄭海看著兒子溫潤的模樣，想到那本書本來可以歸鄭家所有，結果卻化為泡影，而兒子也為婚事作罷而黯然神傷，遂安慰道：「修兒，從來姻緣由天定，你注定了與寇氏無緣，就不要再想了。你放心，我一定會好好為你挑選一個品貌兼優的姑娘，這一次我親自找人給你說親，絕不會再讓你母親插手了。」

聽父親言語中的意思，好像還在責怪母親，鄭世修忙說道：「父親方才也說了，姻緣本是天定，所以這事情也不是母親的錯。對了，這幾天母親一直叫著心口疼，不知道是怎麼回事。」

「心口疼？」鄭海大吃一驚。「可吃了藥了？你有沒有查出是什麼原因？」他雖然不大喜歡余氏，可是那到底是他的結髮妻子，他還是相當尊重她的。

「我……我幫母親看了，卻查不出來是什麼原因。」鄭世修想了想，又說道：「因為不知道是什麼緣故，所以也沒敢亂用藥。」

鄭海看鄭世修言辭閃爍，哪裡還不明白是怎麼回事？

他本來不欲理會，但是兒子親自來說情了，怎麼也不能就這麼拂袖而去。

然而，讓他就這麼當著兒子的面去看余氏，他也拉不下這張臉，索性想等問完話之後再去。

鄭世修見父親沒有繼續追問下去，不由得鬆了一口氣，可是父親接下來的一句話，又令他不知道如何回答。

「這幾天你跟著秦院使學醫術，有沒有什麼進益？」

「回父親，孩兒並沒有跟著秦院使學醫術，而是跟著梅伯父學。」

「你說什麼?!」

鄭海聽到鄭世修沒有跟著秦太醫學醫術，十分吃驚，竟然比剛才聽到寇彤與羅子默是同門師姊弟時還要大驚失色。

原來，新進的太醫通過考核之後，還不能單獨去給宮中貴人或朝堂上的官員看病，必須要跟著老一輩的太醫，由他們帶著新人，教給他們一些基本的禮儀還有看病時需注意的事情。最重要的是，要在這個過程中考察這個新人是否符合太醫的標準，畢竟皇帝可不敢隨隨便便招個人就用。

秦院使名秦沛，是如今京城太醫院院使，已經連續好幾年都沒有親自帶新人了。這一次聽說他看中了一個從南京來的年輕太醫，生出愛才之心，所以就親自帶著他。秦沛雖然只是五品，但是卻遊走在各大權貴之間，治好大大小小許多病。因為普通官員生病，只需普通的太醫去就行了，所以要想請到這位老太醫，並不是件容易的事。

在朝堂之上，有兩種人不能得罪。

一種是言官。因其上可以諷議規諫人君，下可以彈劾監督大臣。大凡從中央到地方的各級衙門、從皇帝到百官、從國家大事到社會生活，都在言官的監察和言事範圍之內。為官者，誰敢保證自己一定清清白白的？所以，朝堂上的人一般將言官視作會咬人的瘋狗，既然打不死他們，那就只有躲著他們。

另一種就是太醫。醫者治病救命，人吃五穀雜糧，有七情六慾，難免有個傷風頭疼，所以太醫雖然官職低，可卻從來都沒有人敢小瞧他們，更何況是秦院使這樣德才兼備的人？如果能跟在秦院使身後出去給百官治病，無疑就等於在太醫院站穩了腳跟。

在鄭海眼中，他的兒子鄭世修年輕有為，醫術甚至比他還要出色，而且也是從南京來的，這不管哪一條都符合。

所以，他毫不懷疑，秦院使選擇的人定然是鄭世修。

所以，當鄭世修告訴鄭海，自己並沒有跟著秦院使學醫的時候，鄭海才會這麼失態。

「那他們都說秦院使帶著新來的太醫去出診是怎麼回事？」鄭海的話剛剛出口，就突然想明白了。「秦院使帶的人是羅子默，對不對？」

鄭世修點點頭，道：「父親，雖然跟著秦院使更有利一些，但是人家不選我，我也沒有必要這樣上趕著貼上去。我還是想通過自己的本事，在太醫院打拚出一片天地。」

「你怎麼這麼天真！」鄭海頗有些恨鐵不成鋼的意思。「跟著秦院使出診，才極有可能成為下一任的院使。你想通過自己去奮鬥，要奮鬥多少年才能當院使？我當初在南京，熬了這麼久都沒有當上，你剛到京城就能當上了？」說到這裡，他猛然驚醒，忙問道：「我前些日子讓你多跟秦院使套近乎，你是不是沒有做？」

「父親，秦院使已經選了別人，你讓我怎麼去套近乎？」鄭世修的語氣中也帶了幾分的委屈。「我能通過太醫院的考核，那是我的本事，至於當院使，那是很久之後的事情，你現在就是這樣著急也沒有用呀！」

「你！」鄭海原先只覺得這個兒子性子內向，為人敦厚，沒想到今天才發現，他一向引以為傲的兒子居然這麼不思進取！他看著鄭世修一副「我沒錯」的表情，氣就不打一處來。可是，他畢竟只有這麼一個兒子。青梅現在雖然懷孕了，但是男是女還不知道呢，何況，這個兒子一直都是他最疼愛的。

想了想，他還是長嘆了一聲。「明天我跟你一起去太醫院，到時候……到時候再說吧！」他無力地擺了擺手。「你先出去吧。」

鄭世修臨出去之前問了一句。「父親，您不去看望母親嗎？」

「這個你就不要管了，該去的時候我就會去的。」

待鄭世修出去之後，鄭海不禁覺得一片悵然。

都說妻賢夫禍少，他從前還不相信，如今看了余氏，他是不得不相信了。

當初若不是她施奸計，青梅她們母女也不會流落在外這麼些年。

如今她越發上不了檯面了，居然讓兒子來做說客！

哪有兒子來管父母房中事的？說出去還不讓人笑話死？

世修是孩子，什麼都不懂，都是她這個做母親的沒有管好內宅。她一生氣就撂挑子（注）不幹了，諸事不理，薇姊兒還不知道累成什麼樣呢？

他想了想，不管怎樣，兒女還算孝順，他總不能因為余氏犯了一次錯就休妻吧？這一次就算了。

他想到青梅母女這些年為他受的苦，想到自己沒有盡到為人夫君、為人父親的責任，不免有些自責。好在，現在可以補償她們了。

大約一刻鐘左右，鄭海滿面狼狽地從上房走了出來，裡面還傳來余氏高聲的叫罵——

「鄭海，我嫁給你這麼些年，哪裡對不起你？你不要忘了，我可是給你生育過兒女，操持過舅姑之喪的人！只要我活著一日，那個賤人跟她生的賤種就休想入鄭家的門！想接她們母女進門，除非從我的屍首上踏過去……」

余氏的意思是說，她為鄭家開枝散葉，更為鄭海的父母守過孝，鄭海就不能休了她。

鄭海氣得面紅耳赤，望著室內搖曳的燭光，聽著余氏不堪的叫罵，越發覺得她是不可理喻的刁蠻婦人，再也不想跟她理論。

往常這個時候，鄭海就是再生氣，也還是會給她留幾分顏面，因此當她聽說鄭海一抬腳走了，又去了那個賤人那裡的時候，不禁兩眼一翻，暈了過去。

第二天一大早，鄭海就帶著鄭世修來到太醫院。

轉了一圈，卻沒有發現秦院使的身影。他問了好幾個人才得知，秦院使一大早就帶著羅子默到宮中給老太妃請平安脈去了。

鄭海聽了，越發覺得自己的決定是對的，無論如何都要讓修兒跟著秦院使！

於是，他索性在太醫院坐了下來。

等了約一炷香的時間，就看見鬚髮皆白、一身太醫官服的秦院使走了進來。

「秦世叔！」鄭海忙站起來迎了上去。

秦院使看了鄭海一眼，好像不認識他一般。

看秦院使這個樣子，鄭海心中不由得一個咯噔，忙帶笑說道：「我是鄭海，先父鄭南林曾經與您同在南直隸太醫院為官。」

秦院使此時方想起來般，他看了看鄭海，說道：「原來是你呀。你不在南直隸當值，跑到這裡做什麼？」

注：撂挑子，比喻拋下應擔任的工作，放手不幹。

「我帶著犬子來參加太醫院選拔，他雖然愚笨，但到底還是通過了，倒不曾辱了我們鄭家的門楣。」

鄭海說著，將鄭世修推到秦院使面前。「這是犬子。我想著到了京城，還沒有來得及拜見秦世叔，所以今天特意來拜見一下。」

「嗯。」秦太醫輕輕點頭，好像根本就沒有看到鄭海臉上的熱絡一般，只淡淡地說道：「你有心了。只是這太醫院畢竟是辦差的場所，不是我秦府。我還有事情，不能招待你們了，你們自便吧！」說著，秦院使抬腿就要走。

「世叔！」鄭海見秦太醫毫不通融，心中不禁惱怒起來。他聽父親鄭南林說過，本來在京城做太醫院院使的應該是父親，但是由於秦沛花了錢、找了門路，所以才得以做了京城的院使。

他的父親還告訴過他，秦沛是個無恥的小人，從前一同在太醫院的時候，就十分嫉妒鄭南林，所以，以後若有機會遇到秦沛，一定要離他遠遠的，不要與他有任何瓜葛。

但是，他今天是求人來的，跟著秦沛顯然對鄭世修更有好處，所以，他不惜放下身段來求秦沛。

「世叔，小姪今天前來，也不光是為了私事。」他直截了當地說道：「我想讓犬子鄭世修幫您揹醫藥箱。」

師父出診，徒弟往往會跟在身後幫著揹醫藥箱，久而久之，人們便常用「揹醫藥箱」來代指拜師學藝。

秦沛聽了鄭海的話，看了鄭世修一眼，又看了鄭海一眼，說道：「你應該知道，我一年只能帶一個新人。現在我已經有徒弟了，再多了，我恐怕吃不消。」

秦院使這樣說，意思很明顯了：我不願意帶著鄭世修！

可是鄭海卻好像聽不懂似的。「這怎麼會呢！」鄭海笑著恭維道：「常言道，能者多勞。世叔您是院使，自然要比旁人多承擔一些，就是多帶一個人也無妨啊！世修這孩子，只求能跟在您身邊，學會些眉眼高低就成了。」

沒想到鄭海為了兒子，姿態居然能擺這麼低？秦院使不由得對鄭海刮目相看了。想當初，鄭海的父親鄭南林可是一個非常驕傲自負的人，他可能怎麼都沒有想到，他的兒子為了讓自己收下他的孫子，會這樣低聲下氣地求自己吧？

先皇時期，原本京都設在南京，鄭南林與秦沛爭奪院使之位，最後鄭南林勝出，當上了院使，自然是人逢喜事精神爽，處處打壓秦沛。

誰知不過半年，先皇便說遷都京師，鄭南林被留在了南京，而他則跟著先皇一起到了京城。好事變壞事，鄭南林自然十分不服，他要求到京城去，摺子卻被聖上駁回了。而秦沛到了京師，成了北直隸的太醫院院使。

兩個人一南一北，雖然都是院使，但是他秦沛卻離皇權中心更近，自然不可同日而語。

想到往事，秦沛不由得嘆了一口氣。

若是鄭海剛到京城時就去府中拜訪他，說不定他今天就收下了鄭世修，畢竟他資質雖然不如羅子默，倒也已經十分出眾了。

只是，當初剛到京城時不來拜訪自己，等得知自己準備帶新人的時候才找上門來……這鄭海不僅沒有他父親鄭南林的傲骨，而且還很會鑽營啊！

「鄭家家學淵博，而老夫卻老眼昏花，怎麼能誤人子弟？」

鄭海一愣，沒有想到秦院使居然會說出這句話來。

他仔細看了看秦院使的臉色，見其面色如常，並無惱怒之色，暗想他口中說的話應該不是針對自己，連忙笑著說道：「秦世叔醫術高明，妙手回春，連先皇都讚不絕口，怎麼會有人覺得您老眼昏花？我可不敢這樣說。」

「你不是不敢，只是沒有當著我的面說罷了。」秦院使看了鄭海一眼，又說道：「不過你家閨女倒是比你實誠，也比你膽子大，她倒是替你說出了心裡話。想來，鄭家是看不上我這糟老頭子的。」這次說完，他沒有再理會愣在當場的鄭海，而是直接走了。

鄭海這才看到，跟在秦院使身後的羅子默，不過是個跟鄭世修年紀相仿的少年。

他疑惑地轉過頭來問道：「你妹妹什麼時候見過秦院使了？」

鄭世修想了想說道：「這個我並不知道。不過，妹妹參加考核時，主考官就是秦院使。」

鄭海一聽，不由得怒道：「早知如此，當初就不該讓她參加什麼太醫考核！不僅沒有被選上，還得罪了秦院使，真是成事不足，敗事有餘。」說到這裡，他更是氣道：「都是因為你母親不會教育子女，薇兒都那麼大了，不給她相門親事說個婆家，反倒讓她出來學人家選什麼太醫。」

妹妹選太醫，不是您同意的嗎？您要是不同意，妹妹怎麼會參加？當初舉薦信還是您託人寫的呢！而且妹妹通過前幾輪考核的時候，您並不是這麼說的，怎麼才幾天的工夫，您就像變了一個人似的？

鄭世修的嘴巴動了動，到底沒有將心裡的話說出來。

鄭海見兒子沒有說話，以為他是為剛才的事情感到落寞。他想著父親鄭南林說的話，既然秦沛是個無恥的小人，想必是十分喜歡財物的吧？

「修兒，你放心，不出兩天，那秦院使一定會收下你的。」鄭海信心十足地說道：「明天我帶上你妹妹，親自登門給秦院使賠禮道歉，再準備一些賠禮的禮品，到時候秦院使見我們這麼誠心，一定會收下你的。」

鄭世修吃了一驚，沒有想到父親居然會拉下這個臉去為他謀求。

第四十四章　寇妍落水

寇彤成為大晉朝第一位女太醫，這消息一時間傳遍了京城。

位於京城四喜胡同的寇家自然也得知了消息，這件事情瞞不過寇家人，呂老夫人不僅派人送來了賀禮，還給寇彤下了一張帖子，說寇家新建的園子終於建好了，請寇彤兩天後務必要去遊園。

寇彤本來不想去的，她已經不想跟寇家扯上關係了，但是想著不管自己心中怎麼想，在外人眼中，她都是寇家的女兒，雖然分家了，但是一筆寫不出兩個寇字來，在外面的樣子總是要做做的，因此略一思忖，就答應了那來送禮的婆子，說到時候一定去。

送走了寇家派來的人後，寇彤又迎來了永昌侯府派人送來的賀禮。除了永昌侯府，還有跟寇彤一起參加考核的幾個閨秀，也都陸陸續續送來了禮物。

她們見寇彤真的有幾分醫術，就存了惺惺相惜的念頭。一時間，小小的院子一下子便熱鬧了起來。

門房的婆子見一撥又一撥的賀禮送了進來，絲毫不覺得累，而是腰桿子挺得直直的，興致高昂地迎了人進來，那樣子好像比自己家娶了媳婦還要高興。

主人家有體面，她們才能有體面。這些僕婦雖然來寇家的時間短，但是這些道理她們也是知道的。

蘇氏站在廊廡下，看著家中熱鬧的樣子，不由自主就生出幾分傷感。要是夫君還在，不知道該高興成什麼樣子呢！

她用帕子擦了擦眼角，回到室內，給夫君的牌位又上了一炷香。

寇彤看著母親那個樣子，不由得下了決心，一定要為父親正名，不能讓父親這麼不明不白地死了。

眨眼的時間，兩天就過去了，到了去四喜胡同的這天。

寇彤略收拾一下就出了門，等她到四喜胡同寇家的時候，就看到門口已經停了好幾輛馬車。

立馬有伶俐的婆子將她往屋內迎。

她要先去上房給呂老夫人磕頭，她來得不算早也不算晚，院子裡面已經有人在走動了。

呂老夫人看見她，非常地高興。「好孩子，妳如今有了出息，四伯祖母當真是非常高興，想來妳父親泉下有知也該合眼了。」

她的語氣既欣慰又高興，就是嫡親的祖母也不過如此了。

說著，她將手上的一串白玉手釧往寇彤手上戴。「四伯祖母沒有其他東西能給妳，這個留給妳戴著玩。」

寇彤推辭不過，只好收了。

她拍著寇彤的手說道：「今天人多，外面熱鬧，我就不拘著妳在這裡了。過幾日閒了，來陪我這個老婆子說說話，我還惦記著妳幫著捏捏老胳膊老腿呢！」

「是。」寇彤點點頭，十分乖巧。

「彤妹妹，」二堂姊寇瑩聽說寇彤來了，十分高興，她拉著寇彤說道：「妳終於來了。自從南京一別，咱們好久都沒有見面了，真沒有想到居然能在京城見面。」

她的語氣很是熱絡，讓寇彤有些不習慣。

先是呂老夫人，接著是寇瑩。難道她考上了太醫，寇家所有人對她就改觀了？

寇瑩穿著海棠紅的圓領褙子，外面罩著一件玫瑰紅垂袖束腰短比甲，下身穿百蝶穿花的湘裙，頭上戴著閃閃發光的金鑲玉蜻蜓簪，脖子上還帶著一個瓔珞項圈，整個人打扮得明媚又嬌豔。

跟她一對比，寇彤整個人就素了許多。

她穿著杏黃的對襟圓領褙子，上頭的刺繡是繞領纏枝花卉，下身的裙子也絲毫不出色，頭上也只戴著一支素色的碧玉簪子，顯得十分爽利清新。

寇瑩拉著寇彤的手，熱情地帶她逛著新建成的園子。

那一處小橋流水，水是從外面引進來的活水，到了冬日還不會結冰。

那一個假山涼亭，亭子上的匾額是當朝大儒題的字。

那一處曲徑通幽，是花了大錢專門從江南請來的匠人雕琢而成……

寇彤看著她看似熱心地介紹，實則走馬觀花地東張西望，不禁有些納罕。二堂姊從來就不是熱情的人，她今天唱的這是哪一齣？

不過既然寇瑩不明說，寇彤索性就裝作不知道，乾脆真的打量起這座院子來。亭臺樓閣，花木扶疏，皆是用了心雕琢的。

看到寇彤真的端詳起了院子，寇瑩倒也不急，依舊拉著寇彤東走走、西看看。

「彤妹妹，妳看，大堂姊在那邊呢！」她拉著寇彤往前走，說道：「咱們去打個招呼吧！」

寇妍身邊跟著兩個閨秀，一個穿著水藍色衫子，另一個穿著淺粉色的羅裙。

作為長房嫡出的小姐，她今天必須要做一個負責任的東道主的。不過她向來善於做這些事情，所以，那兩個閨秀與她相談甚歡。

「大堂姊，妳們說什麼呢？」寇瑩笑盈盈地拉著寇彤來到幾人面前，向其他兩個人介紹道：「這是我們堂伯家的女兒，寇彤。」

兩人忙上前來跟寇彤相見了，寇彤這才從兩人口中得知，穿水藍色衫子的姑娘是大伯父寇俊傑的師座──前閣老趙意傳的孫女趙行雲，是寇妍的手帕交。另一個穿淺粉羅裙的，則是寇家五房么嬸娘家的姪女，名叫嚴雙雙，如今已經認了寇瑩的母親連氏為母親，也算是寇家的乾女兒。

趙行雲的性子比較活絡，一直上上下下打量寇彤。

寇彤注意到，嚴雙雙頭上戴的首飾皆是之前寇妍戴過的，她身上的淺粉色羅裙也是寇妍曾經穿過的。別人說話的時候，她幾乎不主動說話，只微微點頭附和。偶爾寇彤眼睛與她對上時，她也總是急忙閃躲，一副放不開的樣子。

四伯祖母那個人，向來是無利不起早，自家的孫女好幾個了，斷不會去疼愛旁人家的閨女，嚴雙雙今天會出現在這裡，定然是有原因的……是了，她莫非就是四伯祖母先前對她提過的，被許配給大姑姑家那個庶長子的乾女兒？

從嚴雙雙的衣著打扮上，寇彤大抵知道了嚴雙雙如今在寇家的位置，她不由得想起了之前自己寄人籬下的時光。

「妍姊兒，妳這堂妹好生漂亮啊！」趙行雲看了看寇妍，又轉頭看了看寇彤，好像在兩相比較，看了一會兒便說道：「你們寇家的姑娘一個個都生得小巧玲瓏，是典型的江南閨秀，偏這一位長得身材高䠷，倒有幾分像我們京城的女孩子呢！」說著，她站到寇彤旁邊比了比，好像在看她們兩個哪個更高一些。

「我母親是京城人。」寇彤聽了，微微一笑，不置可否。

「怪不得！」趙行雲一聽說寇彤的母親是京城人氏，忙上前來拉了寇彤的手，親熱地說道：「既然如此，咱們當多多親近才是。妳是叫寇彤？是哪個字？」

寇彤點點頭說道：「是彤管的彤。」

趙行雲笑著說：「妳也當得起這個字。」突然，她臉色一變，好像想起什麼似的，說道：「這名字好生熟悉，好像前幾日太后欽點的女太醫也是叫寇彤……」

她正在沈吟間，站在一邊的寇瑩便笑著說道：「行雲姊姊說的沒錯，咱們家彤娘可不就是太后欽點的女太醫嘛！」

「哎呀！」趙行雲十分吃驚，一副沒有想到的樣子。「妳果然是太醫嗎？」見寇彤點點頭，她便高興地說道：「好好好，真是好樣兒的！這下子，那些酸腐的老學究可不能再說咱們女子無用了。彤娘，妳可真是幫咱們閨閣女兒掙了一口氣呢！我聽太后說，妳給慶嬪娘娘號脈的時候，不僅診斷出了她是喜脈，居然連腹中有孕多久都能判斷出來，這份本事真是了不起。」

趙行雲的脾氣外向爽朗，一聽說出了個女太醫，早就想結識一番了，只恨沒有機會，這下子真的遇到其人，自然高興不已。

她的語氣一下子親熱起來，笑盈盈地轉過頭來問寇妍。「妍姊兒，你們家出了個女太醫，妳怎麼都不跟我說一聲？若是知道咱們大晉朝第一位女太醫是你們家的姊妹，我定然早就來了。」

「行雲姊姊說笑了，我要是告訴了妳，妳還能在家裡待得住嗎？」

趙家雖然不像原來那般受皇帝重用了，但趙行雲是十五長公主的伴讀，與公主交好不說，還很討太后的歡心，以後是要進宮做妃子的，寇妍自然要好意地奉承她。

誰知道寇彤一來就吸引了趙行雲的注意力，寇妍心中自然惱怒，但是她卻不能表現在臉上，因此便又淡淡地說道：「更何況，彤娘雖說也是寇家人，但到底跟我們家是隔了房的，她平素也不住在咱們家，所以我就沒有跟行雲姊姊說。」寇妍看趙行雲並沒有生氣，不由得鬆了一口氣。她頓了頓，接著說道：「太醫再好，不過是三教九流中的中流，地位還排在商人之下呢！行雲姊姊妳出身書香世家，自然覺得什麼都是好的。可是太醫畢竟是男人做的，咱們女兒家就應該讀書習字，去做那些事情，沒得玷污了閨閣中的書香之氣。」

趙行雲聽了寇妍的話，看了看人淡如菊，雖然衣著平常卻明豔動人的寇彤，又看了看一身嬌媚的寇妍，雖不知道她為什麼這麼說，但是大抵也能猜到寇妍不喜歡寇彤。

她家中兄弟多，姊妹少，有幾個姊姊都嫁了，所以很珍惜與寇妍從小玩到大的姊妹情分，因此斟酌了一下才說道：「妍姊兒說的也並非全無道理，只是作為閨閣女兒，大多拘在內院，能出去一展抱負的畢竟是少數，彤娘能出去給人看病，比男子都不差，這樣的機緣可不是人人都能有的。」

「行雲姊姊，妳想想，彤娘現在出去行醫，說出去好聽，但是誰家願意娶一個大夫做媳婦？」寇妍瞥了寇彤一眼，毫不掩飾心中的鄙視。「現在雖然光榮，以後總不好說親呢！」

趙行雲聽了，點了點頭，上前拉著寇彤的手，無不擔心地說道：「彤娘，妍姊兒說的對，妳以後恐怕不好說親呢！雖說現在能進了太醫院，但是對女子而言，嫁個好夫婿比什麼都重要。等過兩年，妳還是不要去了吧？」

趙行雲的話雖然說得有些唐突，但是寇彤卻能聽出來，她是真心實意為自己打算的。相較於一見面就對自己冷嘲熱諷的大堂姊，這個初次相識的閨秀更令寇彤感覺到窩心。

但她還沒有來得及說話，就聽見寇瑩笑盈盈地開了口——

「行雲姊姊，妳可真是太操心了。」她掩口而笑。「彤娘已經說了親事了。」

「真的嗎？」趙行雲一喜，這才放下心來道：「說了親是好事啊！但就算如此，妳日後嫁了人，也最好還是不要繼續行醫了，以免招惹口舌是非。」

「謝謝妳，行雲姊姊。」寇彤心中感動。「妳說的話，我會記著的。」

「行雲姊姊，這下子妳又擔心太過了。咱家彤娘就算嫁了人，也可以繼續行醫的。」寇瑩眼波流轉，倒有了十二分的光彩。

這光彩落在寇彤眼中，不禁覺得大異。此時的寇瑩，跟寇妍好生相似，笑起來都是一樣的嬌俏動人，跟人說話的時候都是一樣的熱情親暱。

「這是為什麼？」趙行雲大感興趣。

寇瑩格格一笑。「因為彤娘的未婚夫婿也是太醫呀，而且還是醫藥世家呢！她的未婚夫婿不是旁人，正是南直隸太醫鄭海的長公子。」

這話音一落，趙行雲才恍然大悟。

同時恍然大悟的，還有寇彤。怪不得寇瑩今天這麼熱情，原來在等著這齣呢！她朝寇瑩望去，寇瑩卻眼神躲閃，並不與她對視。

她還沒有來得及質問，寇妍已著急地大聲質問──

「彤娘，瑩姊兒她說的是真的嗎？」

寇妍問這話的時候，雙手緊緊抓著她的胳膊，好似遭遇晴天霹靂一般，面色緊張，眼中全是焦急，寇彤只覺得胳膊被她抓得生疼。她其實只消否認就可以了，可是這一刻，她卻不說話。她想看看，如果她不說話，寇妍會是什麼反應？而寇瑩又將是什麼反應？

「妳說話呀！」寇妍等不到回答，十分惱怒。

寇妍的行為嚇壞了旁邊的趙行雲與嚴雙雙。

趙行雲忙上來拉著寇妍的手說道：「妍姊兒，妳好好地說話就是，妳看妳，嚇得彤娘都不知道該如何是好了。」

嚴雙雙則站在一邊囁嚅著，說不出話來。

寇瑩飛快地看了寇彤一眼，她看到寇彤並不說話，只眼中噙著冷冷的譏誚，袖手旁觀著，便把心一橫，繼續上前說道：「大堂姊妳這話問得真是有意思，婚姻大事何等重要，我怎麼敢信口胡謅？更何況當事人就在眼前，我何必撒謊？」

寇妍瞪大了眼睛，一副不敢相信的樣子。

見寇妍越來越生氣，寇瑩心中十分得意，她火上澆油地說道：「如果不是真的，彤娘何必到京城來？何必考那勞什子太醫？現在好了，兩個人都是太醫，彤娘以後嫁入了鄭家，就能與鄭公子兩個人夫唱婦隨，簡直羨煞旁人哪！」

寇妍聽了這話，情緒更激動了，她大聲地質問寇彤。「是不是真的？彤娘，妳倒是說話呀！瑩姊兒說的是假的，對不對？」她說著，竟然露出了哭腔。

寇彤當場就愣住了，她沒有想到大堂姊寇妍竟然對鄭世修這麼上心！

雖然趙行雲不是旁人，寇瑩也是自家姊妹，但是嚴雙雙畢竟與她們剛剛認識沒有多久，女兒家的心思就這麼赤裸裸、毫不掩飾地暴露在眾人面前，實在太過失儀了。

她本來是想激寇妍生氣的，誰讓她剛才說自己嫁不出去的。可沒想到，當著外人的面，寇妍竟會如此失態。

她的胳膊被寇妍抓得生疼，她能感覺到寇妍越來越用力了。就在此時，她看到寇妍身後的湘妃竹林裡面，有幾片顏色不一的素色羅衣閃動著，看樣子，像是幾個年輕的男子。

雖然不知道是誰，但是寇彤卻不希望寇妍這個樣子被別人看到，畢竟傳揚出去，損壞的還是寇家姑娘的名聲。

因此，她連忙說道：「大堂姊，剛才二堂姊說的話，有的屬實，有的卻不盡然。」

「何為屬實？何為不盡然？」寇妍絲毫沒有放鬆，反而更進一步逼問。

寇彤看到竹林那邊轉過來三、四個十七、八歲的男子，為首的是寇妍的長兄寇明羽，緊跟著的分明就是面含怒色的楊啟軒與滿臉尷尬的鄭世修。

「大堂姊，妳先放手。」寇彤見那幾個人越走越近，連忙加快地說道：「我與鄭家之前是有婚約的，但是現在已經退親了。男婚女嫁，各不相干。」

「真的？」寇妍依稀有些不敢相信。「妳沒有誆騙我？」

「當然是真的，我誆騙妳做什麼？」寇彤放低了聲音，解釋道：「本來就是父輩當年的玩笑之語，從來就不曾當真，否則也不會這麼多年都沒有走動了。妳想想，這麼多年來，鄭家可曾提起過這門親事？」

寇妍聞言，終於放開了寇彤。

寇彤這才鬆了一口氣。

誰知道，寇妍突然又高興地說道：「彤娘，謝謝妳。」她一把抱住寇彤，激動地說道：「謝謝妳跟鄭家退婚，妳救了我的命。」

這話說得，簡直駭人聽聞。

看著寇妍破涕為笑，她的心思那麼明顯，幾乎路人皆知了。

此刻的寇妍，不過是一個心心念念愛慕著心愛男子的普通女子罷了。

從什麼時候開始，她居然這樣在意鄭世修了？

只見她身後的鄭世修一臉尷尬、手足無措，而楊啟軒則盯著寇妍的身影，眼中盡是失望與憤怒。

寇彤看得分明，這一次楊啟軒的情緒與前面幾次大相徑庭。雖說都是生氣，但之前的那幾次是傷心居多，而這一次，他的眼中毫無一絲情感，皆是失望與憤怒。

換作任何一個男人，被人這樣一而再、再而三地落了臉面，恐怕都會受不了的吧？

楊啟軒面色鐵青地剜了鄭世修一眼，冷哼一聲便拂袖而去。

「琅軒！琅軒——」寇家大少爺寇明羽顧不上其他，連忙喚著楊啟軒的字，追了上去。

寇瑩自然也提了裙角，緊緊跟在其後。她走的時候，給了寇彤一個感激的眼神。

鄭世修還在想著寇彤剛剛說的那句「鄭家可曾提起過這門親事」，不由得滿面愧色，衝寇彤一個長揖，道：「不管怎樣，都是鄭家對不住彤妹妹，若彤妹妹以後有需要，我鄭世修上刀山下火海，絕不敢不盡心。」

寇彤看著鄭世修這個樣子，只覺得他是在惺惺作態，便冷冷地回了一句。「你放心，不會有那麼一天的。」

鄭世修聽了，臉色一白，神色落寞地轉過身去。彤妹妹還是記恨他，還是不肯原諒他。

見鄭世修搖搖晃晃地走了，寇妍自然追了上去。

這一番變故來得快，走得更快，一下子只剩下寇彤跟趙行雲、嚴雙雙三個人。

寇家兩個姊妹不在了，寇彤就算是半個主人，她裝作若無其事地說道：「大堂姊與二堂姊都是這風風火火的性子，行雲姊姊，妳可千萬莫要見怪才是。」

「呵呵！」趙行雲也沒有想到會這樣，她乾笑一聲。「我與妍姊兒可是從小……彤娘妳太客氣了。」她原本想說，與寇妍是從小一起長大的，可是經過今天的事情，她再也不敢跟人說她與寇妍是好姊妹了，她怕別人把她當作是跟寇妍一樣的人。

「嚴姊姊，大堂姊與二堂姊不在，咱們兩個可算是主人了，無論如何都不能冷落了客人才是。這園子妳好歹比我們熟悉些，不如妳帶著我跟行雲姊姊逛一逛這園子吧！」

嚴雙雙還沒有反應過來，就聽到趙行雲說道——

「是呀，這園子修建得實在是好看呢！聽說匠人都是江南來的，怪不得與咱們京城的園子大相徑庭。我一直沒有機會去江南，這下子得好好逛一逛才行。」

嚴雙雙這會子才反應了過來，忙引著兩個人在園子裡面逛了起來。

幾個人逛了半天園子，有些累了，就想著要找個地方歇一歇。

剛巧，打園子裡來了一個丫鬟，幾個人正想開口，卻發現那丫鬟急急忙忙、慌慌張張地從幾人身邊跑了過去。

寇彤一把抓住那丫鬟，問道：「發生了什麼事情？瞧妳這慌張的樣子，若是衝撞了客人怎麼辦？」

那丫鬟面色緋紅，神色緊張，連腔調都變了。「咱們家大小姐落水裡了！」

啊？幾個人聽了皆是大驚失色。

趙行雲連聲問道：「好好地逛園子，怎麼會掉到水裡面去？現在怎麼樣了？人有沒有救上來？」

「我也不知道大小姐怎麼就掉到水裡面去了。」那丫鬟焦急地推脫責任。「大小姐讓我給她去倒杯茶水，我回來的時候，大小姐就已經渾身濕漉漉地被人救到岸上了。我現在要去喚人過來，把大小姐抬回房裡。」

原來已經救上來了！幾人對視一眼，放下心來。

寇彤讓那丫鬟去做自己的事情，然後攥了趙行雲的手說道：「行雲姊姊，此刻恐怕大伯母已經得了消息了，大堂姊那邊還不知道亂成什麼樣呢。大堂姊為人向來心氣高，這會子落了水，恐怕心中正不自在，我就不去摻和了。」然後她轉過頭來跟嚴雙雙說道：「嚴姊姊，我這就去辭別二伯母，然後就回家，還麻煩妳陪陪行雲姊姊，別因為大堂姊落水而冷落了客人。」

嚴雙雙還未說話，趙行雲就說道：「彤娘說的沒錯，妍姊兒好端端地落了水，這會子指不定怎麼害怕呢！我若是此刻貿然去了，不僅幫不上忙，反而還添亂。索性我跟妳一起回去，過幾日等妍姊兒身子康健了，咱們再另約時間來看望她吧！」

辭別了二夫人連氏後，兩個人連袂出了內院，然後又坐上馬車，各自回家了。

坐在馬車上，寇彤不由得暗自搖頭。

她記得，寇妍是跟鄭世修在一起的，怎麼好端端的會落了水？不知道寇妍落水的時候，鄭世修在什麼地方？

她搖搖頭，將這些拋諸腦後。明天就要去太醫院報到了，她需打起精神來才是。雖說師父教給她的醫術博大精深，再加上《李氏脈經》她已經研習熟練，在太醫院有一席之地應該問題不大，但是，想著太醫院素來是天下名醫聚集之地，她依然不敢掉以輕心。

初來乍到，當低調謹慎才是。

雖然太醫院裡面的人應該不會像柯大夫那樣目光短淺，出手陷害，但是作為一個新人，若是太過出風頭，在不知道的情況下得罪了人，那就十分不值得了。

對於官場裡面的事情，她幾乎是一竅不通，想必關毅定然是熟門熟路的。

關毅……

她突然發現，她已經有好幾天都沒有見到關毅的人了。上次見他，還是參加太醫院考核的第一天。

她通過第一輪考核的時候，他還高興地說要慶祝呢，等她真的被選上了，他人卻沒來，只是託永昌侯府的嬤嬤送來了賀禮。

想到這裡，寇彤心中就有些不舒服。這傢伙，不知道最近在忙些什麼……

她正這樣想著，馬車突然就停了下來，簾子一動，霎時露出了關毅那張皎若明月的臉龐。

「你怎麼來了？」

她話音剛落，闞毅就登上了馬車。

「好幾天沒見，想妳了唄！」

「哼！」寇彤冷哼一聲。「你也知道是好幾天沒見了？」

這話一出，她就脹紅了臉。這說得好像自己在埋怨他沒有來看自己似的，她何時也變得這麼輕浮了？

她看著闞毅揶揄地盯著自己吃吃地笑，不禁又羞又臊。是了，定然是自己跟他在一處久了，久而久之，就染上了他的言語無狀。

看著他笑得開懷，她不由得柳眉倒豎。「你笑什麼？」

「好好好，」闞毅弓著腰，挪到她的身邊。「我不笑了，總可以了吧？」

這還差不多！寇彤沒有說話，心中卻有些懊惱了。一連好幾天沒有見面，這才剛剛見面，自己就發脾氣，難得他不生氣。

明明是自己說錯了話，他卻能包容自己。

寇彤想著，就有些悵惘。怎麼自己面對他的時候，情緒就特別不容易控制呢？

不管是高興也好，生氣也罷，總不能像面對旁人那樣冷靜自持。

也許，這就是喜歡一個人的感覺吧！這種感覺與之前對鄭世修時全然不同。

她喜歡鄭世修的時候，是卑微的、是小心翼翼的，是以鄭世修的喜好為喜好的。

而如今，面對闞毅，她是歡悅的，是恣意張揚的，是想說就說、想笑就笑的。

是闞毅給了她滿滿的關懷，給了她自信。

是不是正是因為這樣，所以在他面前，她才會這麼肆無忌憚？

她不由得主動握了關毅的手，聲音溫柔得像三月裡的春風。「關毅，謝謝你。」

感受到她的柔情，關毅心中又是高興、又是甜蜜。他反握了她的手，放到唇邊輕輕親吻著。

「彤兒，我的心尖尖……」

第四十五章 再拜師父

第二天，寇彤去了太醫院。

因為她跟子默兩個人都是太醫，也算是小有體面的人了，表舅周嗣宗就幫他們買了一輛馬車，這樣兩個人便可以乘馬車去太醫院。

作為初來者，太醫院院使秦沛便將寇彤跟那些小輩的太醫安排在一起，讓她跟著眾人一起辨藥、認藥。

整個太醫院，就她一個女太醫，而且還是個容貌十分出眾的年輕姑娘。其他的太醫除了好奇之外，更懷疑她到底會不會醫術，於是便都拿一些淺顯的問題來問她。

寇彤十分驚奇，怎麼他們連這麼簡單的問題都不會？於是她便斟酌著詞語來回答那些人的提問。

別人見她回答得謹慎，便只當她醫術一般，所以就不放在心上了。

誰知當天下午，羅子默突然跑過來問寇彤一個方子，這讓其他人十分震驚。

羅子默一直跟在秦沛身邊，是唯一一個不用從最簡單的基礎做起，就直接跟著老太醫出診的人。那些人一開始還不服氣，總是找一些疑難雜症來刁難子默，卻被子默一一化解了。

經過了這一段時間的相處，子默的醫術已經得到了眾人的認可。最重要的，有人說秦院使想在致仕之後舉薦羅子默做下任院使，這樣一來，人人望向子默的眼神都不一樣了，除了有嫉妒之外，還隱隱帶著幾分討好。

沒想到，醫術十分高明的羅子默居然會跑過來向這新來的寇彤請教醫術。眾人又是驚訝又是好奇。

子默問的是《大劑古方》上的一個方子，但是因為方子上所治之症跟實際遇到的病人情況有所出入，所以有些藥材要略加增減。

只是，這方子或許會難倒尋常人，但是對子默而言還不算難，怎麼他會特意拿了來問自己？待她看了周圍的那些人，表面上裝作是在做各自的事情，實際上卻是支著耳朵，眼神直往自己這邊瞟的時候，她就明白過來了，子默這是在藉機給她造勢呢！

子默的做法讓她覺得十分貼心，她笑著接過子默手中的方子，滿臉認真地幫子默解答了疑問。

最後，就看見羅子默鄭而重之地說道：「原來是這樣！我琢磨了一個上午的難題，師姊不過看一眼就找到問題所在了，看來師父說的沒錯，在醫術上的造詣，我的確還需要向師姊多多學習。」說完，他又若無其事地回了秦院使那邊。

他這一走不要緊，旁人卻一下子全都瞠目結舌了。

他們怎麼也沒有想到，這模樣俏麗的小姑娘居然是羅子默的同門師姊！而且聽羅子默那話裡話外的意思，她的醫術竟比羅子默還要高！

眾人吃驚之餘，卻再無人敢小看她了。

到了回家的時候，寇彤才發現一件事情，在太醫院裡，她沒有見到鄭世修。

「子默，鄭世修不在太醫院嗎？」

「他昨天告了假，說家中有事，誰知今天也沒有來。鄭家派人特意跟秦院使告了假，說他患了傷寒，需要臥床靜養幾日。」

「哦？」寇彤若有所思地道：「昨天我在寇家見到他的時候，他還健康得很呢，怎麼說病就病了？」她不由得想到昨天在寇家，寇妍落水的事情。這兩件事情加在一起，讓她隱隱生出了幾分猜測來。

子默看著她道：「要生病還不容易？若是哪天我不想去太醫院了，想偷個懶，我自然也會病的。」

「真不知道鄭世修是怎麼想的。」寇彤納悶道：「鄭世修剛剛通過考核，眼下正是在太醫院站穩腳跟的時候，選擇在這個時候生病，可不是什麼明智之舉。」

「妳恐怕不知道，鄭世修本來是跟著梅太醫的，後來他父親見秦院使收了我，便動了心思，想讓秦院使連鄭世修一起收了。為此，鄭海還帶著鄭世修特意跑到太醫院跟秦院使攀交情，卻被秦院使拒絕了。誰知道，他還是不死心，隔天居然帶了禮物，明目張膽地送到了秦院使府上，結果，自然被秦院使拒於門外。」

「居然還有這樣的事情？」寇彤吃驚之餘，不由得笑出聲。「那鄭家豈不是顏面大失？」

「何止是顏面大失?」子默搖搖頭說道:「本來那梅太醫有心將女兒嫁到鄭家,對鄭世修自然十分盡心。後來,見鄭家一直拖著不肯給個準話,就有些生氣了。誰知道,鄭海還上趕著將鄭世修往秦院使那邊推,這不是明擺著看不上梅太醫嗎?梅太醫也是個有氣性的,當天就跟秦院使告罪,又挑了一個人帶著。雖然鄭世修還在其名下,但是卻是可有可無了,梅太醫將他當作擺設一般,對他不管不問,見了面,不是橫挑鼻子豎挑眼,就是冷嘲熱諷。如此一來,鄭世修在太醫院裡面待著受氣,乾脆就不往太醫院來了。就是來了太醫院,也不過是一個人坐著看看醫書,反正也沒有人管他。」

「出了這樣的事情,鄭海居然也不管管?」

「聽說那鄭海在外面養了外室,回到家中妻子余氏又跟他撒潑癡纏,他索性也不回府了,整日與那外室混在一處。那外室先頭跟鄭海生了個十幾歲的女兒,聽說現在又懷上了。」

剛才子默說鄭海在外面養外室的時候,寇彤還吃了一驚,待她聽說那外室育有一個十幾歲的女兒時,她便豁然開朗了。

前世她這時已經嫁到鄭家,這件事情狠狠地鬧了一場。

只不過,那余氏太過慓悍,所以鄭海只好將那外室生的姑娘挑一個父母雙亡但家境殷實、為人本分的人嫁了,並且讓那外室跟著女兒女婿一起生活。

寇彤最好奇的是,子默怎麼會對鄭家的事情摸得這麼清楚?她的印象裡面,子默可不像是喜歡打聽旁人家瑣事的人。

「這些話你是從哪裡聽到的？」

「還能從哪裡？不就是太醫院那些人口中嘍！」子默一副已經習慣的樣子，說道：「好事不出門，壞事傳千里，更何況這裡還是人多口雜的京城，一丁點的小事都能捕風捉影、添油加醋，傳得滿城風雨。」

寇彤了然地點了點頭。

先是得罪了秦院使，接著又得罪了上頭的師父，鄭海又在外面養外室，沒有時間理會他，這下子鄭世修的日子恐怕不好過了。

最重要的是，他沒有《大劑古方》與《李氏脈經》這兩本書支撐，現在他的醫術只能算是平常，根本不可能給太后治病。

這樣一來，他就不可能平步青雲，更不可能獲得「鄭妙手」的稱號。

想到這裡，她不禁舒舒服服地呼了一口氣。原來，自己並不是不計前嫌的聖人，只是個再平常不過、有怨報怨的小女子啊！

因為知道寇彤是子默的師姊，眾人便對寇彤刮目相看，就連秦院使也不例外。

他將寇彤叫過去，特意問了她一些治療病症的方子。

這一次問她的人是秦院使，與那些年輕的太醫不一樣，所以寇彤絲毫沒有隱藏。

秦院使已經見識過子默的醫術了，所以此刻見寇彤見解獨到，倒也不吃驚。

他問道：「妳會針灸嗎？」

寇彤誠實地搖了搖頭。「我不會。」

師父跟她講過針灸，但是沒有教他們，倒不是師父藏私，而是針灸需要在人身上扎針，若是扎錯了，後果不堪設想。他們當時沒有那樣的條件，所以就沒有學習了。

秦院使不置可否，說道：「嗯，從明天開始，妳每天上午來跟我學一個時辰的針灸。」

寇彤愣了愣，有些不敢置信，隨即心中就掀起狂喜來。

她聽別人說過，秦院使在針灸方面造詣一流，有很多人想跟他學，他都不願意，沒有想到，秦院使竟就這樣輕輕巧巧地說要把針灸的技術傳給她！

然而，狂喜後，寇彤卻拒絕道：「多謝院使抬愛，只是我已經有師父了，所以不能拜在您的名下。」

剛才寇彤臉上的狂喜，秦院使看得一清二楚，跟他預料的所差無幾，畢竟，想跟他學針灸的人太多了。

他在十年前去華佗故里安徽亳州的時候，在那裡收過一個資質不錯的徒弟，那人也算不錯，將他的手藝學了個六、七成。誰知道，他學成之後，在京城稍有名氣，便辭官在外面開醫館，別人請他治病，非重金不去。

好好的一門針灸技術，竟被他當成了斂財的手段。

後來，那人在給人針灸的時候扎錯了穴位，因此砸了招牌，最後灰溜溜地回了老家，如今做起了藥材生意。

秦院使嘆了一聲。他後來親自去幫那個病人醫治，幸好治療及時，那人的性命被救了回來，否則他的名聲都要被那徒弟敗壞光了。

也正是因為那件事，他與那徒弟斷絕了師徒關係。這十年來，不管遇到資質多麼好的孩子，他總是不鬆口，怕的就是遇到之前那樣的情況，收徒收出個仇人來。

所以，當初太后說要選一個女太醫，並且要那女太醫跟著他學針灸的時候，他是不同意的。

但是轉眼一想，學針灸的畢竟是女孩子，就是要作惡，造成的危害也有限。更何況女子一旦嫁作他人婦，就更加老實本分了。

他先是看見荳蔻年華的公主身受病痛的折磨卻不願意裸露身子讓他施針，最後藥石無救而死，後來皇后也是因為男女有別而不願意讓他救治。在他知道的皇宮內便有兩條命就這樣香消玉殞了，那在他看不見的地方，豈不是有更多的女子因此而喪命？

因此，秦院使最終答應了太后的要求。

眼前的這個女孩子也是他親自挑選的，他觀察了幾日，發現她為人本分，古道熱腸，醫術也不錯。若說有缺點，那就是生得太好了。要在宮中行走，模樣太過扎眼，反而不是福氣。

但是他沒有想到，這個女孩子居然能在這麼短的時間內就作出決定。他以為她會高高興興地跪在地上叫師父，不料她卻拒絕了自己。

寇彤的拒絕讓秦院使很不高興，他雖然還不至於跟一個十幾歲的孩子過不去，但是一連好幾天都冷著臉，不見一絲高興。

不光在太醫院裡面的時候是如此，回到了家中也依舊黑著臉。

頭一次跟寇彤提起，被她拒絕時，他以為她年紀小，剛來京城，不知高低，因此沒有聽說過他的名頭也是有的。

所以，他特意讓她回去好好考慮一番，又讓其他人將他這一手針灸之術的寶貴之處告訴她，沒想到她還是無動於衷。

他沒有沈住氣，特意跑去問她，結果不管他怎麼說，她始終不願意拜師。

秦院使不由得氣結，這個丫頭，真是不識抬舉！

這些年來，有多少人想拜在他名下，他都不收，真沒有想到，有一天為了收徒，他居然要低聲下氣地去俯就旁人。

這口氣堵在胸口，怎麼都捋不順當。

想他第一次收徒的時候，只不過稍稍露了點意思，那人就匍匐在地上三跪九拜地叫師父了。

怎麼這一次收個徒弟卻這麼難？

心中不順當，說起話來也就沒了耐性，一言不對，秦院使就橫挑鼻子豎挑眼的。

一家老小都不知道他這是怎麼了，所以都離他遠遠的，不敢往他身邊湊。

秦家老夫人跟丈夫一起生活了幾十年，自然知道丈夫向來是個強毛驢，只是老了才收斂了脾氣，略微好了幾分。

只不過不知道這幾天是怎麼了，怎會又像驢子一般尥蹶子（注）了？

「老爺子，到底是誰招惹了你，犯得著生這樣大的氣嗎？若是氣出毛病來，可不值當啊！」秦老夫人也是關心丈夫的身體，畢竟兩個人都不年輕了。

秦院使想了想，心氣還是不順，索性將寇彤的事情告訴了老伴。

秦老夫人一聽就樂了，沒有想到她的夫君要收徒，居然被人拒絕了！

她剛剛笑出聲，就被秦院使瞪了一眼。

你瞪我做什麼？又不是我阻止那姑娘的。心中這麼想，她卻只是抿嘴一笑，說道：「我當是多大的事情呢！既然這是太后讓你收的徒弟，那就是懿旨。既是讓你收徒，也是讓她拜師，她要是不同意，那就是抗旨。你儘管把這話告訴她，她小孩子膽子小，定然就答應了。」

「那怎麼行？」秦院使瞪眼說道：「我若是搬出太后，人家還以為我逼著她拜師呢！這可不成！我要的是她心甘情願地叫我師父，不是拿懿旨去嚇唬人家。我雖然老了，這張老臉也得要。」

「你都將近七十的人了，何必跟一個小姑娘計較？」秦老夫人說道。「不就是一個名分嗎？也沒有什麼大不了的。你就直接教她針灸，但是不讓她拜師，不就成了嗎？」

「不行、不行！」秦院使搖著頭說道。「那麼多人想拜我為師，我都不答應。如今人家不願意拜我為師，我偏偏要上趕著去教她針灸？我雖然老了，可還沒有那麼下作，這樣作踐

注：尥蹶子，馬、騾等動物發怒時，跳起來用後腿向後踢。

自己的事情，我可做不出來。」

「這也不行、那也不行，又要教人家學醫、又要名，這下子可真難辦喔！」秦老夫人試探著說道：「你說這丫頭怎麼這麼死心眼？這可是別人求都求不來的好事，她不僅不要，反而往外推。既然如此，也沒有別的辦法了，老爺子，你還是不要勉強人家，另外再挑一個徒弟吧！」

「徒弟也能亂挑的嗎？」秦院使十分不高興。

「是這個小丫頭造化不夠，你再挑一個，總會比她更好的。」

「再好的我也不要！」秦院使氣哼哼地說道。「妳不知道，這丫頭天分有多高，簡直就是醫學奇才。不僅如此，還非常尊師重道，她明明十分想跟我學，卻不願意另拜他人為師，可見她是個靠得住的，絕對不會像先頭那一個，旁人幾句話就挑撥他離了太醫院……」

這是秦院使的傷痛，一提起來他就氣憤不已，秦老夫人卻知道，他不僅氣憤，更多的是傷心。這麼多年的師徒情分，竟然比不過一個利字。

「你若真想收這女孩子為徒，不如試試其他辦法吧？」秦老夫人微微一笑，臉上帶了幾分得意之色。「大名鼎鼎的秦院使要收徒，誰會不心動？依我看，這個小丫頭不是不想，而是怕違背師門。」

「是呀，這丫頭太死腦筋了，不過這也正是她的獨特之處。」秦院使看了自家夫人一眼，有些著急地說道：「夫人，妳要是有主意就快說吧，別再賣關子了。」

秦老夫人噗哧一笑。「老爺子，你剛才跟我說，這丫頭跟羅子默同出一門，既然如此，你何不從羅子默身上下功夫，請他幫你勸一勸這小丫頭？」

秦院使聞言，眼睛一亮，高興地說道：「還是夫人妳有辦法，妳真是我的賢內助啊！我這就找子默去！」

秦老夫人看著丈夫風風火火離去的樣子，也不由得笑了。

當天晚上，子默就將秦院使的意思跟寇彤說了一遍，然後勸道：「秦院使這一手針灸之術，可以說是天下聞名，別人求都求不來的機會，師姊妳為什麼要拒絕呢？」

寇彤聽了，沈默不語。她慎重地考慮了一會兒，最終還是說道：「秦院使的針灸之術的確非常高明，他願意教我，這也是我的榮幸。只是，子默，我既然已經入了師父門下，安能再拜其他人為師？」

子默聽了，不由得鬆了一口氣。「原來師姊妳是因為這個原因，所以才不拜師的。」

「難道還能有其他的原因嗎？」寇彤奇怪道：「這個原因不是再正常不過了嗎？」

誰知道子默聽了，卻搖了搖頭。「我知道妳並不是見異思遷之人，如果妳能拜秦院使為師，以後跟著他，便能學習更多的醫術，這是好事。我想如果師父在這兒的話，他老人家也一定不會阻止的。」

「你又不是師父，你怎麼知道他不會阻止？」寇彤問道。

子默微微一笑道：「師姊，難道妳忘了之前師父跟我們說的前朝神醫張大鼎的故事？師父說他讀書破萬卷，師從十八人，方成了他不用號脈，只看面色便可辨生死的高超醫術。我上京之前，師父他老人家還告訴過我，京城藏龍臥虎，是人才輩出的地方，若是遇到了好的老師，當虛心學習方是。現在我雖然未跟秦院使以師徒相稱，但畢竟是在跟他學習，雖無師徒之名，卻有師徒之實了。」子默說著一頓，然後認真地說道：「所以，師姊，我可以告訴妳，師父一定不會生氣，反而會為妳高興的。妳莫忘了，咱們的師父可不是平凡之輩。」

「子默，謝謝你跟我說這些。」寇彤道。「這畢竟不是小事，我還要再想想。」

子默也不催她，只輕聲說道：「那好，師姊，妳一定要好好考慮。」

第二天，秦院使來到太醫院。

見他面色不像前幾天那樣難看，眾人都鬆了一口氣。

前幾天，因為秦院使不痛快，底下的人若是高聲說話、嬉戲，做出一丁點出格的事情，都會招來一番訓斥。幾次下來，諸人都知道，秦院使不高興，所以做事情都小心翼翼的，誰也不敢去觸這個霉頭。

今天，難得秦院使臉色稍霽。

「寇彤，妳跟我來。」

看著寇彤跟著秦院使去了旁邊的屋子，年輕的太醫們不由得對寇彤十分同情。

誰都知道，秦院使平時是個十分好說話的人，但是一旦惹惱了他，絕對不會有好果子吃的。雖然秦院使不記仇，不過是當場把你狠狠地罵一頓罷了，但是他罵人的語氣著實讓人受不了。有好幾個太醫之前都是被秦院使罵過的，其中一個還被秦太醫罵得痛哭流涕。像他們這樣皮糙肉厚的男子漢都受不了秦院使的喝罵，寇彤這樣一個嬌滴滴的姑娘又怎麼能受得了？

不光是他們，就連子默也十分擔心。

所以，當眾人見寇彤面色如常地回來的時候，不由得驚掉了下巴。

有的十分佩服寇彤，覺得她不光醫術高明，這一份隱忍的心性也令人佩服。

有的人卻在心中撇嘴，枉秦院使這麼大年紀了，看見了顏色鮮豔的小姑娘還不是捨不得罵？

回家的路上，子默說道：「師姊，我真擔心妳今天還是不答應，還好妳總算是想通了。」

寇彤微微一笑。「我又不是傻子，有這麼好的機會怎麼會錯過？你忘了，對於醫術，我可是非常執著的人，要不然，怎麼能做了你的師姊？」

子默聽了，想起從前在范水鎮的事情，也不禁笑了。「師姊，我是真的為妳高興。」

寇彤聽了，微微一笑，說道：「你比我想得開、看得遠，是我鑽牛角尖了。」

「妳也真是倔脾氣，秦院使問了妳兩次，妳都不答應。」子默鬆了一口氣道：「今天秦院使叫妳的時候，我真怕妳再次拒絕。秦院使雖說心不壞，但是脾氣還是很大的。妳若是得罪了他，倒沒有什麼，怕就怕那起子小人捧高踩低，見秦院使不理會妳了，便落井下石地欺負妳。」

這一番話，真是讓寇彤刮目相看。

昨天勸解她，今天又告訴她與太醫院的人的相處之道。

若是以前，只有寇彤勸說子默的分兒。

她之前還擔心他性子冷淡耿直，恐怕跟太醫院的人處不來，沒有想到，子默看得比她更透澈。

子默，真的變了許多啊……

第四十六章　子默進宮

第二天，寇彤就開始跟著秦院使學習針灸之術。

秦院使先是給了她一本有些發黃的小冊子，讓她在七天之內背熟。

看著這本毫不起眼、甚至有些破舊的小冊子，寇彤不禁覺得這裡面一定有什麼機密。

打開之後才發現，裡面畫著人體穴位圖，每個穴位叫什麼名字、點壓之後會有什麼效果，寫得一清二楚。

原來只是背書啊！

她還以為秦院使會找一個人來教她扎針，昨天晚上她其實還十分擔心自己下不了手呢！

她鬆了一口氣，也有點小小的失望。

就在寇彤背誦穴位的第三天，鄭世修來到了太醫院。

他被許多人圍著說恭喜，寇彤這才知道，鄭世修跟寇妍訂親了，婚期就定在來年六月。

成家是頭等大事，的確應該恭喜，定了婚事之後，別人再不會將他當作小孩子來看了。

雖然面上帶著微笑，但寇彤卻能看得出來，鄭世修笑得十分勉強，面色也比前幾天差了許多，笑容裡帶著幾分力不從心。

是因為風寒沒有痊癒的原因嗎？抑或者，這門親事並不十分合他的心意？

重來一次，她改變了許多事情，大到母親的生命，小到自己的心思。

隔著人群，鄭世修對她微微一笑，笑容裡面有無奈，還有苦澀。

也許，她改變的，不只是自己的心思，還有鄭世修的心思。

她怔怔的，有些出神，突然卻被子默推了一下。

「妳那個穴位圖都背熟了嗎？」

寇彤轉過頭，看到子默眼中有著濃濃的擔心，她不禁啞然失笑，子默該不會是擔心她對前未婚夫鄭世修還有什麼想法吧？

「已經背熟了，我現在就到秦師父那裡背給他聽。」說著，寇彤莞爾一笑，捏著鴉青色的太醫袍，進了秦院使的屋子。

秦院使給了寇彤七天的時間，沒想到寇彤只用了三天就將這穴位圖背得滾瓜爛熟，而且連一半的時間都沒用到，秦院使望向寇彤的眼中就帶了幾分驚喜。勤奮的孩子他見過，比如子默。可是子默正如他的名字一樣，醫術扎實，為人沈默，少了幾分靈氣。

所以，他更喜歡眼前這個有天分的徒弟，畢竟這樣一來，就可以達到事半功倍的效果。

怪不得小小年紀醫術就這般了得，原來竟有這樣一分資質。若是個男兒身，憑著這一身的好本領，何愁不能笑傲大晉朝杏林界？偏偏是個女孩子……

他的心不由得一頓。女孩子怎麼了？女孩子也是我的徒弟，而且極有可能是我唯一的徒弟，是我的衣缽傳人。學了我的針灸，再加上她自己本來就十分高超的醫術，不出三年，大晉朝杏林界便無人不知、無人不曉她的名字了。

秦院使雖然心中高興，面上卻還是十分嚴厲。「學習針灸講究的是穩、準、力度適中，這三樣要求，不管哪一個都不能投機取巧。妳不要以為仗著自己有著小聰明就能糊弄過去，必須要經過扎實的鍛鍊。若是扎錯了一針，或者是用錯了力度，那可是要命的事情，記住了嗎？」

「是。」寇彤低眉斂目道。「弟子謹遵師父教誨！」

「妳跟我來，我教妳學扎針。」

學扎針?!寇彤一聽，不禁有些緊張也有些好奇。怎麼學？不會真的拿針在人身上扎吧？若是扎錯了，那可是要命的事情。

秦院使站起來，用力推開身後的多寶格，沒想到多寶格居然轉了開去，裡面赫然是一個小小的隔間。

她跟著秦院使進了那隔間，眼睛不由得一亮。

她看到了一個站著的銅人。

隔間不大，裡面卻擺著大大小小數十盞燈，中間一個黃澄澄的銅人在燈下閃爍著耀眼的光。

見寇彤瞪大了眼睛，秦院使滿意地點點頭。「妳走過來，仔細看。」

銅人很大，有一人高，看得出來，是按照人的比例來做的。

銅人沒有穿衣服，卻不辨男女，全身上下都是穴位，穴位旁邊標了名字，穴孔處塗了一層東西。

寇彤用手一摸，是黃蠟。不知道塗黃蠟是做什麼用的？

她一面想著，一面把自己這幾天背的穴位跟銅人身上對照，這一對照才發現，但凡書上記載的穴位，銅人身上都能找到。

還有許多穴位，卻是那書上不曾見過的。

「師父，這銅人是誰做的？好精巧的活計！」寇彤驚嘆道。

將銅鍛造出來，打成人的樣子，還在上面刺上穴位、刻上字，這匠人當真了得呀！

秦院使得意一笑，沒有答話，而是輕輕在銅人頭頂一拍，就看見銅人一分為二，竟然露出了腹中的五臟六腑來，這下子寇彤更是驚得說不出話來了。她從來不知道，居然有人能有這麼巧的手，做出這般、這般巧奪天工的東西出來！

秦院使看了一眼驚詫不已的寇彤，對她說道：「妳說幾個穴位，看我扎得對不對？」

「啊？喔、是……」寇彤從驚訝中反應過來，隨口說了幾個穴位。「風門、靈台、外勞宮、命門、百會、腦戶、風市、地機、伏兔、京門……」寇彤話音剛落，秦院使就一下子扎到了相應的穴道裡面。

隨著秦院使的針落下，黃蠟被扎破，穴位裡面流出水來。這下子，寇彤再次開了眼界。

一方面，是驚嘆於這銅人居然這麼精巧。

另一方面，則是震驚於秦院使針灸的技藝。

她沒有想到，居然會有人閉著眼睛也能迅速找到準確的穴位，並毫無偏差地扎下去。若不是今天親眼所見，由別人告訴她，她定然是不相信的。

「師父，你的技術簡直神了！」寇彤讚嘆道。「你給病人看病的時候，也是這麼閉著眼睛嗎？」

秦院使卻盯著銅人半晌，然後嘆了一口氣道：「嗯，年輕氣盛的時候，為了賣弄自己的手藝，曾經這麼幹過。可是如今，莫說是閉眼，就是睜著眼睛，也要防止眼花看錯了，或者下針的時候，手抖扎錯了……」

秦院使已經鬚髮皆白，是將近七十歲的人，到了眼花手抖的年紀了。對於平常人來說，眼睛花了也無所謂，反正能看見東西就成；手抖了也不要緊，有家中養的奴僕可供驅使。可秦院使是太醫，還是個靠針灸起家的太醫啊！對於他而言，眼花手抖便是比天還大的事情。

「從今天開始，妳每天都在此學習三個時辰，第一步便是睜著眼睛能找到穴位所在。第二步，就要閉著眼睛了。畢竟等到妳真正給人治病的時候，病人可不會將穴位的名字寫在身上。妳是我唯一的傳人，自然要吃些苦頭，千萬莫以為針灸是輕輕巧巧的事情。再難也要堅持，千萬莫放棄，懂嗎？」

「師父，你放心，我會好好學，學得像你一樣精湛，並且會將你的這門技術傳給值得託付的人，還會告訴他，這一套手法叫做『秦氏針灸之術』，你的這門手藝絕不會失傳的！」

「好、好……」秦院使轉過頭去。「為師等著那一天。」他的眼淚在轉身的一瞬間落了下來。

他總算沒有看錯人。

兒子們都走科舉之路，沒有人願意繼承他的衣缽，他以為他的手藝就要失傳了，沒想到太后的一道懿旨，倒給他找了一個絕佳的衣缽傳人啊！

寇彤每天都在銅人旁邊練習扎針之術，過了半個月之後，老者讓子默也來學習。不同的是，寇彤是每天都學，而子默則是十天半個月才來學習一個時辰。

原因很簡單，老者將子默當作下任太醫院院使來培養。子默不必精通針灸之術，但是必須要懂得原理，說不定哪一天就能用上。

時間過得很快，轉眼就到了年底。

京城不比南京，自然早早地就飄起了雪花。

太醫院裡面也放了年假，子默跟寇彤都不必再去太醫院了。

這一連幾個月來，寇彤總是很累，每天回到家不是背誦關於針灸的穴位，就是倒頭便睡。母親知道她辛苦，什麼事情都不讓她做。

現在終於放假了，寇彤就捧著手爐，靠在炭盆旁，坐在套間裡面跟子默說話。

蘇氏要準備年底祭祖，又要準備過節的一應物件，小到炮竹楹聯、祭灶神用的香，每一樣都親力親為。

突然，簾子一動，一個挺著大肚子的婦人走了進來，是隔壁表舅的妾室毛月娥。

外面下著雪，她又快要臨盆了，怎麼這個時候跑出來了？

她一進來，就拉著蘇氏的手嚶嚶直哭，坐在套間的寇彤與子默便不再說話，而是仔細地聽她說什麼。

「表姑太太，我雖然是小門小戶出來的，但是我也是清白人家的女兒，當初我爹因為不願意交分例銀子而得罪了地頭蛇，那些人天天到我們家胡打海摔，還要強占了我。多虧了老爺他仗義執言，站出來救了我們一家。我父母感恩戴德，就將我聘給了老爺。」

蘇氏勸道：「妳快別哭了吧，有什麼委屈妳慢慢說，仔細哭壞了身子，傷了胎氣。」

寇彤看著就覺得氣氛有些不對勁。

毛月娥聽蘇氏這樣說，越發地委屈了。「若按照我的性子，我是寧死也不與人為小的。為著這件事情，我在家狠狠地鬧了一場。後來爹娘死命相求，再加上救命之恩，想著雖然不是正經的妻室，到底主母已經死了，嫁過來就算是當家作主的人，我這才含著眼淚上了轎子。」

蘇氏聽了，不由得一愣，面上的關切就淡了下來。

「表姑太太，如今我懷了孩子，這腹中的可是周家唯一的骨肉啊！我嫁過來之初，老爺答應過我，一旦我生下個一兒半女，就將我扶正。如今我腹中懷了骨肉，老爺卻再不提將我扶正的事，眼看著不日我就要臨盆了，難道我的孩子就要成為庶出了嗎？」

毛月娥這是什麼意思？為什麼不去求表舅，反而來找母親哭訴呢？這事情，她怎麼看怎麼都覺得有些不對勁。寇彤不由得朝蘇氏望去，只見蘇氏怔怔的，好像有些沒有反應過來。

毛月娥見蘇氏竟然對她這一番哭訴無動於衷，心中不禁暗自惱怒，難道真的要她跪下來求她？她腹中可懷著骨肉呢，這一跪，豈不是連孩子一起遭罪？

可是想起周嗣宗對蘇氏的關心，她就覺得十分心驚。不行，她不能就這麼半途而廢。

「表姑太太……」毛月娥說著，把心一橫，跪了下去。「求求妳，幫幫我，幫幫我……」

「月娥，妳這是做什麼？快起來，快些起來！」沒有想到毛月娥會突然跪下，蘇氏手腳慌亂地想攙扶她起來。

毛月娥卻跪得筆直，任蘇氏說什麼都不起來。

「毛姨娘，妳要我母親如何幫妳？」

寇彤掀開繡著喜鵲登枝的紗簾，從套間走了出來。

蘇氏臉上有些尷尬。

毛月娥也是一愣，她沒有想到寇彤會在室內。

這一段時間，她觀察過，蘇氏是個好說話的人，性情也軟和，可是這寇彤，雖然與她沒說幾句話，卻能感覺她不是個好相與的。

她不禁有些慌張，但是事情已經到了這個節骨眼上，由不得她退縮了。

她看了寇彤一眼，並沒有回答她的話，而是拉著蘇氏的衣袖哭訴道：「表姑太太，我人微言輕，不敢奢求，求求妳看在我腹中骨肉的分上幫幫我。」

蘇氏低下頭，深深地吸了一口氣，然後將衣袖從毛月娥手中抽出。她坐回到椅子上，定定地看了毛月娥很久。

毛月娥心頭突突直跳，小腹也有些痛，她不由得十分後悔。能養出寇彤這樣的女兒，蘇氏怎麼可能會如她表面那樣良善？自己真是太大意了！這下子，她不僅不答應，反而到老爺面前告自己一狀，反咬自己一口的話，憑老爺對蘇氏的喜歡，自己的下場會怎麼樣？

她越想越害怕，加上膝蓋實在是痛，雙腿不禁輕輕打起顫來。

可是她不敢起來，不知道為什麼，她覺得自己此時應該站起來就走的，可是她不敢。周嗣宗對蘇氏非常重視，她得罪了蘇氏，要是被周嗣宗知道了，以後會有她的好日子過嗎？就在她懊悔不已的時候，頭頂上傳來了蘇氏的聲音——

「妳說的事情，我無能為力，妳走吧！」

這句話讓毛月娥如蒙大赦，她連忙托著肚子站了起來，有些吃力地往外走。

「母親……」

「母親累了，想一個人靜靜地躺會兒。彤娘妳跟子默先用午膳，母親現在不餓，等待會兒餓了再吃。」

望著母親有些落寞的背影，寇彤覺得心中十分複雜。

這一段時間，她一直忙著太醫院的事情，家中的事情，多半是表舅周嗣宗幫忙操持的。他與母親本來就是青梅竹馬，他喪妻，母親喪夫，若說兩人成為一對，也沒有什麼不好的。

可是想到父親，寇彤心中就十分難受。

雖然她不記得父親的樣子了，可是，她卻還記得父親很疼愛她。

如果這個人不是她的母親，說不定她還會為她高興，可是這個人卻是她的母親呀！

「師姊，妳不要擔心。」子默從套間走出來，說道：「伯母的事情，讓他們自己處理就好，咱們做晚輩的，還是不要干涉過多。」

子默說的很對，那是自己的母親，只要母親開心就行了。母親已經為她付出了很多，而且現在母親還這麼年輕，難道真的讓母親一個人孤獨終老嗎？

她雖然可以陪伴在母親身邊，但是女子一旦失去丈夫的疼愛，就像失去水分的鮮花，很快就會枯萎了。

她不能這麼自私，她要讓母親過上幸福的生活。

不管母親作什麼決定，她都支持她。

寇彤深深地呼了一口氣，把心中的煩悶呼出去，重重地點點頭。

接下來幾天，表舅周嗣宗來找過蘇氏幾次，前面幾次都被蘇氏讓人擋住了。

寇彤見他焦急，就讓小丫頭將毛月娥來過的事情告訴了周嗣宗。

周嗣宗聽了一愣，接著便迅速地回了自己家。

很快地，隔壁就傳來男人的訓斥聲、女人的哭泣聲。

下午周嗣宗再來的時候，蘇氏沒有阻攔，而是讓人請了他去小偏廳。

不知道他們談了什麼，但是周嗣宗走的時候面色灰敗，好似受了很大的打擊，走路的時候一腳深一腳淺，連雪水濕了他的鞋襪都不知道。

而蘇氏則一個人在小偏廳裡面坐了很久。

就在寇彤猶豫著要不要派人去看看的時候，卻看見母親從偏廳裡面走了出來。

母親的眼圈有些紅，但是神色間卻與周嗣宗的灰敗不一樣。寇彤仔細看了看，發現母親的眉宇間有些失落，但是更多的卻是輕鬆。

從那之後，除了主持中饋，蘇氏就在家中做針線。

周嗣宗偶爾也會過來，但是蘇氏卻再也沒有跟他見過面。

想到母親有可能跟表舅周嗣宗在一起，寇彤還有些不能適應。但是一想到母親以後要孤獨終老，寇彤心中又十分不忍。

有好幾次她都想開口勸說，都被母親顧左右而言他給擋開了。

越近年關，家中的事情就越多，蘇氏忙個不停。

因為權貴人家或推杯換盞、或聚會賞梅、或者十分操勞，身體有恙的人一撥接一撥，所以子默也忙得腳不沾地，這年假幾乎沒有歇成。

好在到了除夕這一天，太醫院就沒有再召喚子默了。

家中的下人們過了午時就可以放假回家過年了，他們一起到了明堂，給蘇氏還有寇彤磕了頭。

蘇氏看著底下跪著的僕人們，高興地說道：「快起來！今天過節了，你們也該回去鬆乏鬆乏。你們這幾個月做得很好，人人有賞。除了這個月的月錢，再賞每人三兩銀子、一疋花開富貴牡丹青色綾布。」

「謝太太！」底下的人沒有想到才到這裡幹幾個月的活兒就有賞下來，都歡喜得見牙不見眼。

寇彤將賞賜發下去，送走了歡天喜地的僕人們後，三個人坐下來歡歡喜喜地用了午膳。

本來以為這下子一定可以安安穩穩地過個年的時候，突然，宮中的內侍到家中，一輛毫不起眼的青色小車接了子默入宮。

臨走前，子默安慰蘇氏與寇彤。「這幾天天冷，宴會又多，宮中的貴人身體有恙也是常有的事情。這幾天偏巧秦院使身子也有些不爽利，可是他卻撐著出診，想來可能是他在宮中給貴人看病，這會子需要幫手。我去去就回，妳們不要擔心。」

寇彤聽了，覺得他說的對，就放下心來。

而蘇氏卻依然很擔心。

皇宮內院，子默也來過幾次，這一次去的卻是太后的壽安宮。

在壽安宮偏殿，子默見到了秦院使。

引路的小太監將子默帶到之後，就退了下去。

「子默，皇上身體抱恙，一直未曾對外宣佈。這半年來我用了許多的藥，卻一點效果都沒有。」秦院使壓低了聲音說道：「你小小年紀醫術便這麼高明，很多病症你只開一個方子就能藥到病除，我猜測除了你那位師父所教之外，你定然窺見過一些不世出的醫藥秘笈。」

見子默有些詫異，他連忙說道：「皇上的病十分古怪，我行醫幾十年居然連見都沒見過，也有可能是我孤陋寡聞的原因。皇上現在病得越來越嚴重了，偏偏西夏國屢犯邊界，極有可能邊界要起衝突，而北方的遼國又虎視眈眈，這個節骨眼上，皇上的病情更加不能洩漏出去。」

這麼大的機密，卻告訴了他？「院使是想讓我去幫皇上看病？」子默一針見血地問道。

「是。」秦院使點點頭說道。「你那師父既然是個遊走於五湖四海的異人，什麼樣的病情沒有見過？說不定皇上這病你能治。只是這消息定然要保密才行，若是洩漏了天機，你我的性命不要緊，恐怕還會引起一場混亂，到那時情況如何，不用我說，你定然也清楚。」

「院使，你的交代我記下了。」子默點點頭道。「這事情我絕不會對其他人說起。」

「嗯。」秦院使點點頭，有些感慨又有些欣慰。「你去吧，只需實話實說即可。」

子默走出偏殿後，剛才那個小太監立馬又走了上來，將子默帶到旁邊的大殿中。

秦院使頂著風雪出了宮門，眼中有著掩飾不住的擔憂。他不知道今天這樣做是對還是錯？如果皇上的病被治好了，那子默定然步步高升，榮華富貴享受不盡；可是退一步說，萬一沒有治好，恐怕子默的性命跟他的性命都要不保了。

他已經老了，死不足惜，可是子默還年輕。

但，如今聖上雖然登基十年，遼國與西夏卻一直如鯁在喉，聖上膝下雖說有三個兒子，最大的也才七歲，一旦皇上有個好歹，天下蒼生將遭受苦難，黎民流離失所，生靈塗炭。

他長長地嘆了一口氣。為今之計只有祈求上蒼開眼，讓皇上的病就終結在子默手中吧！

此刻，子默正站在被地龍燻得溫暖如春的壽安宮中，十分恭敬而又沈穩地說道：「聖上的病，微臣可以治。」

皇帝與太后對視一眼，都沒有說話。

皇帝的病已經病了整整兩年多，起先，他並未放在心上，可是這半年來，問題越來越嚴重，他才不得不命秦沛幫他治療。

這一治就是半年，卻一點效果都沒有。

秦沛的醫術，皇帝跟太后都是知道的，連他都束手無策，莫非這真的是不治之症？

就在這時，秦沛向皇帝與太后推薦了太醫院的其他太醫。青出於藍而勝於藍，這一點倒是有可能。

只是，眼前這是個未滿二十歲的年輕人，會不會太稚嫩了些？可是秦沛也不是那種識人不清的人啊！

現在，眼前這個年輕人告訴皇帝與太后，他能治得了這個病，可是他們誰都沒有露出欣喜的表情來。

他畢竟太年輕了！

第四十七章　禍福相倚

「這病你有幾分把握？」皇帝神色不動地問道。

「回稟陛下，微臣只有三分把握。」他回答得中規中矩，一點也不誇大。

「喔。」皇帝面上不置可否，心中卻有了計較。

「只有三分把握，你怎麼治？」

「陛下的病我雖然沒有親眼見過，卻有三分把握，是因為我知道這病因，也知道如何醫治。需要浸泡、內服加針灸一起來治療。微臣號脈與針灸技術都不如師姊精通，若能有師姊幫忙，這三分把握便可變為七分。」

莫說七分，就是僅有五分把握，便可以一試了。

「你師姊在什麼地方？」相較於皇帝的深沈，太后的情緒則更外露些。「哀家這就派人去找你師姊。」

「回太后，微臣的師姊與微臣一樣，都在太醫院供職。」子默說道。

也在太醫院？那不就是前一段時間選出來的唯一女太醫寇彤？

「我師姊姓寇名彤，現跟著秦院使學針灸有一段時間了，手法已經非常熟練，可以閉著眼睛施針。」

相對於寇彤，皇帝卻對子默的師父更加感興趣，畢竟能培養出兩個太醫，而且是非常出眾的太醫，並不是一件簡單的事情。

「真沒有想到，太醫院裡面居然出了同門師姊弟，你們師父也算是高人了。你師父是何人？你是哪一派的弟子？」

醫藥界有四大門派：主攻寒涼學派的劉氏河間派、主攻臟腑病機學派的張家易水派、主攻溫補學派的李家、主功祛邪扶正的趙家。

子默沒有想到皇帝會問及他的師門，忙說道：「回稟皇上，微臣之師名諱是安無聞，微臣師從於江西翠微山的鄭門。」

是個從未聽過的門派，許是最近剛剛興起的門派吧。皇帝點了點頭，沒有放在心上。然而，旁邊的太后卻十分詫異。「你說你師從江西翠微山的鄭門？」

「回稟太后，是的。」沒有想到太后居然會知道鄭門，子默也有些詫異。

太后的情緒雖然已經平靜了下來，可是皇帝注意到她的手仍緊緊地攥著手中的帕子。

「那你可認識季月娥？」太后緊緊地盯著子默問道。

「太后，您如何會知道微臣外祖母的名諱？」子默詫異之餘才發現自己的僭越，忙低下頭請罪。「微臣僭越，請太后恕罪。」

太后卻繼續追問道：「季月娥真的是你的外祖母？」

「是的。」子默說道。

「那你是否知道你父母親的生辰？」

子默不明白太后怎麼會認識他的外祖母跟父母親，但是太后既然問了，他就必須要回答。「微臣先父的生辰是……先母的生辰則是宣德二十八年七月十五日。」

宣德二十八年七月十五……太后沈思了半晌，突然說道：「你抬起頭來！」

「是！」子默聽了這話，微微地抬起了頭，露出他那張稜角分明的國字臉。

太后盯著他的臉端詳了許久，好像要從他臉上看出什麼痕跡來。

子默心中既詫異又忐忑，皇帝坐在旁邊卻是一頭霧水。

「你沒有記錯，你母親的生辰果然是宣德二十八年七月十五？」

古人重孝，別說父母的生辰要記住，就連父母的愛好也要記得清清楚楚，更有甚者，父母房裡的阿貓阿狗也要端著、敬著。

但太后卻好像不相信似的，再問了一遍。

子默點點頭，聲音有些艱澀。「回稟太后，微臣母親的生辰正是微臣外祖母的祭日，微臣斷不敢記錯。」

「喔……」太后輕輕嘆了一聲，似乎有些惋惜。

等到子默退下去之後，太后還在怔忡不已。

帶到皇帝連聲呼喚了好幾聲，她才反應過來。

「皇帝，你有沒有覺得這羅子默長得很像一個人？」

沒有想到太后會突然問這樣一句話，皇帝先是一愣，接著便想到太后斷不會無端端地問話，他不由得細細回憶起羅子默的樣貌來。面容剛毅，皮膚微黑，寡言少語，一身正氣，的確有些眼熟。

皇帝猶豫著說道：「母后不說我還沒有想起來，這樣一說，我倒覺得這羅子默的眉眼之間有些像善嘉大長公主。」

太后微微一笑。「是像善嘉大長公主，但更像先帝。」

先帝在世的時候，善嘉大長公主就十分得寵，除了她是先帝的頭一個女兒之外，還有一個原因，就是因為她的五官隨了先帝，因此很得先帝的疼愛。

其實剛才皇帝也看出來了，但是話到嘴邊卻轉了個彎，這話也只有太后敢說。

皇帝一凜，一時間有無數個念頭在他腦海中閃過。

太后嘆了一口氣道：「這個羅子默，應該是皇家血脈。」

「母后是說，這羅子默是先帝的血脈？」

「他不是，但是他的母親，極有可能是先帝的血脈。」太后看著皇帝說道：「你還記不記得，先帝臨終的時候，曾經託付過我幫他找一個人？」

皇帝點了點頭，他自然是記得的，那個時候，先帝已經病入膏肓，話都說不清楚，只拉著太后的手說了幾句含含糊糊的話，他還以為那時先帝病糊塗了說胡話呢！

「母后，父皇當初讓妳找什麼人？」

「這事要從很多年前說起了。」太后頓了頓說道：「那個時候，先帝還未登基，皇儲未定，先帝也並不是最被看好的皇儲。那年，黃河鬧水患，死了無數黎民百姓，宣德皇帝很是焦心，從國庫裡拿出二十萬兩官銀去救災，可是卻被底下的官員貪墨了。百姓流離失所，餓殍遍地，後來又發生了時疫。」

這事情他也聽說過，還被載入本朝史書中。

「嗯。」皇帝點點頭道。「是先帝自請為特使，以身涉險查出了貪墨的官員，還揪出了好幾個與此事有關的人，其中不乏一品大員，甚至還牽涉到一位皇子。」

「你說的沒錯。不僅如此，先帝還在京城籌集募捐，用來救治災民，更從一個神醫手中找到一個治療時疫的方子，解決了當時的燃眉之急。也正是這件事，讓一眾朝臣對先帝刮目相看。後來，先帝接著又做出了幾件令人敬服的事情來，宣德皇帝便於兩年之後封先帝為皇太子。」

「父皇豐功偉績，實在令人佩服！當時局勢那麼混亂，父皇卻力挽狂瀾，若不是父皇解決了時疫，恐怕要死許多無辜的百姓了。所以，現在黃河附近，還能見到當時的人給先帝建的祠堂。」

「先帝所作所為的確令人佩服，當時跟隨先帝一起的臣子在先帝登基之後也跟著榮升，卻有一人沒有被封賞。」

皇帝忙問道：「是誰？」

「是那個神醫。」太后說道。「說是神醫，其實不過是個十幾歲的妙齡女子，她的閨名叫做季月娥。季月娥跟在先帝身邊，進進出出幫著先帝救治得了時疫的災民，人人都以為她是先帝的婢女，所以都當那方子是先帝找來的，其實那方子實實在在是出於她之手。」

這一點，皇帝倒是頭一次聽說。

「季月娥長相俊美，又長在鄉野，是個聰明活潑又心思單純的姑娘，跟咱們宮裡面的女子很不一樣。孤男寡女共處，先帝自然是動了心，而先帝是天潢貴胄，季月娥自然也愛慕先帝。在南邊治理黃河一年多，等先帝回京城的時候，就帶著季月娥一起回了京城。當時姊姊已經跟先帝成親，作為皇子妃，她與先帝剛成親半年，先帝就拋下她一個人獨守空閨去了災區，她雖然委屈，但是也一心盼著夫君能建功立業。她懷揣著擔心，日日期盼夫君平安，所以當先帝帶著季月娥回京的時候，她的失望可想而知。」

太后嘆了一口氣道：「姊姊與先帝是青梅竹馬的感情，從小一起長大，剛剛成親沒多久，夫君一走就是一年多，這心中絕不是委屈二字能說得盡的。姊姊鬧歸鬧，生氣歸生氣，但是看著先帝為難，也心中不忍，到底是點了頭。誰知道，那季月娥竟然有了三個月的身孕。那個時候，姊姊才是先帝明媒正娶的王妃，王妃沒有生子而侍妾就先懷孕，於禮制不合。若是季月娥真的把孩子生下來，若是個女孩還好，若是男丁，那姊姊以後在一眾王妃妯娌面前如何能抬得起頭？先帝自覺心中虧欠姊姊，便要求那季月娥將胎兒打下來。」

太后說到這裡很是惋惜。「那季月娥雖然年紀不大，為人單純，卻是個剛烈的性子，得知先帝家中已經娶妻的時候，就曾經自請離去。是先帝捨不得，苦苦哀求，所以她才留了下來，但是心中到底是有怨恨的。後來，先帝要她打胎，她表面上答應，卻在當天晚上跑了出去。臨去之時，留下書信，求先帝放了她。先帝也是驕傲的性子，便沒有派人尋找。」

竟然是這樣！

「那羅子默之母的生辰既然是在宣德二十八年七月十五，那就錯不了。羅子默的母親應該是季月娥與先帝所出。只是沒有想到，先帝託我找的季月娥居然去得那麼早。」

皇帝略一沈吟。「會不會只是巧合？」

「不會。」太后搖搖頭道。「長相、日期與醫術加在一起，肯定錯不了。」

「那要不要認回來？」

「不用。」太后嘆了一口氣。「畢竟是陳年往事了，沒有必要重提，就算要彌補他，也不一定非要認回來。再說，這事情說出去也不甚光彩，在其他地方彌補他便是。」說完，太后又說道：「他年紀也不小了，回頭你問問，若是沒有訂親，不如在幾個公主裡面挑一個性情好、年歲相當的配給他，這樣也算是彌補了。」

蘇氏見子默遲遲未歸，心中著實擔心，她正想著要不要派人出去迎一迎，這才想起來今天過除夕，家中的下人都被她打發回家過節了。

不光是她擔心，寇彤也是一樣擔心不已。

眼看著天漸漸黑了，卻還沒有見到子默回來的蹤跡。

外面能聽見此起彼伏的鞭炮聲音，宣示著大年夜的熱鬧。

這麼長時間的相處，蘇氏已經將子默當作自己的孩子來看待，而寇彤也將子默當作兄長、家人一般。

「怎麼這麼久還沒有回來？我出去迎迎吧！」

「母親，外面雪這麼大，還是我去吧！」寇彤不由分說，拿著油紙傘，踏著一地的瓊冰碎玉朝外走去。

她剛剛走到門口，就看見子默從一輛被皚皚白雪覆蓋的青帷馬車上下來。

「怎麼去了這麼久？」寇彤十分關心。「該餓了吧？我跟母親一直等著你回來吃晚飯呢！」

「嗯。」子默點點頭，到了嘴邊的話又嚥了下去。

從皇宮出來後，他一直想著，不知道將師姊推薦給皇帝與太后究竟是對是錯？如果他們成功了，好處不言而喻，師姊心心念念要為她父親洗刷冤屈，到時候極有可能可以完成師姊的心願。可是，萬一他們失敗了，輕者身首異處，重則累及家人……

當他看到寇彤站在門口等他，當他聽到她說一直在等他，這一瞬間，他突然就釋懷了。師姊與伯母都將他當作家人，他又何必與她們分得這麼清？

「師姊妳說的真對，我的確是餓得不行。」子默笑得溫暖。「現在我回來了，伯母也該把餃子給下鍋了吧？」說著，他接過寇彤手中的油紙傘，當先一步往裡走。

寇彤有片刻的失神，原來子默也可以笑得這麼溫暖而輕鬆，就像雨後初晴的天空，澄淨而清新。

「快走呀，師姊，我都餓得等不及了。」子默輕輕催促一聲。

寇彤這才意識到她已經在屋簷下站了一會兒，手腳都開始變得冰涼，連忙提著裙子趕上。

見子默安然無恙地歸來，蘇氏放下心來，她跟寇彤一起將飯菜及煮熟的水餃一起端上來，一家人歡歡喜喜地吃了飯。

吃過飯以後，蘇氏問道：「去宮裡做什麼去了？是哪位貴人身子不爽利嗎？」

子默點了點頭道：「是有位貴人身子不大康健。」

聽著子默含糊其辭的回答，蘇氏突然間才想起來，宮中貴人的病情是不能對外說的。她叮囑道：「既然是給貴人看病，就要比在外面更加小心謹慎才是。我打心眼裡將你當作自己家的孩子，只有一句話要叮囑你。」

子默聽了，連忙站起來，說道：「伯母，您有什麼話儘管說，子默心中，也是將您當作母親來看待的。」

「你是太醫，是大夫，只管看病，也只能管看病的事，其他的事情，萬萬不可插手，記住了嗎？」蘇氏說完這句話，雙眼就一直緊緊地盯著子默。

「是，伯母。」他回答道。「我是太醫，只做治病救人的事情，至於其他事情，跟我無關。」

蘇氏聽了，點了點頭，然後轉過頭來看著寇彤。

不等她問，寇彤就立馬走上前去，握了她的手說道：「母親，子默說的，就是我要說的。彤娘只是個大夫，只做大夫做的事情。」

蘇氏這才放下心來，長長地鬆了一口氣。

等蘇氏起身收拾碗筷的空檔，子默便引著寇彤到了偏廳，將今天下午的所見所聞悉數告訴了她。

「……皇上的意思，是希望過幾天妳進宮一趟，給他把把脈，如果確認可以治療的話，咱們要早些準備。」說著壓低了聲音說道：「今上的病情不樂觀，如若再繼續這樣耽誤下去，能治好的機會便將大大減少。」

不過寥寥數語，寇彤的心中卻掀起驚濤駭浪！

她記得前世生病的明明是太后，而鄭世修是用了整整一年的時間才將她治好的，鄭世修還因此獲得了「鄭妙手」的稱號，不僅如此，皇帝還親自賜婚，讓守寡的寇妍嫁給他。

怎麼到了這一世，生病的換成了帝王？不僅如此，就連時間也沒有對上。難道她記錯了？

子默見寇彤面色不定，半晌無語，還以為自己說的話太過駭人聽聞嚇到了她，便連聲安慰道：「師姊，妳不要擔心，皇上的病我看了，最起碼有七成的把握，妳要相信我的醫術，更要相信妳自己的醫術。咱們兩個一起，一定能將這病治好的。」

「嗯。」寇彤點點頭，心中十分激動。

是皇上生病，只要她治好了皇上，那豈不是意味著她有機會直達天聽，有機會洗刷父親的冤情？既然鄭世修可以求娶一個寡婦，那麼她為什麼不能請旨為父親翻案呢？

寇彤作夢都在等待這個機會，現在機會就在眼前！

「皇上究竟是什麼病？」她不由得問道。

「是一種極其奇怪的病症。」子默沈聲說道：「病發時，手指膚色突然變為蒼白，繼而發紫。發作常從指尖開始，之後擴至整個手指，甚至掌部。伴有局部發涼、麻木、針刺感和感覺減退，持續半刻鐘後逐漸轉為潮紅、皮膚轉暖，並感燒脹，最後皮膚顏色恢復正常。本來只是偶爾發病，現在越來越頻繁，而且一旦發病，要很久才能恢復正常，有一次居然長達幾個時辰，發病期間，手指不受控制，不能握筆寫字、拿物，居然連握拳伸指都不行。」

「這病的確奇怪，但也不是一定不能治的。」寇彤看了子默一眼，道：「你已經有解決的方法了，不是嗎？」

「師姊說的沒錯。」子默點點頭。「我打算用針灸、內服加外敷一起，三管齊下。我負責內服跟外敷的藥，師姊妳負責針灸加診脈。秦院使會在一旁看護。」

「那我什麼時候進宮？」

「越快越好。」想到今天下午的見聞，子默的聲音有些擔心。「聖上的病情不容耽誤。」

「好，你聯繫秦師父，我們明天就進宮。」

明天就進宮？這實在是出乎子默的意料，他想了想便說道：「好，那妳今天晚上準備準備。」

子默連夜準備研究對症的藥方，而寇彤則拉了蘇氏跟她露了一點口風。「母親，我明天將要進宮。」

蘇氏聽了，勃然變色。

寇彤一把握住她的手說道：「母親，妳先聽我說。是宮裡面有個身分極尊貴的人生了病，現在病情刻不容緩，我明天會跟子默一起進宮去幫那位貴人看病。妳放心，這僅僅是看病，沒有其他。」

寇彤一字一頓，十分認真地說道：「我這一去，不是一天兩天能回來的，少則半個月，多則一個月。這一個月，妳待在家中，哪裡也不要去。若是一個月以後，我沒有回來……」

「彤娘！」聽寇彤這樣說，蘇氏的眼淚像斷了線的珠子一樣落了下來。

「母親，妳先別哭。」她吸了一口氣，說道：「若是沒有等到我回來，妳就去永昌侯府找關毅，我明天進宮之前，會給他寫一封信，他會安排妥當的人護送妳到安全的地方。」

「彤娘，是母親錯了，對不對？」蘇氏聲音哽咽地自責道：「我不該非要帶著妳離開范水鎮，我不該回南京，更不應該到京城來。彤娘，母親後悔了，我後悔了！這太醫咱們不做了好不好？妳跟我一起回范水鎮吧！我寧願妳做個走鄉串戶的行腳醫生，我寧願妳平安喜樂地過一輩子……」

「母親！」

沒有想到母親的反應會這麼激烈，寇彤有些手忙腳亂地安慰她。

待到蘇氏的情緒稍微穩定了一些後，寇彤握了握蘇氏的手說道：「母親，我剛才跟妳說的是最壞的情況。如果我能治好那位貴人的病，那咱們不僅可以榮華加身，富貴榮耀，最重要的，便是可以為父親洗刷冤情。」說到這裡，寇彤不由得一頓，語氣也變得堅定起來。

「我的父親是仁心仁術的杏林典範，不是出手謀害人的罪人，我不想父親一直背著罪人的名聲。母親，有朝一日，我也會有自己的兒女，他們會問，為什麼我會學醫術？他們的外祖父是個什麼樣的人？我想堂堂正正地告訴他們，他們的外祖父少年體弱，便立志要成為良醫，治病救人，是醫藥聖手，對得起君主與他所醫過的病人。母親，妳不要傷心、不要難過，我會通過自己的努力，讓真相大白於天下，讓皇帝為父親正名。百年之後，我到了九泉之下，見到父親，可以自豪地告訴他一聲：彤娘是好樣兒的，彤娘沒有給父親丟臉！」這些話說完後，寇彤只覺得臉上濕漉漉的。

蘇氏則再度哽咽。「好、好，我兒彤娘有如此志氣，母親怎麼能拖妳的後腿？彤娘，只管去，我等妳回來。等妳為妳父親正名後，咱們就給妳父親建一座衣冠塚，正大光明地祭拜他！」

第四十八章　為父正名

除夕夜，按例需要熬夜守歲。外面還飄著雪花，房間裡面燒了熱氣騰騰的炭盆，寇彤手中還抱著一個小小的黃銅手爐，一點兒也感覺不到冷。

遠處能聽到噼哩啪啦的鞭炮聲、犬吠聲，寇彤卻陷入了深思。

現今西夏與遼國皆是虎視眈眈，如若聖上的身體有個萬一，那大晉國危矣。

還有關毅，已經有三、四天都沒有見到他了，不知道他在做什麼？

她想著想著，意識就模糊起來，不由得一點頭一點頭地打起瞌睡。

寇彤正睡得迷迷糊糊時，就聽到有人輕聲地喚她的名字。

外面雖然寒風怒雪，但房間裡面卻溫暖如春，加上她真的是累了，所以雖然聽到有人喚她的名字，但是她卻依然不願意睜開眼睛。

直至她聽到蘇氏喚她。

「……彤娘，世子來了……」

「什麼柿子果子的？我只想睡覺……」寇彤輕聲嘟囔了一聲，抱了抱自己的胳膊。

「是永昌侯世子，是關毅來了！」

蘇氏的話音剛落，她就立馬清醒了過來。「關毅？他怎麼這個時候來了？」

「不知道。」蘇氏催促道：「說是有急事找妳，現在在偏廳呢，妳快些過去吧。」

外面颳著寒風、下著大雪，風吹到臉上像刀子一般，今天又是除夕夜……

寇彤心中惴惴不安。

她連忙攏了攏頭髮，抱著手爐，沿著走廊到了偏廳。

偏廳裡面也點了花鳥落地架子燈，照得亮堂堂的。地上放著一盆炭盆，還算暖和。

而關毅正坐在椅子上，悠閒地喝著茶。

燈光照在他那俊美無雙的臉上，怎麼看都是一幅賞心悅目的畫卷。

但寇彤卻注意到他那濕漉漉的頭髮以及被熱氣烘烤而微微冒著霧氣的身體。

「妳來了。」關毅見寇彤來了，輕輕放下茶盞，站起身來，笑容可掬地望著她。

「怎麼這麼晚來？」寇彤有些擔心。「是坐馬車來的還是騎馬來的？」

關毅摸了摸頭，說道：「是騎馬來的。」寇彤還未說話，他就立馬說道：「飛鴻踏雪，深夜訪美，此是人生一大快事也！我關毅一向是俗人，這次也能學古人恣意一回。」說著他哈哈一笑，輕快又豪放。

「這麼大的雪，騎馬過來，全身都濕了，就是為了跟我說你要學古人的行徑？」

寇彤並沒有因他的話而轉移注意力，神色反而比剛才更加冷峻。「關毅，你是不是有事情瞞著我？」

關毅一愣，他沒有想到寇彤能如此一針見血地窺得他心中的想法。本來想好的說詞，他此刻一個字也說不出來了。

關毅上前拉了她的手說道：「彤兒，妳何時也變得這般聰慧？」

寇彤卻看著他說道：「不是我聰慧，而是我將你放在心間，所以你的一言一行稍有異常，我都能覺察得到。」她覆上關毅的手道：「關毅，你今天來，到底是有什麼事情？」

寇彤的話讓關毅心中大定，他的彤兒這樣對他！「彤兒……」關毅整了整神色，道：「我要出征了。」

「出征？去哪裡？」寇彤大急。「就算要出征，也要等到來年開春吧？現在冰天雪地，如何出征？聖上怎麼這麼糊塗？」

「彤兒！」關毅大駭，一把捂住了寇彤的嘴，沈聲解釋道：「不是我們要主動出征他國，而是遼國屢犯邊境，不過短短十日，已經連續攻下兩座城池了。邊境告急，如若等到來年春天，恐怕遼兵都要打到京城門口來了。」

「那……那……那怎麼會是你出征？」寇彤緊緊抓住關毅的胳膊。「不是還有其他人嗎？」

「除了遼國還有西夏，西夏此刻也虎視眈眈。」關毅將寇彤摟在懷中說道：「彤兒，妳相信我，我會好好的，會毫髮無損地回來的。我一回來就迎娶妳，好不好？」

「不好！」寇彤掙脫出他的懷抱，驚慌地說道：「不好、不好，一點都不好！你之前說只要我通過太醫院的考核就成親，現在我通過考核都兩個多月了，也不見你來提親。關毅，你現在又要哄我！」說著，她的眼淚像斷了線的珠子一般滾滾而落。

「彤兒！」關毅喉嚨一緊，緊緊握住了寇彤的手。「是我不對，我一直在西山大營練兵，半個月才能回來一趟，我怕妳擔心，所以一直沒有跟妳說。」他用指腹幫她擦了擦眼淚。「是我不好，以後有事情，我絕不瞞著妳。妳相信我，好不好？」

寇彤聽了，眼淚卻落得更加厲害。「你瞞著我本是好心，可是你卻不知道我有多擔心。你一句話不說，一去便是十幾天不見身影，見不到你的人，甚至連封書信都沒有。你之前說，怕我參加太醫院選拔分心，所以成親的事情會等到選拔之後再說，可是選拔都過去了好久，卻遲遲沒有你的消息。我是女子，總不好上趕著追問。但凡女子主動求嫁，大多不被看重，反而會被人說是輕浮無禮，所以，我雖然很想見你、很想質問你，卻總是告誡自己一定要冷靜。

「天下男兒皆薄倖，我雖然知道你不是那樣的人，但難免會胡思亂想。有時候，我都會問自己，你是不是見了京城的閨秀，便將我忘了？我並非出身名門，所憑仗的僅僅是這身醫術而已，在你面前，我總是……總是自卑的。」

這一番話，說得關毅心中大痛。他以為，是他一心愛慕她、追求她，他以為他做得已經很好了，可是今天他才知道，他是多麼地混帳！

「彤娘！」關毅將寇彤摟在懷中，輕輕吻著她的鬢角，就像對待稀世珍寶一般。「妳不要自卑，妳只需記得，妳是我關毅心中至愛之人。妳信我這一次，待我從邊關回來，咱們就成親，好不好？」

「好，這一次我就信你。」寇彤抬起頭來說道：「關毅，你定要平安地歸來！」

「嗯！」關毅重重地點頭，再次將寇彤擁入懷中。

寇彤再一睜眼時，發現自己蜷縮在偏廳的臨窗大炕上，身上蓋了厚實的羊毛被子，日光映著雪色，透過高麗紙，照得室內一片明亮。

昨晚的事情，就像是一場夢。

她下了炕，穿上鞋，甚至來不及披一件厚實的外衣，就急匆匆地去找蘇氏。

「母親，現在是什麼時辰了？」

「已經辰時了。」蘇氏嘆了一聲，道：「子默已經去了秦院使家中，說了等秦院使入宮稟報之後，再定妳入宮的時間。」

辰時了？關毅已經跟隨大軍出發了……

她鼻頭不由得一酸，想起母親還在身邊，連忙低下頭掩飾自己的情緒。

因為要進宮面聖，所以寇彤擔心的情緒並沒有持續太久。

這是她第二次進入皇宮，這一次，依然是在太后的宮殿。

寇彤十分謹慎地給皇帝號了脈。

是體內淤滯，導致血氣不舒，再加上過度勞累所致，似乎還隱隱有些中毒的跡象。

寇彤看了皇帝一眼，皇帝雖然十分年輕，但絲毫不損其威嚴，雖然不說話，就只是靜靜地坐在那裡，卻能給人如臨深淵般的壓迫感。

「如何？」太后的聲音雖然平穩，卻不掩憂心。

「回稟太后，從脈象來看，應該無大礙。」寇彤說著，輕輕皺了眉頭。「只是有一件事情難辨……」

「什麼事情？」皇帝看了寇彤一眼，說道：「我是帝王，需要用什麼藥儘管說。」

「並非藥材，而是不知聖上這病的源頭所在。」寇彤頓了頓，又說道：「若要治這病，我還需跟聖上瞭解一些日常之事。」

皇帝雖然不懂藥理，但是一些常識還是懂的，人生病大多是跟生活習慣有關係，於是點了點頭。「想問什麼，妳只需直言相問，正所謂病不避醫，朕雖貴為帝王，但此刻也是妳的病人，自然要遵從醫者的叮囑。」

「聖上平日所食用的飯菜、飲用的茶水皆有專人試嚐，不知侍者是否遇到同樣的不適？」

皇帝聽了，輕輕皺了眉頭，與太后對視一眼，然後問道：「寇太醫此言何意？莫非朕竟是中毒了不成？」

寇彤直言不諱道：「以脈象來看，聖上極有可能是中了毒。雖然中毒不深，但這毒卻會加重病情。」

「可是朕平日所飲所食皆有銀針試過，那些試嚐之人也並無這方面的問題。」皇帝沈吟一下後說道：「朕覺得應該不是中毒。」

一般人認為毒從口入，皇帝有這種想法也無可厚非。寇彤想了想才說道：「有些毒並非從口中入，比如香料，比如脂粉，這些東西裡面都可能含有毒物，只是因為不是直接進入腹中，而是通過鼻息、肌膚一點點滲入身體，所以不顯。但是，日積月累，時間久了，也會對身體造成大患。」說到這裡，寇彤看到皇帝的眉頭又輕輕皺了一下。她停頓了一下，知道皇帝需要時間來回想。「聖上的病，最主要的原因是體內淤滯，導致氣血不舒，再加上過度勞累所致，但是此毒也不容忽視。從脈象上看，這毒應該是慢慢累積而成。」見皇帝依然沒有說話，寇彤就提醒道：「聖上的病是在右手上而非左手，除了提筆、舉箸都用右手之外，是不是還常用右手觸碰了其他的物件？」

皇帝的臉色突然就變了變。

他連忙高聲叫侍者進來，然後說道：「去將朕書房桌上那只琉璃虎拿來。」

侍者立即領命前去，不多時便小心翼翼地將琉璃虎交到寇彤手中。

琉璃虎，是一隻巴掌大的虎形玩器。

老虎被雕刻得栩栩如生、威風凜凜，雖說叫琉璃虎，卻並不是琉璃做的。

寇彤把琉璃虎握在手中，只見其通身漆黑，黑得發亮，不知道是什麼製材？觸在手中，便覺一股涼氣從指間冷到胳肢窩，整隻胳膊都十分冰冷。

這是冬天，若是夏天握在手中，該是多麼的涼爽舒適？寇彤一下子就明白了皇帝的病症所在。

她放下琉璃虎，說道：「此物握在手中，涼意沁入心脾，雖然不確定此物是否有毒，但是此物寒涼，久握會導致氣血凝滯，聖上的病跟此物定然是相關的。」

皇帝剛才聽寇彤說的時候就隱隱猜到了幾分，現在雖然寇彤說得晦澀，但是他卻聽得明明白白。

此物果然有問題！

他不由得想到獻上琉璃虎之人，往日的恩愛全部消除，只剩下憤恨。高麗人果然狼子野心，想那小小的高麗國不自量力來侵犯大晉朝，被晉朝的將士打到主動求和，不僅送上珍珠寶貝，還將一國的公主嫁到大晉朝來。

那高麗公主容顏精緻，貌美如花，初見時幾乎讓他驚為天人，很是寵愛了一陣子。那高麗公主也非常溫柔，雖然是公主，在他面前卻十分能放得下身段。

他宿在其他妃嬪宮中，早上要上早朝之時，那些妃嬪總是還在沈睡，而高麗公主卻總是比他起得早，親自侍奉他洗漱更衣，這讓他十分受用。

直到有一天，他醒得早，沒有叫人，而是自己撩起了幔帳，室內的融融燈光照在床上，他看到床上居然躺著一個姿色容貌連普通宮娥都不如的女子時，不禁怒從中來……

「妳是何人？為何會躺在朕的床上？」

床上的女子這才驚醒，看到皇上醒過來了，那女子一邊跪在床上，一邊用袖子遮住面容。「聖上醒來，妾身還在沈睡，請聖上恕妾身失禮之罪。」

聽了這聲音，皇帝不由得瞪大了眼睛。此女子姿色一般，面容普通，怎麼會是那容貌如花的高麗公主？

「妳是高麗公主？」皇帝不敢置信地問道。

「妾身正是。」

「妳會易容之術？」皇帝的怒意消去，取而代之的是好奇。

「回稟聖上，非為易容之術，而是普通的裝扮之術。」

從那時候起，皇帝方知道，這世上裝扮之術居然能達到此等化腐朽為神奇的境界。當然也是從那之後，皇帝便不愛盛裝的宮娥，只偏好清水出芙蓉的妃嬪了。

那只琉璃虎，正是那次之後，高麗公主所獻。

據她說，那是他們高麗王室祖傳的寶貝。

想到這裡，皇帝瞇了瞇眼睛。祖傳的寶貝嗎？

寇彤看見皇帝的神色由驚訝到了然，再由憤怒轉向平靜，然後才上前一步說道：「聖上的病並無大礙，只需針灸、內服、外敷藥結合一起便可，五天可見成效。每天施針是麻煩了些，但是見效快，如果聖上恢復得好，半個月後便可適當遞減次數，一個月後便可痊癒。」

皇帝看了看案上的琉璃虎，對寇彤的話就信了七、八分，點了點頭道：「那寇太醫跟羅太醫你們準備一下，明日就可施針了。」

大年初二，太后突然病重，太醫院院使因年紀老邁，眼花手抖不能救治，遂推薦其嫡傳弟子寇彤與太醫院的羅子默一起為太后診治。

因為太后病勢洶洶，寇彤與羅子默連續五日為太后施針。

皇帝十分孝順太后，也是一連五日守在太后寢宮，兩位太醫為太后救治的時候，皇帝就一直陪在太后身邊。

上天感其孝心，終於在五日之後，太后的病情穩定了下來。

皇帝於大年初七，才開始正式上早朝。

一個月後，太后之病痊癒，皇帝欽賜寇彤「國之妙手」牌匾，並賜黃金千兩以作獎勵。

看著供奉起來的牌匾與庫房中的黃金，寇彤心中卻十分複雜。

皇帝的病並沒有對外宣佈，而是對外說，病重的是太后。

她治好了皇帝的病，皇帝問她所求。

她當時壯著膽子，身姿筆挺地跪在地上說「微臣別無所求，只求為父洗刷罪名」，說完她一頭觸地，鄭而重之地給皇帝磕了三個頭。

皇帝半晌無語，只看了她一會兒，然後讓她跪安。

這幾天她一直十分忐忑，她在等待著皇帝的答覆。

看著牌匾上「國之妙手」四個大字，她的思緒不由得又回到從前。她記得，鄭世修因為治好了太后的病，被封為「鄭妙手」。

沒有想到今生今世，這妙手的名號竟落到了她的頭上。

看來，她此生是無法為父親正名了。

她長長地嘆了一口氣。黃金千兩，已經足夠她與母親這輩子甚至下輩子生活無憂了。她做太醫，所求的不過是能為父親正名，既然這目標無法實現，那麼這太醫她也不想再繼續做下去了。

子默又進宮看診去了，等子默回來了，她就跟子默商量一下。

她正在沈思時，突然聽到噼哩啪啦的一陣鞭炮聲。

已經出了年關，未經允許，尋常官宦、平民百姓一律不許燃放鞭炮的。她還沒有弄明白是怎麼回事，就看見蘇氏滿面紅光，十分激動地走了進來。

「彤娘，咱家有大喜事了，聖上給子默賜婚了！」

「真的嗎？」寇彤聽了也覺得精神一振，忙上前拉住蘇氏的手問道：「是什麼時候的事情？賜的是誰家的閨秀？」

「就在剛才！子默剛從宮中回來，不僅帶了賜婚的聖旨，還帶了好幾個內侍呢！」

原來如此！

「母親，妳還未告訴我，聖上給子默配的是哪家的閨秀呢？」

「哎呀！」蘇氏眼角眉梢皆是笑。「不是普通人家的閨秀，是公主。」

公主？寇彤聽了一愣。皇帝現在膝下的公主一個巴掌都能數得過來，但是年紀最大的才十一歲，這……這麼可能？

蘇氏見寇彤愣住了，忙說道：「不是皇上所出的公主，是先皇親弟靖王爺嫡出的孫女來安郡主，皇上下旨封了來安郡主為安平公主。」

「居然是來安郡主！」寇彤十分驚訝。

當年太后所出的公主薨了之後，太后很是傷心難過。後來，老靖王妃帶來安郡主給當時的太后請安，太后見來安郡主與公主容貌相似，便將來安郡主留在身邊親自教養。來安郡主與太后雖然隔了一輩，但是卻情同母女，皇帝提起她也總是以「安丫頭」來稱呼。

寇彤在太后的宮中見過來安郡主兩次，是個非常漂亮的小姑娘。

來安郡主不僅容貌秀麗，性格溫和，最難得的是她小小年紀便十分識大體，這次與遼國征戰，來安郡主不僅主動捐出首飾衣料充當物資，還號召宮中妃嬪一餐僅食一菜，因此獲得皇帝以及朝堂內外的稱讚。

現在皇帝又封其為安平公主，若子默真能與安平公主結為伉儷，也是美事一樁。

見子默走了進來，寇彤忙笑咪咪地說道：「子默，恭喜你！」

子默見寇彤笑得真誠，語氣之中皆是祝福，心口不由得一緊，然而卻面色如常，微笑著點點頭。「多謝師姊。婚禮不日就將舉行，我從未操持過，到時候還要煩勞師姊與伯母。」

蘇氏聽了，笑得見牙不見眼。「你這孩子，怎麼就這麼老成？旁人提到婚事都羞得恨不能躲得遠遠的，你倒好，不僅未見一點害臊，還沒事人一般，落落大方地請我與彤娘幫你操持。」

見蘇氏揶揄地看著自己，饒是子默冷靜慣了，這會子也覺得有些不自在了。

「伯母，您這般說……」

「好了、好了。」蘇氏見子默臉紅了，就停止打趣。「你放心，有伯母在，保管給你準備得妥妥當當的。其實也不用我準備什麼，畢竟是天家嫁姑娘，一應事務公主府都備好了，我只要幫你看著，別出亂子就行了。」

寇彤聽了點點頭道：「是啊，子默，有我跟母親在，你就不要過問了。你只需安安心心地等待著做你的新郎官就成了。」

「師姊，妳……」子默古銅色的臉有些紅，他又是害臊、又是無奈地對蘇氏說道：「我突然想起還有事情要跟院使商量，我先去了。」說完輕輕一拱手，也不待蘇氏與寇彤回答就急急忙忙地退了出去。

看著子默落荒而逃的狼狽樣子，蘇氏跟寇彤都開懷地笑了。

蘇氏看著寇彤的笑顏，長長地嘆了口氣。

「彤娘，我一直以為妳一定會先成親的，沒有想到子默反倒在妳之前了。」她語氣中有些濃濃的擔憂。「世子還沒有消息嗎？」

寇彤聞言，心頭一緊，接著搖了搖頭。

蘇氏聽了半晌無言，只輕輕地拍了拍寇彤的手以示安慰。

寇彤反握了蘇氏的手，正想說話，卻見丫鬟急匆匆地跑進來稟報──

「夫人、小姐！有……有聖旨到了！」

怎麼又有聖旨？

母女兩個對視一眼，也來不及多想，就在丫鬟的服侍之下更換衣服。

供案上焚起了香，那身穿藍綠色衣服的白髮老太監這才宣讀了聖旨的內容──

「奉天承運，皇帝詔曰──太醫寇俊英為官期間恪盡職守，忠純堅貞，雖遭冤陷，然未憚怨謗，實乃良臣也。經查實，太醫寇俊英下毒謀害宮妃蕭氏一案，純屬構陷，現恢復其太醫之名，並加封其為御醫，其妻蘇氏封為四品恭人。欽此！」

蘇氏滿面端莊，將那一卷淡黃色錦緞的聖旨從那老太監手中接了過來，只覺得手中有千斤之重。

寇彤呆呆愣愣的，蘇氏也怔住了。

頭髮雪白的老太監見母女兩個這般，倒也沒有怪罪，心中長長地嘆了一口氣。他曾經也受過寇俊英的恩惠，如今寇俊英恢復名聲，他也算是了了一樁心事。

「彤娘……」蘇氏一張嘴，聲音就哽咽萬分。

她終於可以正大光明地祭拜夫君了，她的夫君終於可以入寇家家廟了！皇帝說她的夫君是良臣，不是罪臣……

這一瞬間，她只覺得臉上濕漉漉的。

寇彤已舉起袖子，捂住了臉，嚎啕大哭起來。

上一世，罪臣之女的名號壓了她一輩子，她怨過父親、怪過父親，卻從未想過去為父親正名。

現在，她終於做到了。

她的父親是好人，不是下毒謀害別人的罪臣！

第四十九章　喜結連理

京城，永昌侯府，偏廳。

「……關毅這一去就是好幾個月，難為妳這些日子一直惦記著他。妳擔心他還要來開解我，好孩子，妳的心意我都知曉了。」永昌侯夫人鬆了一口氣，說道：「現在好了，終於打了勝仗，咱們娘兒倆的心也算是放下了。」

這一仗打了這麼久，遲遲未見勝負，終於在三月底傳來大捷，一時間朝廷內外皆是精神振奮。

「那關毅是要回來了嗎？」寇彤一聽，不由得大喜。

永昌侯夫人見寇彤喜上眉梢的樣子，不禁呵呵一笑。「是呀，已經在路上了，估計過不了多久就能隨大軍回來了呢！」

聽到這個消息，寇彤高興得忘記了女兒家的矜持。「那可真是太好了。」

「還有更好的呢！」永昌侯夫人把一封信交到寇彤手中。「這是關毅寫來的。」

見了關毅的來信，寇彤心中十分迫切，當著永昌侯夫人的面就將信拆開了。

「彤兒吾妻，見信如吾，為夫甚是想妳，不知妳是否想我……」

呸！

看到開頭的四個字，寇彤的臉騰地一下就紅了，不由得在心中啐了一口。

誰是你妻？我還沒有過門呢！

「吾知妳此刻定然面紅耳赤，心中暗罵為夫不甚正經。非因為夫輕浮，只因未婚妻子也算妻子……」

看到這裡，寇彤心中不禁一陣激盪。未婚妻子也算是妻子……這傢伙雖然不正經，但是不得不承認，他說的好像也有幾分道理。

此刻寇彤只覺得心中像吃了蜜一樣，甜絲絲的，連忙繼續往下看去。

永昌侯夫人看著坐在她對面的寇彤一時面紅耳赤如花般嬌豔，一時面含微笑滿目柔情，彷彿就看到了多年以前的自己。

以前永昌侯追求她的時候，也寫過幾首纏綿悱惻的情詩呢！她嘴角含笑，越看越滿意。看樣子，他們家真的要準備辦喜事了。

此時，門外響起了一聲短促的口哨聲，似黃鸝鳥一般清脆。這口哨聲帶著喜悅，還帶著焦急與催促。

永昌侯夫人聽到口哨聲，臉上的笑容更盛了，她突然站起來，略有不滿地朝外睨了一眼，口中嘟囔道：「臭小子，娶了媳婦忘了娘，媳婦都還沒有娶呢，就開始使喚上老娘了……」

「夫人，您說什麼？」正在聚精會神看信的寇彤沒有聽清，抬起頭來笑盈盈地望著她。

「沒什麼。」永昌侯夫人忙站起來，用手掩著口說道：「我想起來剛才給侯爺泡的茶水，該過第二遍熱水了。」

「夫人總是親自給侯爺泡茶嗎？」寇彤也站起來，十分羨慕地讚嘆道：「您跟侯爺真是恩愛。」

「呵呵呵！」永昌侯夫人開懷地笑了起來。「妳這丫頭，哪裡學來的甜言蜜語打趣我！」這話她聽了很多，然而從寇彤口中說出來，她聽著就覺得十分舒服。「怎麼？這就羨慕了？」她笑咪咪地說道：「等再過一段時間，妳嫁到咱們家來，別人也會這般羨慕嫉妒妳的。」

寇彤卻沒有如她想的那般羞得躲起來，而是大大方方地望著她問道：「夫人，您說的是真的嗎？」

永昌侯夫人與永昌侯的確恩愛得令人羨慕，但是別人最羨慕的，其實是永昌侯不納妾，對永昌侯夫人一心一意，十分難得。

永昌侯夫人一愣，接著便明白了過來，她拉著寇彤的手說道：「鬼靈精，在我面前耍心眼子！」她用手指輕輕戳了寇彤的額頭，親暱地說道：「今天我就跟妳明說了，咱們家可沒有妾這種東西。就是侯爺的兄長，年過三十無子，才納了一房妾室。那妾室只給侯爺的兄長生養了一個女兒，因為她喪父，老夫人對她百般疼愛，誰知道她……她也是個沒福氣的，居然得了重病死了。」永昌侯夫人說到這裡，嘆了一口氣。

寇彤愣了一愣。

那妾室所生的女兒，恐怕就是關毅的姊姊關雪吧！

不知道關雪現在怎麼樣了？她選擇與那郎君私奔，現在過得好嗎？

寇彤正在發愣，卻聽到永昌侯夫人又說道：「咱們關家子嗣薄弱，我生養關毅的時候又傷了身子，開枝散葉的任務就交給妳了，等妳以後嫁到咱們家來，無論如何也要生兩個兒子啊！」

寇彤沒有想到永昌侯夫人突然之間把話題轉到這上面，頓時面紅耳赤起來。

「不要害羞，生兒育女是天經地義的事情，當初我——」永昌侯夫人還想跟寇彤說，就聽到窗戶外面又傳來一聲清亮短促的口哨聲，立即就鬆了她的手，說道：「我要去給侯爺泡茶，妳快坐著，我換了茶水後，立馬過來跟妳說話。」

「我跟夫人一起去吧。」寇彤也隨著永昌侯夫人一起往外走。

「快別！」永昌侯夫人面色鄭重地制止了她。「這茶水只能我一個人泡，泡的時候不能有旁人在的。」說完，她面色略有些怪異地朝寇彤笑了笑。

*這是什麼鬼規矩？*寇彤雖然不明白，但是也只能在心中腹誹，面上絲毫不顯，只乖乖地看著永昌侯夫人出了偏廳。

她重新坐到搭著墨綠色錦緞提花墊子的椅子上，將關毅寄回來的信又重新看了一遍。

滿滿的一大張紙，前面寫的皆是一些不甚正經的調笑言辭，到了最後才說大軍已經準備班師回朝，大抵要半個月後。最後是「吾妻勿要心急，待為夫歸來咱們就成親」的話。

寇彤的臉又紅了，不禁把那張寫滿甜言蜜語的信緊緊擁在胸口。

呼啦一聲，繡著花開富貴的簾子一掀，寇彤還沒反應過來，就被人一把抱入懷中。

那人力道極大，動作十分快捷，她只看見一個人大步走到她面前，蹲下後攔腰就把她抱了起來。

整個過程不過是眨眼間的事！

怎麼會有這麼無禮的人？

她又急又羞又氣，只能淚眼汪汪，手腳並用地狠狠捶打那人的身體。

可是他的雙手如鐵鉗一般緊緊箍著她，她的反抗一點用都沒有。

她突然之間就愣住了，這是永昌侯府，而且是內宅，尋常人哪裡能走進來？能這樣大大咧咧地走進來，並且這麼放肆的人，只有那個人莫屬了！

她不由得猛地抬頭，正看清楚了那人的容貌。

眉若刀裁，目似明星，原本若春花般嬌豔的雙唇此刻盡是乾裂的痕跡，如冠玉白皙的面容也帶了幾分滄桑，唇上及下巴上布滿了剛剛長出的鬍渣，還有一縷髒兮兮的頭髮落在臉上，好像有幾個月沒有洗澡一般，整個人顯得邋裡邋遢的。

「關毅！」寇彤既驚又喜，不知道這是作夢還是真的，連忙用雙手摟住了他的脖子。

關毅卻扯了扯嘴角，嘶嘶地抽著氣。「輕點、輕點……五天五夜快馬加鞭，我整個人都要散架了……」

寇彤忙鬆開手，往旁邊讓了讓，示意他躺到炕上去。「怎麼趕得這麼急？是不是身子痛？快躺下來歇歇！」

「不要緊。」關毅以頭抵著寇彤的額頭說道：「還好我是一直練內家功夫的，要不然剛才真降不住妳。」說著他嘖嘖嘴，一把抓住寇彤的手，將她的雙手鎖在她的頭頂，說道：

「差點被妳踹下去了，現在妳可逃不掉了，讓我收回些利息吧！」說著，他嘿嘿一笑，俯首親了親寇彤的面頰。

只這一瞬間，寇彤就覺得淚盈於睫。

這些日子以來，她為他擔心、為他著急，每天都盼著他得勝歸來的消息，他寄過來的書信，自己也是仔仔細細地看，誰知道他已經回來了，竟都不告訴她一聲！剛才那口哨聲，一定是他吹的吧？難怪剛剛永昌侯夫人會那麼奇怪，還一定要留她在這個房間裡面呢！

「彤兒，妳怎麼了？」見寇彤哭了，關毅連忙問道。

寇彤聽到他這樣問，越發覺得心中委屈難當，眼淚流得更加厲害了。

「別哭別哭，我不是回來了嗎？」關毅說著，就要把寇彤摟在懷中。

寇彤心中正不自在，連忙手腳並用，將關毅一把推開。

關毅卻如山倒一般，向後摔去，一下子跌倒在地上。

她並沒有用多大的力氣啊，怎麼會這樣？寇彤忙從床上坐起來，卻看見關毅躺在地上，閉著眼睛不說話。

「關毅，你怎麼啦？」

見關毅沒有反應，寇彤趕緊蹲下來，輕輕推著他。

這一推可不得了，寇彤這才發現關毅居然滿面潮紅，緊咬牙關，直打冷顫。

她用手拭了拭他的額頭，滾燙。

再一搭他的脈搏，脈數洪大，浮而緊，分明是高熱的症狀。

「來人！」她一個人扶不動關毅，忙跑出去叫人。「世子昏倒了，快來人！」

幾個人立即前來，手忙腳亂地將關毅抬到床上。

永昌侯夫人聞訊之後，也急急忙忙地趕了過來，十分焦急地問道：「好端端的，怎麼會昏倒？」

「夫人您別著急。」寇彤見永昌侯夫人擔憂，忙勸解道：「世子是勞累過度加上受了點風寒，所以起了高熱。我已經讓丫鬟出去抓藥了，您放心，兩劑藥就無事了。」

「無事就好、無事就好。」永昌侯夫人有些失態地擦了擦眼角。

一劑藥下去不久，關毅臉上的潮紅就退了下去，額頭也不像剛才那樣燙人了，最重要的是，不再像剛才那樣說胡話了。

他剛才口中嘟囔的，不外乎「寇彤」，雖然聲音很輕，別人聽不到，但是永昌侯夫人與她近身服侍的丫鬟可是聽得一清二楚。

永昌侯夫人提著的心這才放了下去。「終於退熱了……這孩子，病成這樣了也不說一聲。」她坐在床邊，用打濕的帕子邊給關毅擦著額頭，邊說道：「說你像大人，行事偏偏似孩子一般不知輕重。等你病好了，養養身子，這親事立馬就辦。」說著，永昌侯夫人含笑瞥了寇彤一眼。

寇彤明白，永昌侯夫人這是在詢問她的意見。

她心頭一顫，忙低眉斂目道：「一切但憑夫人作主。」

「嗯。」永昌侯夫人滿意地點點頭，這才轉過頭來，輕輕地問道：「這下子，你可滿意了？」

床上的人不說話。

永昌侯夫人噗哧一聲笑了出來。「裝什麼裝？剛才還看見你眼皮抖動呢！」

「母親……」關毅睜開眼睛，汗顏道：「是孩兒不好，讓妳擔憂了。」說著就要起身。

永昌侯夫人一把按住他，說道：「行了，別說這些話了。讓彤娘跟你說會兒話，我過一會兒再來看你。」說著，輕輕拍了拍寇彤的肩膀，鄭重地說道：「好孩子，從今兒個起，我可就把關毅交到妳的手中了。」

寇彤看了看一臉期望的關毅，又看了看滿面含笑的永昌侯夫人，再一次鄭重地點了點頭。

因為有寇彤陪著，關毅的身體恢復得特別快，不過短短幾天就痊癒了。

他身體好了之後，第一件事情就是著手準備成親事宜。

永昌侯夫人拿了兩個人的生辰到欽天監合八字，竟然合出了「天作之合、兒孫滿堂」的姻緣卦象來，喜得永昌侯夫人合不攏嘴。

選定了日子以後，接下來便是準備彩禮。

而寇彤一方面要幫著蘇氏操持子默的成親事宜，另外一方面則要給自己準備嫁妝。

好在她手中錢多，關毅又親自撥了兩個嬤嬤、四個丫鬟、一個外院的管事並兩個小廝前來幫她打下手。買宅子、店鋪、田莊，打金銀首飾、安排陪嫁的人選……直忙得她腳不沾地。

聽說寇彤要出嫁了，寇家四房的呂老夫人便派人將蘇氏跟寇彤叫過去問話。

幾個月未見，呂老夫人衰老得厲害，頭髮幾乎全白了，說起話來也不似原來那樣厲害得緊，而是帶著一股老年人的衰弱。

寇彤見了，不由得就想起來前些日子聽到的傳聞——都說四房大老爺寇俊傑一直養在其祖母薛太夫人身邊，與母親呂老夫人不甚親近。不僅如此，就連他的妻子也是薛太夫人的娘家親戚。

可就算大老爺與呂老夫人不甚親近，難道還能給自己的親娘氣受不成？

褪去了凌厲的呂老夫人，說起話來也十分溫和，就像個尋常老人一般。「除了娟姊兒，幾個姑娘裡面，就數彤娘年紀最小，沒想到她這個最小的，反倒要最先出嫁了。」說著，她看了一眼旁邊坐著的寇彤、寇妍、寇瑩三姊妹。

蘇氏連忙解釋道：「我原來也覺得日子定得太緊了，但是永昌侯府催得緊，再拖下去，恐怕對方不答應。」

雖然律法上沒有規定，但是大戶人家出嫁也是按照順序來的，姊姊未出嫁，妹妹就先成親，是要被人說閒話的。

「妳不要擔心，」呂老夫人擺擺手說道。「我不過就是這樣一說。四房與六房如今已經分了家，就是彤娘先出嫁也沒有什麼。妳呀，就是心眼太實。」

蘇氏不好意思地笑了笑。「四伯母教訓的是。」

「彤娘怎麼說也是咱們寇家的女孩兒，眼瞅著她就要出嫁了，我真是不捨得。」呂老夫人頓了頓，又說道：「要不，妳們娘兒兩個搬到家裡來住吧，讓我好好疼疼這個有出息的姪孫女。」

「這個……」蘇氏沈吟著說道：「四伯母原是好意，只是彤娘出嫁在即，家裡面的瑣事也多，那邊公主剛進門，雖說駙馬跟公主住在公主府，但是平日裡也要我照看著，這樣子兩邊跑，反倒打擾您休養。」

「嗯，妳說的也是。」呂老夫人聽蘇氏拒絕，心中微微有些失望，但是倒也沒有堅持，而是建議道：「婚禮的相關事宜都準備好了嗎？讓連氏幫著妳料理吧！畢竟彤娘要嫁的也不是尋常人家，咱們可不能怠慢了。」

連氏為人和善，好說話。蘇氏略想了想，就答應了。「那我就先謝過二嫂了。」

連氏忙說道：「不用謝，能幫咱們大晉朝第一位女太醫張羅出閣的事情，這份體面旁人想要還沒有呢！再說了，過一段時間，瑩姊兒也要出閣了，趁這個機會，我也學著點。」

蘇氏聽完，對連氏相視一笑。

而寇瑩則拉了寇彤的手走到外面，高高興興地說道：「彤娘，恭喜恭喜！真沒有想到妳居然是頭一個出閣的。」

寇瑩這個人有些心機，但是心地卻不算壞。寇彤對她說不上親切，但是伸手不打笑臉人，她這樣真心實意地祝福，寇彤也不能冷面以對。

「不用恭喜我，過些日子，妳不是也要出閣了嗎？我這裡還要恭喜妳心想事成呢！」

寇瑩聽了，雙眼露出喜悅的光芒，她壓低了聲音，幸災樂禍地說道：「心想事成的除了咱們兩個，還有大堂姊呢！只不過，大堂姊雖然心想事成，大伯父與大伯母卻十分不稱心。大伯父這些日子總是怪大堂姊行事不檢點，在那麼多人面前與鄭世修摟摟抱抱，丟了他的臉面。鄭家來提親的時候，大伯父非常生氣，若不是大堂姊與大伯母哭著求到了祖母面前，大伯父就要讓大堂姊絞了頭髮做姑子去呢！」

「不會這麼嚴重吧？」寇彤並沒有見過這位大堂伯父，沒有想到他居然這麼嚴苛。

「可不是嘛！」寇瑩笑嘻嘻地說道：「原來大伯父是想讓大堂姊嫁到趙家的，就是嫁給雲妃娘娘的哥哥，所以，那天雲妃娘娘的哥哥也來了。大堂姊是知道此事的，所以大伯父說大堂姊是故意當著外人的面給他沒臉。」

雲妃娘娘就是現任閣老趙意傳的孫女趙行雲，之前與寇彤在寇家有過一面之交。後來，寇彤在宮中給皇帝治病的時候，遇到過趙行雲，她已經入宮為妃，當時跟著十五長公主一起到太后宮中看望太后，還跟寇彤說了好一會兒的話呢！

「怪不得大伯父會這麼生氣了。」寇彤的語氣之中就多了幾分了然。

雲妃原本就與十五長公主交好，現在又十分討皇帝喜歡，趙家隱隱有抬頭的跡象，趙家的公子個個都成了搶手貨。相比之下，鄭家就顯得薄弱多了。

大堂姊行事魯莽，不知道有沒有讓大堂伯父失信於趙意傳呢？

「是呀！現在大伯父讓大堂姊跟著祖母學規矩，平日裡都不許她出門呢！」

怪不得今天寇妍的話這麼少！

寇彤回頭看了一眼端坐在室內的寇妍，想到她如今被管教，以後還要面對鄭平薇那樣的小姑子、余氏那樣的婆婆，心中就有了幾分同情。不過也許是她想多了，寇妍的父親如今還是三品大員，說不定余氏會十分喜歡寇妍也未可知。

「彤娘，我給妳準備了添妝的賀禮，等到妳成親那天，我觀禮去。」寇瑩笑咪咪地說道。

寇妍聽見了，連忙從室內走出來。「我也去、我也去！」說著，她用力拉了拉寇彤的衣袖，小聲地說道：「好妹妹，這段時間我在家中都快憋死了，幸好我就要嫁到鄭家去了，要不然非變成呆子不可。妳成親的時候，我也要去觀禮！」

寇彤看著寇妍緊緊攥著自己的衣袖，心中十分詫異。沒想到寇妍居然這麼厭惡家中的管教？幸好她就要出嫁了，否則非與那管教她的婆子成仇人不可。

她點了點頭道：「好啊，到時候妳們都來，人越多越熱鬧。」

陸陸續續有人添妝，除了太后親自賜下一柄金如意之外，雲妃、安平公主都有東西賞賜過來。

還有一些太醫看著寇彤是秦院使的關門弟子，如今又得太后青眼，自然也讓家中的女眷送來了添妝的禮單。

加上其他零零散散的女眷，成親前的添妝倒辦得十分熱鬧。

五月初八，宜嫁娶，是關毅與寇彤成親的大喜之日。

鞭炮噼哩啪啦響個不停，關毅身穿大紅色喜袍，本來就如青松美玉般的身姿在一襲華美的喜袍襯托之下，越發顯得丰神俊朗。

他面上含著志得意滿的微笑，任誰見了，都能看得出來新郎官對這門親事絕對是十分滿意，那臉上的笑容就一直沒有停過。

直到身穿大紅色衣裳、頭上披著大紅蓋頭的寇彤被人擁著走出門的時候，他還有片刻的恍然。

怎麼短短幾天未見，彤兒長得這麼高了？

他哪裡知道，寇彤穿了厚底鞋，盤了高高的髮髻，頭上又插滿金飾，看上去自然高了一些。

見喜婆扶著寇彤出了門，他立馬迎上去，卻又略帶遲疑地問道：「彤兒，是妳嗎？」

喜帕下的人沒有說話，半晌後才傳來噗哧一聲笑。「不是我還能是誰？你想娶旁人不成？」

關毅聽了，沒有說話，而是呵呵一笑，這才讓喜婆扶著寇彤上了轎子。

人群中，蘇氏見一道大紅色金線繡金邊的轎簾遮住了女兒的身影，當下又是欣慰、又是心酸不捨。

她終於沒有辜負夫君所託，將彤娘撫養長大了。今天彤娘終於也要嫁人了，以後彤娘還會生兒育女，與世子幸福終老。她覺得臉上濕漉漉的，心中卻有著前所未有的踏實。

站在蘇氏一旁的寇妍見狀，說道：「嬸嬸，您不要傷心了，彤娘過兩天就回來了。」

「呸呸呸！」連氏忙呸了幾口，說道：「妳這孩子，胡說什麼呢？妳妹妹剛剛出嫁，怎麼能說過兩天就回來了？妳妹妹嫁出去了，永遠不會回來，就算回來，那也是來作客！再說了，妳嬸嬸這可不是傷心，妳嬸嬸這是高興，是喜極而泣，明白嗎？」

寇妍吐了吐舌頭，說道：「嬸嬸，我不會說話，您千萬莫見怪。」

「無妨。」蘇氏不以為意。她轉過頭來看了看寇妍，又看了看寇瑩，說道：「時間過得真快，眨眼間妳們都長大了。彤娘已經出嫁了，下個月妍姊兒也要出閣，接著就是瑩姊兒。妳們姊妹往後在京城要常來常往，互相幫助才是。」

寇妍下個月便要與鄭世修成親，而寇瑩也要嫁給安平侯府的世子楊啟軒。

可以說，兩個人都是得償所願。

寇妍聽了，嬌羞一笑，不禁朝不遠處的鄭世修望去。

鄭世修站在人群之中，只目不轉睛地盯著那大紅的喜轎，看著迎親的隊伍漸行漸遠，看著那花轎在街角拐了一個彎消失，他終於意識到，這一生終究是錯過了。

寇瑩嬌聲格格一笑。「嬸嬸，我肯定是會留在京城的。只是鄭太醫已經準備回南京就職，大堂姊成親之後，就要跟著鄭太醫回南京了。」

「南京也好，咱們祖籍在南京。」蘇氏看著寇妍說道。

寇瑩笑著點點頭，心中卻嘀咕：寇家人如今都在京城，她偏偏嫁到南京去，這還算好？以後若是吵架生氣，連個撐腰的人都沒有呢！

寇瑩看了看面色有些僵硬的鄭世修，再看了看身邊含笑望著自己的楊啟軒，只覺得她終於戰勝了大堂姊，在寇家她終於有了說話的底氣。

而子默直到吹吹打打的鑼鼓聲終於聽不見了，這才張羅著男賓客到隔壁的酒樓入席吃酒。

他看了一眼張羅著堂客往屋裡走的蘇氏，默默地在心底說道：彤娘，妳放心地嫁人吧，我會好好努力，保護著妳一直在保護的東西。我會像對待母親一樣地侍奉伯母，我會爭取在太醫院闖出一片天地，成為妳的依仗。彤娘，妳一定要幸福。

寇彤頭上罩著大紅的蓋頭，在喜婆的攙扶之下，一腳踏入了永昌侯府的大門。

她目之所及，只能看到一雙雙或粗布、或錦緞的鞋子。

她耳邊聽到的，是女眷好奇談論的聲音。

她的脊背挺得直直的，扶著喜婆的手，走得穩穩當當。

她知道，從今天開始，她就是永昌侯世子夫人了，以後還會是永昌侯夫人、永昌侯太夫人。

以後的路她要一直走下去，她不知道會面臨什麼樣的困難，但是她知道，她身後站著的，是關毅，是她的夫君。

他們會一直互相攙扶著走下去……

——全書完

番外一　兒女成群

寇彤坐在臨窗大炕上，看著長女熙姊兒一筆一畫地描紅。熙姊兒今年雖然剛滿五歲，但是性格卻很要強，得知兩個哥哥都是五歲就啟蒙了，她也不願意落後，磨著纏著要寇彤教她認字。

她年紀雖小，卻是三個孩子中最能坐得住的。

成親十年，寇彤先後生下長子關明、次子關亮、長女關熙。

看著女兒滿臉認真地握著筆，寇彤的手輕輕地放到隆起的小腹上，她不由得想到，要是能再生一個女兒就好了，這樣子熙姊兒就有人陪伴了。

「熙姊兒，母親給妳生個妹妹可好？」她放柔了聲音，輕聲問道。

熙姊兒卻頭也不抬，只輕輕皺了眉頭，道：「母親，寫字的時候要一心一意，不能分心。」

寇彤聞言一噎，這孩子！

過了好半晌，熙姊兒才放下紙筆，輕輕揉著手腕，問道：「母親，妳剛才問我什麼？」

「我說給妳生個妹妹，陪著妳玩好不好？」寇彤笑咪咪地問道。

熙姊兒並沒有說「好」或者「不好」，而是皺著眉頭想了一會兒，然後才說道：「生男生女，我說了算嗎？」

寇彤聞言，不由得氣餒。

她這個女兒，不知道隨了誰的性子，小小年紀便老氣橫秋的，不僅如此，說話做事也常常出人意表。

有時候，在女兒面前，她覺得自己簡直就是個笨蛋！

她本來想生個天真爛漫、模樣可愛的女兒，與她心貼心的，想想就讓她覺得溫馨啊！

現在女兒是生了，模樣也可愛，但是性子卻一點兒也不天真。

其實女兒這樣也挺好的，雖然不天真活潑，但是做事情卻極其有主見，這樣也很好啊……到底是意難平，她長長地嘆了一口氣。

熙姊兒卻盯著她看了一會兒，然後說道：「好了、好了，母親妳不要總是這樣怨念地盯著我看。我選妹妹，選妹妹，我希望娘親給我生個妹妹，這總可以了吧？」

寇彤聞言，笑咪咪地說道：「可以、可以！為啥要妹妹呢？」

這下子熙姊兒嘆了一口氣，雙手一攤。「生了妹妹之後，大哥、二哥就不會每天纏著我，把我當玩偶，母親也不用每天這樣怨念地盯著我，到時候，大家的注意力都在妹妹身上，我就無事一身輕了。」

無事一身輕?!寇彤聞言，伸手捏了捏她肉嘟嘟的臉。「小沒良心的！我想生妹妹是為了陪伴妳。」

她的話音剛落，簾子一掀，蹬蹬蹬，七歲的次子亮哥兒便跑了進來，喊道——

「母親，大哥要打人！」

他身後是滿臉怒氣的長子明哥兒。

「母親，弟弟又偷偷跟祖父一起偷桂花糕吃了。」

「不是偶偷的，是祖戶偷的！而且偶……偶只吃了一小塊！」他現在正在換牙，說話的時候有些漏風。

「你看看你，現在牙齒上還沾著呢！」明哥兒一臉正經的表情。「不管怎麼說，偷吃東西就是不對的。」

「偶沒偷，是祖戶偷的！」亮哥兒噘著嘴說道：「不信，你去問祖戶！」

「母親，你看看他！」明哥兒很有大哥的氣勢，但是總是說不過亮哥兒，只好向母親求救。

寇彤看著長子、次子，心中十分高興。女兒太懂事，好在還有兩個兒子啊！

「亮哥兒、明哥兒，你們說，母親幫你們生個妹妹怎麼樣？」她笑咪咪地問道。

「嗯？」

明哥兒與亮哥兒沒想到母親突然就轉移了話題，小哥兒倆對視了一眼，然後就異口同聲地說道：「我們要弟弟，不要妹妹。」

「為什麼？」寇彤十分好奇。

只見長子與次子一人一邊地擠到熙姊兒身邊，一個拉著她的手，一個捏著她的臉蛋，說道——

「妹妹有一個就夠了，我們只要這一個妹妹。」

「為什麼只要一個妹妹呀？」

寇彤的話卻沒有人回答了，因為有更有意思的事情吸引了孩子們的注意。

「父親，你回來了！」

三個孩子就像歡快的小鳥一般，飛奔到關毅身邊，拉手的拉手、抱腰的抱腰，爭先恐後、嘰嘰喳喳地問道——

「父親，今天怎麼回來得這麼晚？」

「父親，你之前答應我們，只要紮一炷香的馬步，就帶我們去大相國寺玩的，我們今天都做到了！」

「父親，你什麼時候帶我們去？」

看著孩子們圍做一團，關毅笑了笑，說道：「你們母親身子不爽利，這幾天出去上香的人又多，怕衝撞了你們母親，大相國寺是去不成了。」

「喔……」

三個孩子聞言，都有些失望。

「你們去吧！」寇彤見孩子們情緒失落，心疼道：「我身子不爽利就不湊熱鬧了，你帶著孩子們去也是一樣的。」

「那怎麼行？」明哥兒立即反駁道。「母親不去，我們也不去了。」

亮哥兒跑過來拉著寇彤的手，信誓旦旦地保證道：「母親，妳放心，我們不會丟下妳，自個兒出去玩的。」

熙姊兒卻一把推開亮哥兒，說道：「二哥，你沒輕沒重的，撞到母親的肚子怎麼辦？」

關毅聞言，爽朗一笑，他上前一步抱起熙姊兒，親了親她的臉蛋，然後摸了摸亮哥兒的頭，又拍了拍明哥兒的肩膀，這才說道：「雖然不能去大相國寺，但是大後天就是上元節，咱們可以出去看花燈。」

三個孩子一聽，立馬笑了，他們眼睛亮晶晶地圍著關毅問道：「父親，你說的是真的嗎？」

「自然是真的。」關毅點點頭。「為父何時欺騙過你們？」

「母親也去嗎？」

「自然是一起去了。」

「那人多會不會衝撞到母親？」明哥兒擔心地問道。

「不會、不會！」亮哥兒拍著胸脯說道：「我會保護母親的！」然後他又拉過熙姊兒的手說道：「我也會保護妹妹的！」

看著次子憨憨的樣子，寇彤覺得十分好笑。

熙姊兒卻抽出了自己的手，白了他一眼，嫌棄地說道：「保護個屁！你連自己都護不住。父親今天回來這麼晚，肯定是已經到街上訂好了沿街的包廂，到時候，咱們坐在包廂內，外面街市上熱鬧的情景不就全都看見了？」

關毅聽了大喜，抱緊熙姊兒。「我的小乖乖，妳怎麼就這麼聰明呢？」

「好了，你也累了一天，快放熙姊兒下來吧！」

關毅放下熙姊兒，然後走到寇彤身邊，輕輕問道：「小四今天乖不乖？有沒有調皮？妳今天累不累？」說著，便將手放到寇彤的肚子上。

兄妹三人見了，立馬手拉手退了出去。

寇彤摸著肚子說道：「小四很乖。我不過是在家中坐著，又沒有做什麼事，累不著我的。」

「話雖如此，妳這肚子可比生明哥兒他們的時候大多了，我看著都憂心。」

寇彤噗哧一笑。「我這都第四胎了，有母親看著，家中還有經年的老嬤嬤，沒事的。」說著她輕輕笑道：「你看咱們家前三個，老大沈穩，老二跳脫，老三聰慧，不知道老四會是什麼樣的？」

關毅蹲在臨窗大炕邊，輕輕攬著寇彤的腰，將耳朵貼在她的肚子上，說道：「管他什麼性子，反正都是咱們的孩子。兩個兒子都像我，熙姊兒像妳，都是那麼聰明可愛。彤兒，妳真是我的福星！」他話說完，就聽見寇彤平穩有力的呼吸聲傳來。

抬頭一看，原來寇彤已經靠著迎枕，睡著了。

——本篇完

番外二　虛過今春

這是哪兒？

鄭世修迷迷糊糊的，不知自己到了何方？

他定睛一看，自己正身處一片紅色之中。

窗櫺上糊著紅色的鴛鴦戲水窗花，桌子上燃燒著一對小孩胳膊粗的大紅龍鳳花燭。紅色的幔帳，床上也鋪著大紅色的交頸鴛鴦錦被和百子千孫的枕套。一個身穿大紅喜袍、蓋著龍鳳呈祥紅蓋頭的女子正坐在床上。

這是誰家的喜房？他怎麼跑到別人的喜房裡面來了？

他正要轉身離開時，簾子一動，一個眉清目秀的男子身穿一身紅走了進來。

那男子雖然身著喜袍，但是臉上的表情卻十分淡然，一點兒也見不到喜悅之色，甚至身上還帶著一股子疏離冷漠。

蓋頭一掀，露出新娘子那張如花似玉的臉龐。

鄭世修不由得一愣，這女子……這女子分明就是寇彤！她怎麼會坐在這裡？

她臉上掛著喜悅的笑容，無限嬌羞地說：「夫君，我們該喝合巹酒了。」

「嗯。」新郎官神色淡淡地說道：「外面賓客還在等待，待我送走賓客再喝不遲。」

寇彤臉上的笑容定了一定，然後又十分溫順地說道：「是，那妾身等夫君回來。」

「不用了，妳先歇息吧！」說著，竟沒有回頭，轉身就走。
他看到坐在床上的寇彤身子晃了晃，緊緊地抿了抿嘴唇。
這男子好生無禮，居然這樣對待新婚的妻子！
他不由得想上去找他理論。
這才發現，他伸出去的手，竟然直接穿過了那男子的身體！他不敢置信，忙左手握右手，結果還是一片虛空。他大聲說話，卻沒有人能聽見。
他竟然是虛空的人不成？又或者，他是在夢中？
他忙追上那個男子，想好好教訓他一番，娶了寇彤卻不好好待她，枉為男子漢大丈夫！他倒要看看，新郎官是何方神聖，這麼美麗的妻子也忍心棄之不顧。
來到院子裡面，他再次愣住。
一草一木，他皆是熟悉萬分。
這居然是他住的院子！那門口站著的也是他的僕婦與丫鬟！
那新郎官走到院子口後，慢慢地回頭望了一眼。
這一眼，直讓他十分震驚！
這新郎官、這新郎官分明是他的模樣，分明就是他自己啊！
是他日有所思，夜有所夢，所以才會夢到自己娶了寇彤嗎？
就算如此，他怎麼會對寇彤如此冷漠？
場面再一轉換，他看到了婚後的生活，看到自己的冷漠、妹妹的無禮、母親的刁難。

他看到她百般隱忍，雖含著淚，卻依然柔聲以對。

讀醫書、辨藥材，只要他一個微笑，她就十分滿足。

這一幕幕，就像是真的發生一樣，令他感同身受。

他何時變得這麼冷漠了？他怎麼會對她這麼無情？那個人不是他，一定不是他！

畫面再一轉，他來到了京城。

在大相國寺，他見到了寇妍，他眼睜睜地看著另外一個自己將寇妍擁入懷中，並信誓旦旦地承諾著要娶她為妻。

他大喊著「不要」，他上前去勸說自己，卻發現他什麼也做不了。

他看到自己將休書寄回南京，他看著自己跟皇帝求聖旨。

他還看到自己再次娶親，風光無限之時，寇彤眼中含淚，大笑倒地……

看著她落淚，他也落淚了。原來，這就是心痛。

怎麼會這樣？

他原來竟是這樣的負心之輩嗎？

身體一震，鄭世修從睡夢之中清醒了過來，這才發現自己身上全濕了。

「老爺，你怎麼了？是不是作噩夢了？」

看著妻子的臉龐，他突然就有幾分恍然，夢中的場景也忘了大半。

他還未來得及回答，就聽到有急促的敲門聲伴丫鬟聲傳來——

「老爺，不好了！趙姨娘說她肚子疼得厲害！」

「妳先回去，告訴趙姨娘，我立馬就來。」鄭世修說著，就撩起了帳子。

「老爺！」寇妍立馬坐起來，攥著鄭世修的衣袖，低聲說道：「老爺，你不能就這麼丟下妾身走了。」

鄭世修聞言一頓，回過頭來安撫道：「趙姨娘身子不爽利，我得去看看她。」

「你只知道她身子不爽利！為什麼她早不爽利，晚不爽利，偏偏你在我這裡的時候就不爽利？」

想到這些日子以來，趙姨娘屢屢挑釁，寇妍的語氣中便帶了幾分憤懣。「你跟我說說，這都是第幾次了？明眼人一看就知道她是故意跟我過不去。你對我不好我並不怪你，可是你不能連妻室的體面都不給我留！」

「妳是我的妻，誰敢不給妳體面？秋娘年紀小，卻不是胡攪蠻纏的人，她絕不會故意拿子嗣開玩笑的，妳想得太多了。」鄭世修邊說話，邊手忙腳亂地穿上衣服，匆匆走出了內室。

秋娘、秋娘，你滿口都是那個女人！

鄭世修，自從我嫁過來後，你從來都是「寇氏、寇氏」地喚我，從未溫柔地喚我一聲「妍兒」！

室內點著炭盆，寇妍卻覺得自己冷得牙關打顫。

她已經不記得這是第幾次，那個女人從自己這裡叫走鄭世修了。

她緊緊擁著寢被，只覺得心痛難忍。

她父親是閣老的得意弟子，她母親是京城有名的才女，從她剛出生起就注定此生定然富貴終老，榮華白頭。

她繼承了寇家人的美貌，走到哪裡都是旁人關注的對象，她的表哥更是對她神魂顛倒，恨不能將心捧給她看。可是，她卻不屑一顧，就因為她看上了他，看上了鄭世修。

她當初故意落水，用盡法子，終於嫁給了他，可鄭世修卻覺得她太過主動，舉止輕浮，為人孟浪，新婚之夜都不願意碰她。

若不是那一夜酒醉，恐怕他至今還不願意碰自己呢！

成親三年，她跟他……十根手指頭都可以數得過來！

婆婆只會怪她肚子不爭氣，偏偏這種事她也不能往外說，只能打落牙齒和血吞。

那個趙姨娘，不過是家中藥房裡面的丫鬟，模樣一般，卻因為懂藥理，所以很是討鄭世修的歡心。

也是她運氣好，一晚就懷了身孕。

婆婆立即作主，將她抬為姨娘。

難道她要去跟一個丫鬟抬上來的姨娘爭寵不成？

不不不！她狠狠地搖了搖頭。她再不堪，也沒有下作到如此田地！

雖然她父親如今已不是三品官了，但是她怎麼說也是寇家人，寇家人豈容他們這般折辱？

她擦乾眼淚，對剛剛進來、在一旁站著的陪嫁丫鬟說道：「畫眉，收拾東西，天亮之後就給京城送信，我要和離！」

「夫人，您真的考慮好了嗎？」畫眉看著寇妍，小心翼翼地問道。

「我為著他，什麼都不顧，事事委曲求全，他卻將我踩到泥裡面去。我寇妍這輩子最大的錯誤，就是識人不清，就是嫁錯了人！我真是瞎了眼，我到底被什麼迷了心竅，怎麼會看上這種人？我可是寇妍，是寇家嫡出的大小姐，怎能讓他這般折辱？我錯了，但現在改過，還不晚。」說完，她長長地吐了一口氣。「這樣的男子，我還當個寶，我果然傻到極致了。」

畫眉輕輕擦拭了下眼角。小姐在娘家時受盡寵愛，自從嫁到鄭家便受盡委屈，連帶著他們這些陪嫁的下人都抬不起頭來。這下子，他們小姐終於想清楚了。只是，小姐這一回去，以後的日子可怎麼辦？

寇妍說完後，便躺回到床上，覺得從來沒有像此刻這般輕鬆，很快就進入了夢鄉。

夢中，沒有鄭世修，沒有趙姨娘，她還是那個天真爛漫、笑語嫣然的閨中女孩，她篤定自己一定會嫁一個如意郎君，夫唱婦隨，恩愛白頭……

——本篇完

番外三　誰與忘年

他記得自己小的時候，跟著父母一起遠遊他方，看著父母治病救人，雖然辛苦，但是一家人卻和樂美滿。

母親問過他。「默兒長大了，要做什麼？」

小小的他從母親懷中掙扎出來，學著父親的樣子，拍著胸脯說「我長大了要做一名懸壺濟世的大夫」。

從那時開始，做大夫的夢想就像種子一樣，在他的心中扎了根。

父母的離世、祖父的訓責，都不能阻止他那顆嚮往醫術的心。隨著年紀越來越大，行醫濟世的念頭也越來越強烈。

第一次見到寇彤的時候，她只是個黃瘦的小丫頭，自己訓斥她偷山藥的時候，她並沒有驚慌失措，而是鄭重地說，自己不知道這山藥圃已經有人打理了。

她雖然乾癟黃瘦，但是一雙眼睛卻亮晶晶的，生機勃勃。

第二次見到寇彤，她又是來要山藥的，原來她透過山藥治好了母親的病。不僅如此，她還幫別人看起病了。

他非常羨慕，他希望有一天自己也能跟她一樣，可以幫別人看病。

第三次，寇彤送了烙餅過來，很好吃，看著她極力討好師父，他便認定寇彤一定是個十分狡詐的女子。

直到她一口氣說出了許多草藥的名字，令師父對她另眼相看。

他一直認為自己很聰明，卻沒有想到，在她面前，自己的聰明其實算不了什麼。

第四次、第五次，她幫著師父收草藥，本來煩悶的生活，卻因為她的到來，變得充滿了活力。雖然她嘰嘰喳喳、費盡心機討好師父的樣子他看不上，但是他也不得不承認，她笑起來的樣子很好看，說話的時候，聲音像泉水一樣叮咚響。

只要她在，生活就有了絢爛的色彩。

不知道從什麼時候開始，他不再厭煩她，而是期待她每天到來。

後來，寇彤上山來請師父去給劉太太看病，在劉太太家，他看到劉地主家的少爺對寇彤青眼有加，他十分氣憤，他還看見寇彤對劉家少爺笑了一笑，內心的酸澀與忿然令他一陣心慌。

他這是怎麼了？

他驚覺到自己對寇彤的情誼，內心十分忐忑，因為他覺得師父有收她為徒的打算。

果然，師父是有這個打算的！

那天看著她頂著寒風，一腳深、一腳淺地往緩坡下面走，他就下定決心，一定不能讓師父收她為徒。

因為他知道，自從上一輩的憾事後，同門之中，便禁止婚嫁。

他不配合她辨藥，在張秀才家他也刻意打擾她，可是，她還是通過考核了。

師父決定讓她正式入門，那一刻，他才體會到自己心痛得難以自拔，原來他已經那麼喜歡她了啊！

看著她對師父叩拜，看著她那歡天喜地的樣子，他的心扭成了一團。

情不知所起，一往而深。

可是，父母雙親的慘事彷彿還在眼前，他怎麼也不願意越雷池半步。

如果有來生……

他們之間，也只能等待來生了……

他下定了決心，從那以後，她就是他這輩子最重要的人，他會一直呵護她、保護她。

既然無緣，何須誓言？

既然注定了不能相守，那麼，他選擇祝福。

蘇氏很喜歡他，讓他不由得想起了自己的母親。蘇氏還給他做了新衣服，他想，如果母親在世，定然也會這樣給他做新衣服的。

他正式拜師，寇彤送他的書，他很喜歡，看得出來，寇彤挑得很用心。

離開范水鎮那天，她巧妙地拒絕了他。

在南京再次相見，她的身邊已經有了陪伴的人。

那人出身好，模樣不俗，最難得的是待她真心實意。

他無言地轉身，選擇在心底默默祝福。

後來，到京城，參加太醫院考核、拜秦院使為師、為帝王治病……這一路，他們相互扶持。

再到後來，他娶妻，搬到公主府居住。而她，也穿上大紅嫁裳，嫁到了永昌侯府。

這一生，他們雖然有緣無分，卻是最親的親人。

待蘇氏，他如侍親母。而寇彤在他的心中，是師姊，是妹妹，也是這個世上給他最多溫暖的人。

他的妻子容貌俊俏，知書達禮。雖出身高貴卻從不跋扈，十分賢良淑德。

他出門時，她總是備好馬車，準備好衣裳，並親自送他到儀門。

他歸家時，她總是笑臉相迎，噓寒問暖。不管他出診回來得有多晚，她總是耐心地等待著他。

他這一生，前面十幾年，遭受了許多坎坷。然而，在那之後，便順風順水起來。

拜師學醫、進太醫院、為聖上治病，嶄露頭角，並娶得公主為妻。

之前的怨念，到了此時，全都沒有了。

看著妻子微微隆起的小腹，他心中所剩，唯有感激。

——本篇完

田園靜好，良緣如歌／花開常在

誘嫁小田妻

田家有女初長成，只盼郎君不負歸

人道是，穿越女角總有發家致富的本事，
可她穿越成古代農村娃卻沒帶金手指，
這日子可不是「悲催」二字能形容！
不過傻人有傻福，吃苦當吃補，也終能盼到時來運轉，
看她攜手如意郎君，逆襲成人生勝利組……

文創風 242 上

田箏本是個「四肢不勤、五穀不分」的現代嬌女，
如今卻穿越到這未曾聽聞過的大鳳朝，還成了七歲農村娃，
即使這一世有雙親疼惜、手足友愛，
但一大家族裡，前有節儉摳門的祖母，後有斤斤計較的伯母、嬸子，
清苦度日又開不得金手指，可真不是一難字了得！
好不容易時來運轉，到鎮上訪親戚意外發現「香胰子」的開源契機，
又恰逢伯叔分家，往後各房分灶過，
眼見家裡的生計漸入佳境，本以為這苦日子到頭了，
豈料，為了不讓人起疑自己能識字斷文，
她表面上拜青梅竹馬魏琅為師，可這人還當真打手心、罰寫樣樣皆來，
好在自己身懷超齡心智，不但琢磨出相處之道，
連瞧這身形圓潤的鄰家男孩也越看越順眼……
不承想，隨著家境日漸殷實，在民風純樸的小山村竟飛來橫禍，
她和魏琅無端捲入擄童事件之中，
莫非老天忌妒她的農村小日子順遂，非得為生活添點料啊……

文創風 243 下

時光荏苒，田家有女初長成，
村中男孩繞著她們姊妹倆明裡暗裡表示好感，
瞧這桃花朵朵開，再加上娘親不斷耳提面命男女有別，
田箏也知曉自己將來不外乎在家相夫教子，平淡過完一生，
眼看惱人的婚事逐漸提上日程，可這良人何處覓？
她正徬徨之際，舉家遷京多年的魏琅突然回到了鴨頭源村，
士別三日，刮目相看，昔日矮胖矬的男孩，如今竟逆襲成高富帥！
且瞧對方至今猶隨身攜帶她昔日相贈的荷包，
似乎將當年兩小無猜的互相喜歡真當回事了，
但人往高處走，她一個鄉下姑娘怎配得上未來前程似錦的他？
誰知，她才聽聞他返京後負氣離家，隨之而來的魚雁傳書，
竟是許諾明年春歸，他將娶她為妻，還不忘叮囑她勿招蜂引蝶。
這……趕進度也不是這樣子吧？他願意娶，她還不見得樂意嫁呢！
然而，為了她這朵鄉村小野花，他寧拋功名利祿，出海四方，
既以寸心寄重諾，田箏也只盼有情郎終不負歸期……

樸實純粹　演繹種田精髓／芭蕉夜喜雨

嫌妻當家

全套五冊

妻令一出，誰敢不從？

現代OL魂穿古代，竟然成了有夫有女的農村婦？
丈夫好不容易從軍歸來，這下卻帶了城裡的小三一起回家？
她想乾脆讓位逍遙去，卻發現脫身不易，丈夫還想勾勾纏……

文創風 237 1

她穿成農家媳婦喬明瑾，但丈夫軟弱，婆婆苛刻，女兒受欺，
還有愛看好戲、扯後腿的妯娌，平凡娘家也不給力，
她雖然無依靠，但古人身現代心怎能委曲求全？
既然此處不留人，她自己重建一個家！
但古代求生大不易，該怎麼發揮穿越女的本事？

文創風 238 2

婆婆和小三威逼，喬明瑾沒想到丈夫岳仲堯卻不放手，
和離不成只能選擇分居，幸好還有娘家的弟弟、妹妹幫忙，
她也適時發揮穿越女的本事，小出風頭卻引來城裡大戶周家六爺的注意，
惹了一個精明又冷峻的貴公子，是福是禍還不知，
但天下掉下來的金主，到底是接還不接？

文創風 239 3

周晏卿需要她的主意和本事，她需要周晏卿的財力和權勢，
兩人一拍即合，作坊緊鑼密鼓籌備，大家都知他們作坊專出新奇物事，
生意蒸蒸日上，日子過得好了，反而不知該拿心意堅定的丈夫怎麼辦，
而貴公子周晏卿也忽然跟她親近又交心，連家裡的帳冊都交給她打理，
但她是個外人，這份信任來得太快也太重，究竟他是有意還無意？

文創風 240 4

要說不懂岳仲堯的用心是不可能的，可是她該怎麼讓丈夫認清，
自己和他那勢利的娘是沒可能相處在一起了；
若不是留著一絲絲柔軟的情，若不是女兒對他依戀不捨，
她也想與岳家徹底了結，再無瓜葛才有真的平靜日子；
如今，周晏卿給了她一個機會，她是不是該把握這重新開始的可能？

文創風 241 5 完

原來他們喬家並非什麼鄉下平凡人家，
祖母和父親當初落難來到村裡，竟然是因為逃避家族鬥爭；
而今，老家的僕人找上門來，正是他們該「回家」的時候了……
從農村婦人到京城名門的喬家大小姐，她暫時放下的難題也再次來到眼前；
心向了哪一個，就是要負了另一個；而她，又該情歸何處……

文創風
252
醫嬌百媚 下

國家圖書館出版品預行編目資料

醫嬌百媚 / 上官慕容著. --
初版. -- 臺北市 : 狗屋, 2014.12
冊 ; 公分. --（文創風）
ISBN 978-986-328-393-5（下冊：平裝）. --

857.7 103022414

著作者 上官慕容
編輯 黃淑珍
校對 黃薇霓 馮佳美
發行所 狗屋出版社有限公司
地址 台北市104中山區龍江路71巷15號1樓
電話 02-2776-5889～0
發行字號 局版台業字845號
法律顧問 蕭雄淋律師
總經銷 知遠文化事業有限公司
電話 02-2664-8800
初版 103年12月
國際書碼 ISBN-13 978-986-328-393-5
原著書名 **《重生之医娇》**，由北京晉江原創網絡科技有限公司授權出版

定價250元
狗屋劃撥帳號：19001626
網址：love.doghouse.com.tw E-mail：love@doghouse.com.tw